光文社文庫

暗黒残酷監獄

城戸喜由

光　文　社

この家には悪魔がいる。

目次

第1章

墨田汐《すみだうしお》は夫ではない男を伴ってリビングへと足を踏み入れた。それは初めてのことであるとも言えたし、初めてのことではないとも言えた。

二人はいつもは汐の自室で逢瀬《おうせ》を重ねていた。二人が部屋に入ってすぐに行うことは、半分に折り畳まれていたベッドを元に戻し、狭い部屋に愛の基地を構築することだった。ベッドを広げると、部屋はほぼそれだけに占領される。ベッドの周りには熱帯の植物が生い茂り、昼間のカーテンの隙間から漏れ出る日差しを受けて木漏れ日を作る。一見、東洋の後宮《こうきゅう》かと見紛《みまが》うが、むろん愛の見せるまやかしである。二人はそんな貧相なベッドで、熱帯植物の放出する濃厚な酸素を吸い込みながら、毎回きっかり一つのコンドームを消費する。

その日も汐は自室に行くつもりであった。しかし玄関を入った時点で、男は喉が渇いた、炭酸水が飲みたいと言い出した。

コーラならあるけど、と汐が言うと、男は、じゃ、それでいいや、と言った。

二人はいかにも自然にリビングを訪れた。しかしそれは今まで一度も一緒に触れたことのない扉であり、その禁じられた扉が開かれた今、二人はもう後戻りできない地点まで到達していた。

男はくつろいだ様子でリビングのソファーに座り、そこにいるのが当たり前とでもいうように、置いてあったレシートで折り鶴を作っている。

汐はマグカップにコーラを注いで持ってきた。それは来客用のものではなく、汐が日常的に使用しているものだった。

男はそれを一口飲むと、

「きみは勘違いしている」

と言った。

男は制服を着ていた。焦げ茶色のブレザーで、それは彼が高校生であることを示している。

汐は黙って男の言葉の続きを待った。男はすぐには答えず、不味《まず》そうにコーラを全て飲み干してから切り出した。

「炭酸水というのはね、炭酸じゃない」

「どういうこと」

「本質の話さ」

「わかんない」

「いいかい。炭酸水ってのは甘くないコーラではない。水に炭酸の入ったものだ。水だ。本質は水なんだよ。水が飲みたいって奴にコーラを差し出すか？」

「でも飲んだじゃん」

「ああ飲んだよ。そこに関して弁明の余地はない。ごめんなさい」

「水持ってくる？」

「それも本質ではない」

「それは私も今思った。でも炭酸水はうちにはないの。今度コンビニにあったら用意しておくね。なんて名前のやつ？」

「ペリエ」

そのとき男は汐の肩に手を回した。汐は一瞬びっくりしたが、次第に男の手は無防備なTシャツの内側にあるブラのホックに伸ばされている。

「ちょっと。やるなら部屋で」

「たまにはこういうのもいい」

男は汐のTシャツを脱がせようとする。汐は抵抗する。そこに必死なものは何もない。ただ形式上の拒否を経た上で、いずれは受容へと至る。

二人はソファーの上でじゃれ合っていた。男が服を脱がそうとし、汐はくすぐったそうに身をよじって甘い声を上げる。

二人の衣服の残骸が、まるで宿主が溶けて消えてしまったかのように床に散乱している。

男が汐の下着に手をかけたのと、玄関で鍵の差し込まれる音が響いたのは同時だった。

二人は一瞬硬直して、顔を見合わせた。そこからは脳細胞が覚醒したかのような素早い対処を見せた。まず最速で服を着る。それから男の存在をどこかに隠さねばならない。汐の自室に行くためには廊下を通る必要があって鉢合わせになるリスクがある。よって隠し場所として相応《ふさわ》しいのは風呂場。事前にちょっと機転を利かせて男の靴を靴箱に隠していたのはファインプレーだった。

こうして、汐は夫の急な帰宅を自然に迎えることに成功したのだった。

「あれ、仕事じゃなかったのか」リビングに入ってきた夫は言った。

「あなたこそ」汐は言った。その声は完璧に日常を演じ切れていた。

ここで夫は、自分がここにいることの不自然さを解きほぐす、あるいは妻がここにいることとの不自然さを追及する、そのどちらも選べた。しかし夫はそのどちらでもない言葉を選んだ。

「今ここで、出会うはずのない二人が出会った」

おそらくその先に続く言葉は、運命とか奇跡とかの本人はロマンチックだと思っている、けれども実態は陳腐でしかない、そういうフレーズだったのだろうが、それは最後まで確かめられなかった。

物音が響いた。何かが壁にぶつかるような音。発信源は風呂場。

「地震か？」夫はそう言ったが、地震でないのは自明だった。

「換気扇の音じゃない？」汐は精一杯誤魔化そうとする。

夫は妻の顔をまじまじと見つめた。それによって風呂場への興味が失われることを汐は期待していたが。

「君はどうしてシャツを後ろ前に着ている？」

妻は答えられない。なぜなら夫は通常こう言えばいい。後ろ前だよ、と。それなのに、どうして後ろ前に着ている、などと理由を問い質《ただ》している。なにか後ろ前に着なければならない事情があったと察している。後ろ前のシャツと風呂場の物音が脳内で繋がってしまっている。

「見てくる」

と夫は言って、風呂場に向かって歩き始めた。

「やめて」

この時点で妻ができることは、風呂場の危険性を滔々《とうとう》と解説することだけだった。その危険性の最たるものは家庭が崩壊するということだったが、もちろんその本当のことは言えないので、代わりに泥棒かも、などと言おうとしたがそれも墓穴を掘るに近いので言えず、最終的にスズメバチが飛んでる、という訳のわからないことを言った。

夫は立ち止まって背を向けていた。だから夫がどんな表情をしていたのか妻は見えていない。

妻は今現在の夫の表情を想像した。見えないからこそ無限の想像ができた。無限というのはその名の通り限りがないので、その無限の想像の中には夫が笑っている可能性も存在した。

夫は振り返った。

「大丈夫だよ。スズメバチの毒はアナフィラキシーショックといって、簡単に言うと、二度目以降に刺されるととても危険なんだけど、でも俺は一度も刺されたことがないから大丈夫」

その声も顔も、とても穏やかで、その反応を額面通りに受け取るなら和解の兆しがあるのかもしれないが、むしろ妻にとって夫のその表情は、来《きた》るべき修羅場への助走にしか見えなかった。

夫が洗面所の引き戸に手をかけたとき、妻はペリエのことを考えていた。彼が飲みたいと言ったペリエ。それはどんな味がするのだろう。無糖なのだから、甘くはないだろう。けれども汐は、なぜかそのペリエが舌の上で甘く弾《はじ》ける様子を想像できた。

引き戸が開かれる音。それから風呂場のドアが開かれる音。

夫が風呂場の中を覗き込んでいる。それを離れた位置で妻は見守っている。

引き戸が閉じられる。夫がこちらを振り向いて、妻は世界の終わりを予感した。

「特に異変はない」

と夫は言った。妻は一瞬ぽかんとした。

「何の音だったんだろう」

そのまま夫はあくびをして、リビングを出て行こうとする。

「そうだ。ビール買ってきてくれ。急に休みになったんで用意するのを忘れてた」

夫の姿はリビングの外に消えた。汐が後からそっと覗くと、夫は自分の部屋に行ったようで廊下には誰もいない。

妻は激しく混乱した。一体何が起きているのか。

彼がどこかに隠れた？　洗濯機の中。いや狭くて無理だろう。浴槽の中。いや浴槽の中に隠れようとしたらもっといろいろな音が鳴り響くはずだ、蓋を開く音とか。というより前日に湯を張っていたからそもそも入れない。

とにかく、と汐は思う。今は千載一遇の好機だ。彼を脱出させねばならない。

汐は慎重に風呂場のドアを開けた。中にはぽつねんと立っている彼がいた。二人は最小限の言葉しか交わさなかった。「逃げて」「うん」

二人は家の廊下に出た。足音を殺し、摺《す》り足で靴下を滑らせながら、玄関で靴を履くと、二人でマンションの共用廊下に出た。そこでようやく一息吐《つ》けた。

汐と男は言葉を交わさなかった。それでも二人は一緒にエレベーターに乗るべきではないという共通の意見で一致していたので、汐はエレベーターに乗り、男は階段で下りていった。

降下するエレベーターの中で、汐は思った。

あるいはこういうことかもしれない。

夫は妻の罪を見て見ぬふりをした。

後にその仮説は間違いであったことが判明するのだが、まだこのときは妻は夫の複雑な愛情に感謝し、コンビニでペリエの緑色のボトルを見つけるも結局買わず、アサヒスーパードライの銀色の缶だけを買い求めた。それがその時点での妻の出した結論だった。

さて、その頃、男はようやく八階分の階段を下りきって息を切らしていた。その生命力のない、自分の出した電撃で自分がダメージを喰らうピチューというポケモンのような男が、僕である。

マンションの外に出たとき、ポケットでスマホの通知が振動した。僕はそういう俗世の一切合切を投げ捨ててアスファルトに寝転がりたかった。そして太陽を直視して、目を瞑《つむ》った後に瞼《まぶた》の内側に残る不快な光点を眺めていたかった。

とはいえ、僕のＬＩＮＥに無意味な日常会話は存在しない。そういうものは今まで慎重に排除してきたし、逆に僕自身が、そういう日常会話の方からお前なんぞ願い下げということで排除されてしまったのかもしれない。

よって、僕はスマホを取り出して画面を確認した。

姉　1

母からのＬＩＮＥにはこう書かれていた。

「お姉ちゃん死んじゃった」

そうか、死んじゃったのか、と僕は思った。

すぐに帰ってきてほしいとのことだったので、僕はまずセブン－イレブンでソイジョイのピーナッツ味を探した。ところがブルーベリー味やアーモンド&チョコレート味はあるのにピーナッツ味だけ在庫がない。店員に尋ねると売り切れだという。仕方ないので隣のファミリーマートに行くと、今度はピーナッツ味が置いてあった。僕はそれを一つ買い求めて、帰路に就いた。電車に乗っている間、今まで二つのコンビニが隣接しているのは無駄でしかないと思っていたが、必ずしも無駄ではなかったと考えを改めた。

家の前で足を止める。

僕の家は鉄筋コンクリート造りの三階建てである。形はドーム型で、その上部には鉄骨が雪の結晶のような幾何学模様を描いている。その守りのシンボルのような鉄壁の外観を眺めると、今から自分は子宮に戻って眠る胎児のような気分になる。そこはあらゆる穢《けが》れから守られ、永劫《えいごう》の平和に満たされている。

リビングには父の胤也《かずや》と母の夕綺《ゆうき》がいて、L字型ソファーの縦と横に座っていた。僕は父の側でもなく母の側でもなく、そのL字の交点に座って斜めを向くことにした。そういう中立の立場でいたかった。

三人は黙っていた。しかし人が死んだときの暗さとは無縁だった。たぶん耐性が付いていたのだと思う。あるいは痛覚が麻痺《まひ》していたか。

「お姉ちゃんが死んだ」

と父の胤也が言った。

それは知ってる、と僕は思った。

「お悔やみ申し上げます」僕は合掌《がっしょう》した。

それから僕はファミリーマートのビニール袋からソイジョイのピーナッツ味を取り出して

齧《かじ》り付いた。

父と母から視線が向けられていることに気付いて、僕は弁明した。

「何かの間違いがあったら困るからね」

父は訝《いぶか》しげな表情をした。

「何かの間違いって何だ」

「たとえばキスするとかさ」

「キス？」

「たとえばの話だよ」

「誰が」

「僕と姉貴が」

僕はその光景を一瞬想像して、すぐに、ないな、と思った。

父は何か言いかけて、結局言わなかった。それはおそらく人道上の禁忌《きんき》に属するものを想像していたからだろう。

「これは絶好のチャンスなんだ」僕は言葉を選ぶようにして、「姉貴が死んだということは」

ソイジョイを飲み込むとき、ぼそぼそとして喉に引っかかった。炭酸水が飲みたかったが、
それは話が終わってからにしようと思った。

「僕はソイジョイの全種類を制覇したかった。けれども一つだけ食べたことのない味があった。だって何かの間違いで姉貴とキスしたら、死んじゃうもんね、姉貴が」

僕はソイジョイのパッケージに目を遣《や》る。

「まあでもピーナッツ味、そんなによろしくはないかな。個人的ベストはクリスピーバナナ」

僕はソイジョイの原材料を眺めた。大豆粉（遺伝子組換えでない）と書かれている。僕はむしろ（遺伝子組換えである）という食品を食べてみたいのだけれど、果たしてどこに行けば出合えるのだろうか。

「で、姉貴はピーナッツ食べて死んじゃったの？」

「殺された」

父が暗い声で言って、僕は、ラララ、と素朴な声を上げた。それは聞いてない。

「あと俺は大豆アレルギーだ」

「もう。そういうことも早く言ってよ。親子じゃないか。何かの間違いで僕と親父がキスしたら親父死んじゃう」

僕は食べかけのソイジョイをゴミ箱に捨てた。それだけでは危険だと考えて、既に入っているティッシュなどを押しのけて一番底に押し込んだ。

「で、殺されたって？　どういう感じ？」

「わかるわけないでしょう……」

母の夕綺は、ヒステリックかつ整然とした、凝縮された水の玉みたいな声を出した。それは一見安定しているが、何かの拍子で容易に弾け飛ぶ。

「だってわたしたちはこちら側にいて、お姉ちゃんはあちら側にいて」

「いや、そういう哲学じゃなくてさ」

死因、と僕は言った。

「磔《はりつけ》」

と父から返ってきた。

僕は思わず噴き出してしまった。とはいえ悪いのは僕じゃない。犯人だ。

「もうすぐ警察から迎えが来る」父は言った。「死体の確認のために警察署に向かう」

果たして姉の死体はどのような表情をしているのだろう。安らか？　それとも苦悶《くもん》の表情を浮かべて？

「これで残り三人ですね……」

と母の夕綺は言った。それは全くその通りだった。僕たち家族はこれで三人になってしまったし、あるいはもっと減るのかもわからない。

＊

パトカーに乗って南大沢《みなみおおさわ》警察署を訪れ、人気《ひとけ》のない廊下を歩いて暗い部屋に辿り着いた。移動式ベッドのような割と高めの台に白い布が被せられている。白い布の内側には膨らみのある何かが寝かされている。

「確認してください」

警察官が言った。ともすれば当事者の僕たちよりも苦しんでいるように見えた。台の上の白い布、ちょうど顔を隠す位置の薄い布きれが、警察官の手によってめくられそうになった。そのとき。

「あああああ」

絶叫が響いた。それは父の胤也の口から発せられていた。何の意味も持たない文字の羅列、それなのにこうも壮絶に感情を響かせる、その絶叫によって警察官の布をめくる手は一時停止させられた。

父は頭を抱えて、フリーズしたように硬直している。その狼狽《ろうばい》も無理はないのかもしれない。なぜなら、おかしな言い方になるが、胤也が一番愛すべき家族が姉だったからだ。

「お姉ちゃん……」

母の夕綺はぼそりと呟《つぶや》いて、それから勝手に白い布をめくってしまった。

そこには姉の御鍬《みくわ》がいた。その死に顔は、僕の予想していたどの表情とも違った。

僕の個人的経験から言わせてもらえば、その表情は口の中が銀紙の味で満たされたときのものに似ている。ではどういうとき口の中が銀紙の味で満たされるのかというと、その最たる例はインフルエンザ。

インフルは苦しいものである。それと同等の表情をしているということは、やはり死も苦しいと言えるのだろう。

「御鍬……」胤也は呻《うめ》いた。

「犯人は捕まえましたよね？」夕綺の声は穏やかだが、顔は歪《ゆが》んでいる。

警察官は、善処しております、とだけ言った。善処していない人の顔だった。

「磔ってどんな感じでした？」僕は聞いた。

警察官は少し答えを躊躇《ためら》って、それから何かを決意したような顔をした。

「ご遺族の方には真実を知る権利があります。たとえそれが辛《つら》いことだとしても、それでも知りたいならば」

「有料ですか」

「え？」警察官は困惑していた。

「ああそうですよね。やっぱり無料ですよね」

僕たちは死体と対面した部屋よりは明るい部屋へと移った。そこには現場から押収されたであろう証拠が保管されているようだった。長机がコの字の形に並べられ、チャック付きポリ袋に入った小物類が多数置かれている。

目を引くのは大きな十字架。壁に立てかけられ、威圧感を放っている。

二本の木材をクロスさせただけの簡素な作りではあるが、特徴としては、頭の部分が短く脚の部分が長い、アンバランスな十字架だった。

「この十字架に御鍬さんは磔にされていました」警察官は言った。

「やっぱり釘で？」

僕が聞くと、

「両手は釘で留められ、腕と脚がビニール紐《ひも》で縛られていました」

「裸でした？」

「ええ、まあ……」

「写真撮ったんですか」

「捜査ですので」

「姉の裸体を」

「………………」

僕は再度十字架を眺めた。胤也が十字架の隣に立っていた。十字架は父の背よりも高い。

「それにしても大きな十字架ですね」

僕がしみじみと言うと、

「百八十五センチあるからな」

その胤也の意味深な台詞《せりふ》に対する一同の疑問は一旦保留された。その台詞と同時にスマホのシャッター音が鳴り響いたからだ。

夕綺が十字架を撮影していた。それを警察官が慌てて止めた。

「すみません。撮影は禁止です」

夕綺はそんなこと知らなかったというように、卑屈に驚いて見せた。

「どうしてもインスタにアップしたいんですけど……」

「今撮影した画像は削除してください」

「そうですよね。わかりました……」

夕綺は素早くスマホを操作している。おそらくスマホから画像を削除する前に、どこか安全な場所へ画像を転送したと見える。

「で、あの」ぼそりとした声だった。「胤也さん……」

夕綺は胤也を見据えている。低姿勢でできるだけ刺激しないように。

「なんで十字架の大きさを知ってるんですか。まさか……」

「そのまさかじゃない」

胤也は自分の頭と十字架の腕の部分を手で指し示した。

「この十字架の『腕の高さ』は俺の身長と同じ。つまり百六十五センチ。そして頭の部分が二十センチほど。よって十字架全体の高さは百八十五センチとなる」

確かに胤也の頭頂部と十字架の『腕の高さ』は同じで、それは百六十五センチなのらしい。

その言葉で夕綺は安堵《あんど》した顔をした。

それからすぐに青ざめた顔に変わる。

「ごめんなさい。一瞬でも疑ったことを許してください。わたしは罪深き女です。わたしがこんなだから御鍬は……」

「やめろ」

胤也は夕綺の頭に手を置いた。それは痛みを伴うような強さではない、純粋な慰めの意味だけのごく軽い接触だった。

「悪いのはお前じゃない」父は優しい顔をしていた。

胤也は夕綺の頭を撫《な》でている。仲むつまじい夫婦のワンシーンだ。だんだん撫でるという感じからぐりぐりと押さえ付けるように変わっていく。パン職人が嫌いな相手を想像しながらパンの生地を捏《こ》ねるかのように。夕綺の髪は台風直下のように乱れ、その我慢の限界を超えて漏れ出た悲鳴によって、父は我に返った。

すまん、と一言言った。それから憎悪に満ちた顔で呟いた。

「悪いのは犯人だ。悪いのは犯人だ。悪いのは犯人だ」

父は深呼吸した。念仏、あるいは自己暗示のように、自分に言い聞かせていた。それで落ち着いたようだった。すぐに胤也の表情は娘を失ったやるせない父親の顔に戻っている。

僕は二人の背中を叩いて、「また産めばいいさ」と慰めた。

＊

それから応接スペースのようなところに通された。簡素なパーティションで区切られている、その簡素さには来るものを拒むような雰囲気、もっと言うと軽率さのようなものまで感じられたが、むろんそれは僕一人しか感じることのない、ただの勝手な印象だと言える。

そこで僕たち三人は事件の概略を聞かされた。

死因は絞殺。首を紐のようなもので絞められた。

現場は音楽スタジオ。御鍬は大学の軽音楽サークルに所属しており、そのスタジオの一室と賃貸契約を結んでいた。

第一発見者はバンドメンバーの男。一人で自主練するためにスタジオを訪れたところ、十字架に磔にされた死体を発見して警察に通報。

死亡推定時刻は九月十日月曜日の午後一時から午後三時の間。すなわち昨日である。

「みなさん昨日は何をしていましたか」

と警察官は言った。どうやらアリバイ調査のようだった。つまり僕たちは疑われている。

「プールに行ってました」母は言った。

「どこのプールですか」

「アクアブルー多摩《たま》です」

「プールにいたのは何時ごろですか」

「午後一時から午後四時ごろだったと思います」

「プールにはよく行くんですか」

「はい。年間利用契約してます」

警察官はメモを取ってから、次に父の方を向いた。

「お父様は昨日は何をしていましたか」

「トレラン」

その言葉の意味が警察官には通じていないのは誰の目から見ても明らかだったので、父は言い換えた。

「山のランニング」

警察官の顔が少し翳《かげ》った。

「失礼ですが、お仕事の方は」

「自由業みたいなものです」

「具体的には」

「作曲家」

警察官は息を漏らした。珍しい職業に感嘆しているようだった。

「ではその、トレランをしていた場所は」

「高尾山《たかおさん》」

「時刻は」

「朝から夕方まで。しかしそれを証明することはできない。つまりアリバイはない」

警察官はそのアリバイという言葉が相手から出てきてしまったことに苦笑した。

「トレランはよくやるんですか」

「ストレス解消でして」

警察官は素早くメモを取った。それが終わると、今度は僕に向き直った。

「息子さんは昨日は学校でしたか」

「僕は昨日は人間でした」

僕は自分で言って自分で笑った。昔、ネットで見たジョークだった。それから絶句する警察官が不憫《ふびん》だったので付け足した。

「昨日は人間でした、と言うとまるで今日は人間ではないみたいですが、安心してください、今日も僕は人間です」

警察官の目つきが先ほどとは変わった。とはいえ、それが具体的にどのように変わったのかはわからなかった。ただ、決定的に何かが変わったことだけは明らかだった。

「昨日は学校にいましたか」

「死亡推定時刻には高校にいました。だからアリバイは完璧です。と言いたいところですが、残念なことに僕には友人がなく、あるいは悪意を持った教師が僕を陥《おとしい》れようとするかもしれないので、もしかしたら目撃者が見つからない可能性はあります」

「高校はどこですか」

「ミナミ」

「南？」

「八王子南高校です」

八王子《はちおうじ》南《みなみ》
警察官はメモを取って、それから顔を上げた。

「他に家族の方はおられませんか」

「お兄ちゃんがいました」母は言った。

トレランという言葉を知らず、ミナミという愛称を知らない警察官。そういう警察官でも、さすがに母の言いたいことは理解できていた。

「お亡くなりになられた？」

「はい」母はその事実を知られることがまるで恥であるかのように、身体を縮こまらせていた。

三人まとめての事情聴取はそれで終わりだった。そこからは一人ずつ別室に呼ばれて再度事情聴取が行われることになった。その意味するところは、他の家族には言えない内容を聞かせてもらう、それ以外にない。

最初は胤也で、次は夕綺で、最後が僕の番だった。

二人の警察官が僕と対峙《たいじ》した。片方はパソコンでメモを取っていて、片方が質問する役割のようだった。

無骨なスチールデスク。スポンジの毟《むし》られたパイプ椅子。窓のない部屋。壁に付けられた鏡。

取調室というものは初めて入ったので、僕はそうやって物珍しげに周りを眺めていたが、当然無駄な装飾は何もないので、すぐにあらかた見終わってしまった。そうなると警察官の柔和な表情と向かい合うしかなくなる。

警察官はその僕の倦《う》んだ表情を見て、こう切り出した。

「御鍬さんの財布に、とあるメモが入っていました」

僕は俄然興味を持った。今まではこちらのことを聞かれるばかりで、そちらのことを教えてもらえなかったからだ。

「なんて書かれてたんです？」

おそらく僕と同じことを父と母も言ったし、言われた。

警察官は、感情を排した、完全に客観的な声を作って、その言葉を告げた。

「この家には悪魔がいる」

その言葉が耳を通り鼓膜を震わせ、脳の中に電気信号として届いたとき、僕は背筋がぞくぞくした。表情に浮かびそうになる含み笑いを何とか押し殺しながら、警察官二人に向けて目を見開いて見せた。

「それマジです？」

「マジです」

感情を排した声で『マジ』という言葉を使われると、もうこの言葉はきっと広辞苑なんかにも載っていて、二十年後には公文書でも使われる正式表現と化している未来像がよぎる。しかし、マジという言葉を使おうが、真実という言葉を使おうが、示している本質的意味に何の相違もない。

「この家には悪魔がいるんですか？」

自分の家庭のことなのに、僕の声は完全に他人事《ひとごと》のどうでもいいような声になってしまった。そのことが逆に悪魔の実在を確信させた。

悪魔は巧妙に溶け込んでいる。悪魔がいそうな場所に悪魔がいるはずもない。逆に絶対に悪魔がいそうにない場所、そこにこそ悪魔は潜む。

たとえば幸福な家庭。

「その悪魔について、心当たりはありませんか」

警察官は鋭い目で僕を見ていた。それは言い換えれば、お前は悪魔なのか、と問いかけているも同義だった。

僕は考えに考えて、一つの結論を出した。

「つまり、あなた方はその悪魔について心当たりはないんですね？」

警察官はその質問に面食らっていた。

「じゃあ僕が言わなければその悪魔は永久にわからないわけだ」

僕はふふんと鼻を鳴らして、高圧的に見下した。それで相手が豹変《ひょうへん》する様を期待していたが、昨今の義憤に溢れるネット社会の影響か、相手は終始和やかな表情を崩さなかった。

「心当たりがあるんですか」

「ラララ」

「心当たりがあるんですね」

その一文字だけの語尾の変化は、たったそれだけのことなのに、警察官の心の機微を完全に表していた。

「結論から言って」僕はあっさり告白した。「悪魔がいるとすれば母です」

会話係の警察官は身を乗り出した。メモ係の警察官はタイピングの速度を速めている。

「夏目漱石《なつめそうせき》の『こころ』って知ってます？」

僕の言葉でタイピングの音が止まる。

「これ、二年生のとき教科書でやったんですよね」

警察官は意味を測りかねている。

「確かそこには『鋳型《いがた》に入れたような悪人はいない』というような表現があったと思いますが、この悪人は悪魔と互換可能だとは思いませんか」

警察官は意味を推し量る。

「お母さんは、お姉さんにとっては悪魔だったが、他の人にとっては悪魔ではなかった？」

「もしそうだとしたら、警察の捜査というものは何の知能も必要ないただの単純労働であって、ＡＩだとかロボットに取って代わられる産業の筆頭でしょうね」

ここに来てやっと警察官は感情を露《あら》わにした。むっとした顔をして、警察官の誇りを傷つけられた恨みを視線という槍に込めて刺そうとする。しかしその槍は寸止めにさえ届かない遥か遠くで動きを止めている。そんなの何の威嚇《いかく》にもなっていないが、僕はその槍が僕の身体を深々と刺し貫く様が見たい。

「あなた方にもわかるように簡単に説明しますと」

挑発と共に僕は告げる。

「父にとって母は悪魔たり得る。兄にとって母は悪魔たり得る。僕にとっても母は悪魔たり得る。しかしただ一人だけ、母が悪魔たり得ない人物がいます。それは誰だかわかりますか？」

さすがに警察官の仕事はベルトコンベアーから流れてくる部品を組み立てるだけの単純労働ではないらしかった。

「お姉さんにとって、お母さんは悪魔ではない？」

「はい」

だからメモの内容はおかしい。ちぐはぐ、と言ってもよい。敢えて悪魔を無理やりこじつけるとしたら母の夕綺なのだが、唯一、夕綺を悪魔と思わない人物が姉の御鍬だからである。

「そこら辺の事情を詳しく聞かせてもらえませんか。お姉さんにとってお母さんは悪魔ではないのに、他の人にとっては悪魔である。その真意を」

「細部は重要です。神は細部に宿ると言います。訂正してください」

警察官は、は？　と言って素のぞんざいな人格を露わにしている。

「悪魔である。その表現は間違いです」

「？」

「僕が言ったのは『悪魔たり得る』ということです」

警察官は実に面倒くさそうな顔をした。

「つまり、これから先に悪魔になる可能性はあるが、過去と現在においては悪魔ではないということ？」

「そうです。だから悪魔なんていないんです」

警察官は納得しない顔をして、人から嫌われるための最高のテクニックを披露した。すなわち会話の最初で否定から入るということ。

「でも」

その最高のテクニックはわざわざもう一度繰り返された。

「でも、現にお姉さんはメモを残している。つまり悪魔はいるんです。その辺りの詳しい事情を説明してください。あなたがここで述べたことは全て捜査上の秘密にします。あなたの証言が家庭を崩壊させるなんてことはありません」

「一個聞きたいんですけど、その様子だと、父も母も僕の言ったことは言わなかったわけですよね？」

これは無意味な質問だった。なぜならここでの供述は捜査上の秘密にすると先ほど述べられたばかりなのだから、父や母が僕と同じ内容を喋《しゃべ》っていてもそれが僕に伝わることはない。

警察官は困った顔をして、捜査上の秘密ですので、という無意味な答えを返してきた。無意味なQ＆Aだった。

「まあいいや」

僕はスマホで時刻を確認した。夜の七時。お腹も空《す》いてきたし、何より姉が殺されたのだから毛布にくるまって悲しみの涙を流したい。タマネギを買って帰れば涙は流せるだろう。

「疲れてきたのでさくっと説明します。それが終わったら帰らせてくれますよね？」

＊

僕たち家族五人の関係は、結局、崩壊するどころかかえって固く結びついたのだが、とはいえ、そのきっかけとなったのは、おばからの歓迎されないプレゼントだった。

時は二〇一四年。民間のDNA鑑定が低価格化し、一般人でもネット上の手続きで簡単にDNA検査キットが入手できるようになった時代のことである。

おば、つまり夕綺の妹は、流行の最先端を気取って、しゃれたプレゼントだとでも思ったのか、我が家のクリスマスにDNA検査キットを贈って寄越した。

それは血縁関係を調べるようなものではなく、かかりやすいと思《おぼ》しき病気や、祖先のおおざっぱなルーツを調べるような、いわばお遊びみたいなものだった。

二点、問題がある。

まず第一に、DNA検査キットは他人への譲渡は禁止である。その点においておばはルール違反を犯している。

第二に、そのDNA検査キットがお遊びだと知ったのは事態が手遅れになってからであった。

僕たちは届いたその時点では、珍しいプレゼントを割と面白がっていた。

ただ一人を除いて。

「こんなものやめましょう……」

夕綺は静かな動きで、しかしとてつもない強い力で、DNA検査キットをゴミ袋に詰め込み始めた。

あまりに勢いがあったため、唾液を出しやすくするためのレモンのイラストが宙を舞った。あるいは、このレモンこそが梶井基次郎《かじいもとじろう》の『檸檬《れもん》』のごとく、僕たちの家庭を崩壊せしめんとする爆弾なのかもしれなかった。

「こんなものは不幸しか生みません……」

その場ではみんな夕綺に従った。ゴミ袋は規定の日にゴミステーションに持ち込まれ、収集車に詰め込まれて異邦へと旅立っていった。けれど僕たちはこの件について、いずれ決着を付けねばならないという気持ちで一致していた。

夕綺を除く四人——父、兄、姉、僕——は別のお遊びではないDNA検査キットを購入して、血縁関係を調べることにした。

事実を簡潔に述べよう。

兄・終典《しゅうすけ》は胤也の子ではない。

姉・御鍬は胤也の子である。

僕・椿太郎《ちゅんたろう》は胤也の子ではない。

これは家族にとって、ただならぬ衝撃ではあった。けれど、この件によって、僕たちの絆は前よりかえって強くなった。母の過ちを責めることもなかった。父が血の繋がらない子を冷遇することもなかった。僕たちの関係は極めて良好だった。

それは、偽物の家族だからこそ、本物になろうと努力する、その本来発生しない努力の分だけ優秀だということなのかもしれない。

僕たちは家族五人、仲むつまじく暮らしていた。絵に描いたような幸せな家庭だった。

今は二人減って、三人家族だけれど。

＊

「つまり姉だけは母の悪魔的行為と何ら関係がありません」

僕が話し終えると、警察官は考え込んだ。

「でもお姉さんは他の三人、お父さん、お兄さん、きみの心の声を代弁して」

「てか、それならわざわざメモに残す意味がなくないですか。だって僕たち家族の間では母の行為は公然の秘密だったんだから」

「確かに」

と言って警察官は再度考え込んだ。それから何かに思い当たったような顔をした。

「椿太郎くんはそのお母さんの行為についてどう思う」

「嬉しかったですよ」

「え？」警察官は困惑している。「なんで？」

僕は答えなかった。答えないことが最大の優越だと思った。

「とにかく、母のその問題はもう解決したんです。誰もが慈悲と容赦《ようしゃ》の心で受け止めたんです。むしろ前より固い絆で家族は結ばれたんです」

僕は総括した。

「もし本当に悪魔がいるなら、そんなちゃちな罪じゃなく、もっととてつもない巨悪だと思いますがね」

＊

帰宅してからは葬儀会社の人と葬儀の話し合いをした。葬儀会社の人は喪服を着て、手には数珠《じゅず》をつけていた。その人たちが二人、僕たちが三人で、計五人がこの場にはいた。つまりうちの大きすぎるL字型ソファーには、まだまだキャパシティーが存在するということだった。

葬儀会社の人は、当事者の僕たちよりもよっぽど悲しそうな顔をしていた。たぶんこの人たちも自分の大事な人が死んだら、こんな過剰な顔はせずにいきなり笑い出すとかすると思う。

「一番利用件数が多いのは、この家族プランですね」

葬儀会社の人はそう言って、六つある料金プランの中で三番目に高額なプラン、イコール四番目に低額なプランを勧めてきた。上手い商売だと思う。一番高いのを勧めたら欲張りだと思われるし、一番安いのを勧めたら儲からない。

「いや、一番安いのでいい」

父の言葉は意外だった。それは迷った上での決断という風には見えず、最初から決めてあったことのように聞こえたからだ。

兄が死んだときは葬儀は一番高いプランで行われた。うわ、もったいない、と思った記憶があるからそれは確かだ。

姉が死んだときは葬儀は一番安いプランで行われる。そこにはどんな心境の変化があったのだろう。僕にはさっぱりわからないが、一番安いプランを選ぶべきという点において異論はないので黙っていた。

夜中まで話し合いが続いて、葬儀会社の人が帰ってから僕は尋ねた。

「僕の喪服ってどうすんの？　焦げ茶色なんだけど」

僕は自分のブレザーの裾を引っ張ってみせる。兄が死んだときは、中学の緑色のブレザーを着たはずだけど、中学生では許されることが、高校生でも許されるとは限らない。

「別にどうでもいい」

父は適当な声で言った。疲労がピークに達しているようだった。

「胤也さん……」

母の声は静かだったが、その中に熱い闘志、さながら青い炎とでも呼ぶべきものを隠していた。

「どうして一番安いプランを選んだんですか……」

「大事なのは気持ちだろう」

「でも御鍬は、あなたの唯一の、本当の……」

母はそれ以上言わなかった。言えなかったと言う方が正確かもしれない。許されたとはいえ罪を背負っている母には、家族という言葉を使う資格がない。本人はそう思っている。

「じゃあ僕が死んだらどのプランを選ぶ？」僕は唐突に尋ねた。

「死ぬ前に自分で決めておいてくれ」父は投げやりに言って、それで長い夜はお開きとなった。

僕は寝室の照明を消してベッドに仰向けになった。スマホの自動停止タイマーを起動させて、ユーチューブで米津玄師《よねづけんし》の『Lemon』をリピート再生した。今日は疲れていたので、明日から頑張ろうと思った。

この家には悪魔がいる。その候補者は五人。

父・清家《せいけ》胤也。

母・清家夕綺。

兄・清家終典。

姉・清家御鍬。

僕・清家椿太郎。

別に誰が悪魔でもよかった。ただ、この幸福な家庭に悪魔が潜んでいるということが堪《たま》らなく面白くて、僕が布団の中で隠しているのは、涙ではなく涙の出ないドライアイなのだった。

父 1

朝起きると、リビングで父が薬を飲んでいた。テーブルの上にはツムラの漢方薬が何種類も置かれていた。漢方薬はいくら飲んでも問題ないというのが父の持論だった。アルミ包装の封を破り、天を仰いで粉末を口に含む。それを水ではなくカロリーメイトゼリーで飲み下す。父は美味しい料理に興味はない。ただ栄養のことだけを考えている。彼にとって必要なのは、ネイチャーメイド・スーパーマルチビタミン&ミネラルの錠剤と、ツムラの漢方薬と、チオビタドリンク2000と、カロリーメイトゼリーだけ。そんな偏食的な、それでいて健康的である不思議な生活からは、個性的な音楽が生まれる。メロディはだいたい山を走っているときに思い浮かぶという。彼の作ったとある曲は、十年前の曲なのに今でも桁外れの人気を誇り、莫大《ばくだい》な印税収入を生み出し続けている。

「学校は休むのか」

父はこちらを見ずに言った。僕もそちらを見ずに答えた。

「だって休む理由がないよ」

僕はキッチンに行った。冷蔵庫からフルーツを取り出して包丁で切り分けた。それをジップロック・イージージッパーのポリ袋に詰めると、お弁当の完成。このイージージッパーのいいところは、つまみをスライドさせるだけで密閉できるということだ。普通のジップロックだと、溝を上手く噛み合わせて押さえないとならない。あれが意外とうまくできない。だから僕は今日もジップロック・イージージッパーに果物を詰め込んで、つまみをスライドさせて密閉する。これが今のところ、僕の最適解。

＊

僕の家から高校まで、自転車で約四十分かかる。八王子南高校というのは電車やバスなどのもろもろの噛み合わなさのためアクセスが非常に悪く、それは僕固有の問題ではなく、たいていの生徒に対して平等に降りかかっていた。

駐輪場に自転車を止めて、登校する生徒たちの群れに交じる。焦げ茶色の制服が軍隊のように歩いていく様は、とある昆虫を想起させたが、そのことはむしろミナミの生徒の自虐ネタとして鉄板だった。

教室に入ると、僕は一番後ろの席に座る。だいたいの生徒は友人と雑談しているが、あいにく僕には友人がない。

いつもであれば、英語の参考書でも読んで時間を潰《つぶ》すのだが、今日は他にやることがあった。

悪魔を見つけなくてはならない。

具体的には家族の身辺調査。

僕はまず、現代において調べごとをしようと思ったら誰もが最初に行う行為、ネット検索を試みた。

清家胤也。専用のウィキペディアのページが作られている。トゥルー・バキュームというゲーム会社に所属していて、ゲーム音楽を制作するだけでなく、アーティストにアニソンなんかも提供している。そういう公的な情報は腐るほどヒットするのだが、私的な、プライベートにかかわる情報は、公的なノイズに妨害されて見つからない。

清家夕綺。情報なし。

清家終典。フェイスブックのページがヒット。一切更新はされておらず、ただアカウントを作っただけのように見える。成蹊《せいけい》大学文学部。管弦楽団サークル。

清家御鍬。たくさんのニュースが表示される。大手メディアでは殺人事件の被害者として報道されていたが、それより通俗的な、広告収入を主目的としたいわゆるアフィブログと呼ばれるメディアでは、報道のされ方が変わっていた。曰《いわ》く、『【悲報】大人気ユーチューバーさん殺されてしまう』

清家椿太郎。椿《つばき》太郎《たろう》というマンガ家がヒットするが、この人は椿という苗字の太郎という名前の人で、僕とは何の関係もない。

チャイムが鳴って、僕はスマホをポケットにしまった。

ホームルームでの担任の話を聞き流しながら、僕はこれからどのような手順で身辺調査を進めるべきか考えていた。

ホームルームが終わって、担任が教室を出て行ったとき、僕は結論を出した。

一人ずつ順番に調べていこう。

まずは父親から。

とはいえ、たとえば、いきなり父の職場に押しかけて、「父はなんか悪いことしてませんか？」なんて尋ねたとしても答えてもらえないだろう。

＊

授業中に僕のノートはブレストによる支離滅裂なメモで埋め尽くされた。おかげで脳髄《のうずい》がすっきりして、これからの方向性が見えてきた。

やるべきこと。それは質問に答えてくれそうな人を探すことである。

兄と姉の場合、この世にいないということもあって、故人の思い出を聞かせてほしいみたいなことを言えば、関係者は瞳を潤ませて、あるいは遠い目をして、質問に答えてくれるかもしれない。

では父と母はどうか。こちらは少し厳しくなる。息子だと明かせば関係者は質問に答えてくれるかもしれないが、それだと悪魔探しがバレてしまう恐れがある。できれば僕はこの悪魔探しは内密に行いたい。そして全てが明らかになったとき、二時間サスペンスで犯人を崖っ縁に追い詰めるかのように、劇的に問い詰めたいのだ。

「何書いてんの」

後ろから石鹸の香りがつんと香って、ノートが覗き込まれていた。

僕は慌ててノートを隠した。上体で覆い、宝物を独り占めする悪党のように。

「見せて。減るもんじゃないでしょ」

「確かに」

僕は即座に態度を改め、机の上に伏せていた身体を上げた。その急激な変化を、相手はきょとんとして眺め、それからノートを覗き込むと失望した顔をした。

「何これ。病んでる?」

そのとき、僕はきまぐれを起こした。

「実はある人物について調べようと思っているのだけど、ネットでは調べられない。直接関係者に当たるしかない。そういうとき一番適した相手というのは誰なのだろう」

「ああ。なるほど」

相手は何かを察した顔をした。

「清家くん。そういうのやるんだ。意外」

「そういうの?」

「ちなみに清家くんは誰を選ぶの」

「まあ答えは決まり切っているよ。ただその決まり切った答えを選ぶことができないから困ってるわけでね」

「誰？」

「家族」

相手はふうんという顔をして、少し目つきが変わった。好色そう、というのが第一印象だったが、仮にそれが性欲だとしたら、この上なく清潔な性欲だ。

「なんで家族に尋ねられないの」

「そりゃあそうだろう。家族の秘密を探っているのに当人が答えてくれるか？　秘密を探っていることを当人に知られてしまっていいのか？」

「なんか大変なんだね……」

相手は同情するような目を向けた。けれどこんなの同情に値することじゃない。どこの家庭にもドラマはあるし、不幸も幸福も突然訪れる。それは自分だけの固有の経験ではなく、誰にでも起こりうるごくありふれたことだ。

「ちなみに佐藤《さとう》さんは誰に聞けばいいと思う？」

「比留間《ひるま》です」

「そうだった。失念していたよ。佐藤さん。で、質問の答えは？」

「比留間です」

「佐藤さん、眉毛の太さ変えた？　なんか前より凛々《りり》しい顔になった気がする」

「あ、わかる？　清家くんって人に興味ないふりして意外としっかり見てるよね比留間です」

いつの間にか比留間琉姫《るき》は僕の前に回って前の人の席を勝手に占領していた。背もたれを股で挟んでみっともない座り方をしている。

「てかなんで急に話しかけてきたの？　捨てられた子猫にミルクを与える感じ？」

「みんなは知らないみたいだけど、わたしは知ってるよ。ニュース」

比留間の語気は衰《おとろ》えていた。それは喪に服しているつもりなのかもしれなかった。

「だけど清家くんの顔見て安心した」

「遺産の取り分が増えたからね」

「その調子だと大丈夫そうね」

クラスメイトたちの視線を感じた。なぜあの釣り合わない二人が一緒にいるのかという疑問。その視線は、綿毛のように、僕の皮膚をくすぐってくる。

「きみこそ大丈夫？　これ以上一緒にいると僕と同類だと思われない？」

「実際同類でしょ。あわや退学という点で」

「すべて国民は、個人として尊重される。生命、自由及び幸福追求に対する国民の権利については、公共の福祉に反しない限り、立法その他の国政の上で、最大の尊重を必要とする」

僕は日本国憲法第十三条を暗唱した。

「だから僕が免許を取って原付で登校したからといって退学させられそうになるのはおかしい」

「だよねだよね。法律より校則が優先されるのはおかしいよね」

「夫婦生活は円満かい？」

比留間は舌をちろっと出した。その仕草の意味するところが何なのか僕にはわからなかったし、興味もなかった。

「さっきのって心理テストでしょ」

比留間は椅子の背もたれを抱きしめて僕の目を覗き込んでいる。

「そこで答えた人物のことがその人にとって一番大事、みたいな」

「そうか。僕は家族が一番大事だったのか。知らなかった」

「私はねえ、調べたい人がいたらその人の愛人に聞くかな」

「愛人」

「うふ。いいよね。愛人って。でも愛人を作るために一番大変なところは、まず好きでもない相手と結婚せにゃならんということだ」

僕たちは見つめ合っていた。一つ、拍手の音が響いた。それは比留間の手によってなされていた。その小さな手からどうしてそんなにも強烈な音が鳴り響くのかというほどの一撃は、空気だけに飽き足らず空間そのものをも震わせ、僕の目を反射的に瞑らせた。

比留間はこちらを不躾に指さしていた。

「やはり家族の秘密は家族に尋ねるべし」

「きみに聞いたのが間違いだった。というか間違いだとわかった上で聞いた」

「ごめん。ちょっと言い方を間違えた。家族じゃなくて親族」

その言葉は一考の余地があった。確かに、姉の遺書には「この家には悪魔がいる」と書かれているのだから、この家にいない親族に当たるのは問題ない。なにより親族というのは血の繋がっただけの人ではあるが、この血の繋がりは何よりも深く、深い以外には赤かったり熱かったり甘かったりするわけで、訪ねてきた僕を無下に扱うことはできない。

「やればできるじゃないか。佐藤さん」

「比留間です。ちなみに私は全く勉強せずにテストで三十位を取っています。やればできるのではなく、やらなくてもできるのです」

「まあそこは諸説だよね。血反吐を吐いて頑張って一位を取るのか、片手間に適当にやって三十位を取るのか」

「役に立った？」

その表情は純粋な親切に満ちていた。そういう善意は新鮮だったので、僕も善意をもって答えた。

「僕は二十九位だけど」

一瞬、比留間はその言葉の意味を理解していなかった。理解した瞬間、ゾンビが呻くような声を出した。発音記号にすると「əː」という感じ、birdという英語の長音に相当する部分。

「比留間。購買いこ」

比留間の友人がやってきて比留間の肩を叩いた。比留間はそちらを見て、僕を見て、名残惜しそうな顔を向けてきた。

「そうだ。佐藤さん。今から一緒に叙々苑《じょじょえん》行かない？　当然そちらのおごりで」

「空気読めよ堀川《ほりかわ》君」比留間の友人は不愉快な表情を浮かべていた。

僕はそういう渾名《あだな》で呼ばれている。調べたらアニメのキャラクターの名前だった。高校二年の冬、郵便局で年賀状の仕分けのバイトをしたとき、はがきの購入ノルマがあっていらない年賀状を買わされたから、処分の意味合いを込めてクラス全員に年賀状を送ったらそう呼ばれるようになった。僕はただ、年賀状に猛毒のテトロドトキシンを塗りつけて送ったら、受け取ったクラスメイトたちが苦しんで死んでいくだろうな、と妄想して楽しんでいただけなのに。

「山田《やまだ》さん」僕は言った。この比留間の友人が山田だったかどうかは定かではないが仕方ない。「無活用ラテン語読める？」

「無活用ラテン語？」

「僕にとって空気とは無活用ラテン語のようなものでね」

「意味わかんない」山田は吐き捨てた。「比留間。いこ」

比留間は笑っていた。そこにあるのは侮蔑や悪意ではなく、そして腹を抱えるほどの爆笑でもなく、ほのぼの系日常四コママンガを読んだときのような自然な笑いだった。

二人が去っていき、僕は一人残される。僕はイヤホンを装着して、ゲスの極み乙女。の『ロマンスがありあまる』を聴いた。それから昼食の果物を食べた。今日のメニューはオレンジとイチゴとパッションフルーツ。食べ終わってから今後の方針について考えた。

父には確か祖父がいた。いや、表現に正確を期すなら、父には父がいた。つまり僕にとっての祖父がいた。

老人ホームに入っていた気がする。この祖父から父についてのエピソードを聞けないだろうか。そのためには祖父の居場所を知る必要がある。もちろん父や母に尋ねることなく、秘密裏に。

僕はネットで検索した。ネットは本当に便利なもので、行方不明の親族を捜す方法が簡潔に記載されていた。

あとはここに書かれているとおりに行動するだけだ。

＊

放課後には体育館でセンター試験説明会があったが、僕は無断欠席した。

代わりに家から一番近いところにある八王子市役所の由木東《ゆぎひがし》事務所を訪れた。入り口には銀色の丸いひさしがあった。自転車を止め、自動ドアに向かうと、右が市民センター、左が事務所と書かれていたので、僕は中に入って左の方へ進んでいった。

事務所は空いていた。僕の他に一人しか客はいなかった。台の上に置いてある住民票請求の書類に必要事項を記入して、窓口に提出した。その際、本人確認としてマイナンバーカードを提示した。椅子の上で少し待たされて、二百円と引き替えに住民票を手に入れた。

さて、これで仕事は終わりではない。

僕が住民票を手に入れたのは、そこに書かれている本籍地を知る必要があったからだ。

住所と本籍地とは違う。僕もよくわかっていないのだが、住所は住んでいる場所を示すもので、本籍地は戸籍のある場所を示すものらしい。

そして行方不明の親族を捜すためには、戸籍の附票《ふひょう》というものが必要となる。それは自分の『本籍地』の役所で請求する必要があって、『住所』の役所では駄目なのだ。

僕は椅子に座って住民票を眺めて、その本籍地を確認した。

調布《ちょうふ》市の所番地が書かれていた。幼い頃そこに住んでいたような気もするし、しない気もする。いずれにせよ、これから調布市役所まで行かなければならない。

現在十六時十分。市役所はたいてい十七時で閉まるはずだから、間に合うかどうか。

スマホのグーグルマップで道のりを確認して、最適なルートだと三十八分かかることがわかった。しかしそれは徒歩を織り交ぜる場合であって、僕には自転車があるから多少は時間は短縮される。

とりあえず僕は駄目元で行ってみようと思った。

自転車で京王多摩《けいおうたま》センター駅まで行って、十六時二十二分。そこから電車に乗って調布駅で降りて、十六時四十分。そこから徒歩で向かって、調布市役所に着いたときは十六時五十分だった。結構ぎりぎりである。ただし、電車の中でスマホで確認した情報によると、調布市役所は十七時十五分まで開庁しているらしく、そういうちょっとした幸運も僕の背中を後押していて、世界そのものに導かれているような気がした。

先ほどの由木東事務所とは違って、調布市役所は人がたくさんいた。内部も広かった。台の上に置いてある、戸籍の附票を請求するための書類に必要事項を記入して、番号発券機から468と書かれた番号札を受け取った。

少し経《た》ってから番号がモニターに表示されたので窓口に向かい、先ほどの由木東事務所と同じように書類を提出してマイナンバーカードを提示した。

十七時十分。こうして二百円と引き替えに、僕の手元には祖父の戸籍の附票がもたらされた。

そこには祖父の現在の住所が記載されていた。

世田谷区松原《まつばら》●丁目●番地●　スピカ松原75号室
調布駅の構内で、僕はスピカ松原のウェブサイトを閲覧した。

全体的に高級で洗練されていて、そこに入るためにはとてつもない額の資金が必要なことが見て取れたが、特に目を引くのは黄金の浴室だった。

といって壁に金箔《きんぱく》が貼られているわけではない。暖色のライトとオレンジ色の壁天井、そして檜《ひのき》でできた直方体の浴槽が、あたかも浴室を黄金色に染め上げているのだった。

ふつうバスタブといえばつるんとした陶器をイメージする。しかしここの浴槽は檜できている。この檜の浴槽が、この老人ホームの全てを表していた。

僕はグーグルマップでスピカ松原までのアクセスを調べた。ここから二十五分ほどかかるらしかった。

せっかく遠出してきたのだし、このまま祖父に会いに行きたかった。

僕はスピカ松原に電話をかけた。清家尭之《あきゆき》の孫だと名乗り、面会したい旨を伝えると、二十時までは面会を受け付けているという。

こうして僕は電車に乗り、明大前《めいだいまえ》駅を目指した。

*

御簾垣《みすがき》のような扉の向こうには、生けられた花が器に飾られていた。エントランスを抜けるとラウンジがあって、たくさんのソファーが置かれていた。

受付で先ほど電話した者だと名乗ると、面会用紙を渡された。僕の個人情報と面会相手を記入して提出すると、ナースステーションのようなところに通され、紙コップを渡された。うがいをしてください、と言われたので念入りにうがいをする。手を洗ってくださいと言われたので、ハンドソープで手を洗う。これを使ってくださいと言われたので、アルコールジエルを手指に擦り込んだ。

面会する場所へ向かう途中、元気そうな老人たちと出会った。コミュニティールームのようなところでは、開いた扉の隙間から碁を打っている老人の姿が見えたし、どこか近くの部屋からは、楽しそうな老人の談笑が聞こえてきた。

僕は三階の一室に通された。壁のくぼみに絵画が飾られていた。海の絵だった。やがて職員に連れられて祖父がやってきた。

車椅子が僕の隣で止まる。そこには祖父が乗っている。乗せられていると言った方が正しい。職員はお二人になりますか、と聞いてきたので、いえ、いてくれた方が助かります、と僕は答えた。

祖父の頬はまるで餅が垂れるかのようにたるんでいた。そこにあるのはある種の神聖さで、もしかしたら七福神、あるいは仏像の中にこのような外見の者がいるかもしれない。

僕と祖父は向かい合った。僕は声を大きめに、はっきりと喋ることを意識して切り出した。

「孫の椿太郎です。おじいさん。元気でしたか」

反応はない。祖父は虚ろな目をして、僕の方を向いているが僕のことを見てはいない。

「今日は僕の父、つまりあなたの息子のことを聞きに来ました」

その目は沼のようだった。どんよりと淀み、一切の光を失っている。

「あなたの息子、わかります？　胤也って言うんですけど」

　答えは返ってこない。僕は話題を変えてみることにした。

「画像を見たけど、あの檜のお風呂ってすごくいいよね。僕も入ってみたいものだよ。やっぱり檜の香りとかする？」

　祖父は何の反応も見せなかったが、代わりに職員から答えが返ってきた。

「尭之さんは足腰が不自由なので、そちらのお風呂には入れないんですよ」

　そのとき、僕は一切のやる気を失った。せっかく遠出していろいろと手続きしてここまで来て、悪魔探しが進まないのは覚悟していたとはいえ、檜のお風呂の感想さえ聞けない。そんなのはあんまりじゃないか。

　何もかもが面倒くさくなった。僕は鞄《かばん》からオレンジジュースを取り出して飲んだ。ちなみにペリエは家でしか飲まない。なんてったって炭酸の抜けたペリエほど悲しいものはないからね。

　オレンジジュースは僕の喉を通り、胃の中へと流し込まれた。その残り香が僕の溜め息と共に吐き出され、祖父の鼻腔《びこう》をくすぐったとき、腕が摑まれた。それは摑むと呼ぶにはあまりにも虚弱すぎる、刷毛《はけ》で撫でられたような感触だった。

「大変だ。早く助けないと」

驚いたことに、その声は祖父の口から発せられていた。

祖父の目には光が宿っていた。それは澄み渡る海のように透明だった。

しわしわの手のひらが僕の腕を摑んでいた。僕はその祖父の手の上に手のひらを重ね、落ち葉のように乾いた質感を確かめた。

「大丈夫ですか。どうしたんですか」

「胤也が誘拐された！」

祖父は全身の力を振り絞ってそう叫んだ。僕は興奮していた。

「誘拐されたんですか？　いつ？　どこで？　誰に？」

返事はなかった。

祖父の目は急速に光を失っていき、最終的にはまたあの沼のような目に戻っていた。

僕は祖父のかさかさの手の甲を撫で続けた。それでも相手は何も感じることもなく、ただぼんやりと口を開けて、僕の方を向いているが僕を見ちゃいない。

「たまに記憶が戻ることがあるんですよ」職員は悲しそうに言った。「でもそれは一瞬のことで、すぐに元通り」

「ということは正しい記憶であって、妄想ではない？」

「わかりません。でも誘拐と言っていましたから、もし本当なら新聞の記事なんかに載っているんじゃないでしょうか」

それはよい指摘だ。僕は職員に感謝の言葉を述べ、そして祖父に別れの言葉を述べると、施設を後にした。

スマホの充電が減っていたので、音楽は聴かなかった。窓の外のくだらない風景と車輪の立てる耳障りな騒音が妙にいとおしかった。帰りの電車の中で、僕は忍び笑いを隠すことができない。

誘拐。父が家族に話したことのない、秘密。

母 1

朝起きて、部屋から廊下に出ると、煙の匂いがした。母がお灸《きゅう》を使ったようだった。母は腰が悪く、たまにお灸を使う。それは『せんねん灸オフ　レギュラーきゅう　伊吹《いぶき》』という情報過多のよくわからない名前で、有り体に言うと、火を付けて煙が出るタイプのお灸である。姉が生きているときは、しばしばその煙と臭いに文句を言っていたものだった。今は煙の出ないタイプもあるし、そもそも火を使わないタイプもある、姉はそう言って母に改宗を迫った。対する母の反論は、メルエム対ネテロの戦いを見てください、というものだった。

それは『HUNTER×HUNTER』というマンガの話で、両者は超能力のようなもので戦うのだが、ネテロは攻撃の際、合掌という、戦闘において命取りに近いはずの無駄な動きを挟む。しかしその無駄な動きである合掌こそが、メルエムを上回る攻撃を可能にしていた。つまり母の言いたいことは、一見無駄に見えるものこそが本質だったりする。だからお灸に火を付けて煙を出す。一見無駄に見える火と煙。それこそがお灸の本質なのだと。

リビングに入ると、誰もいなかった。うちの者はみんな自由業なので、こういうことはよくあった。兄は死んでいたし、父は役員だし、母は不定期労働だし、姉は大学生だったし。

僕がいつものように果物を切っていると、母が起きてきてキッチンのテーブルに着いた。母は冷蔵庫からマヌカハニーの瓶を取り出し、スプーンで掬って口へと運んだ。その唾液の付着したスプーンを、再度瓶の中に入れて中身を掬った。母にはこういう品のないところがあった。たとえば、スーパーでニンジンを買おうと思ってカゴに入れて、後からやっぱり買うのをやめようとなったとき、普通なら元あった場所に戻す。ところが母は平気で肉のコーナーにニンジンを戻す。そういう育ちの悪さが、ときたま母の行為に表れることがあった。

「今日仕事なので、帰りは遅くなります」

システムキッチンのあちら側から母の声が届いた。僕は果物を切りながら、「何の仕事?」と聞いた。

「いつものデバッグです」

「腰は大丈夫なの？」

「今は腰よりも心が大事ですから」

「いや、デバッグこそ心を折るよ。ゲームやり放題と聞いて希望に満たされてやってきたバイトくんは、その過酷な現実を知って心が折れてしまったんだ」

「ごめんなさい……。わたしが勧めたりしたから……」

「まあ、確かに悲しみを紛らす上でデバッグは最適かもね。あれは心を失わせる。喜びも悲しみも怒りも全て失わせて、残るのは虚無だけだ」

「だから晩ご飯は自分で何とかしてください。外食ならお金は払います」

僕は了解の返事をして、果物をジップロック・イージージッパーのポリ袋に詰め込んだ。

＊

教室に入って、英語の参考書を読んでいると、突然、クラスメイトたちの注目がある一点に集まった。僕もそちらを見遣ると、松葉杖を突いた生徒が教室に入ってきていた。名前は確か三宅《みやけ》。

友人たちはすぐに三宅の元に駆け寄り、どうしたんだよ、と尋ねた。おそらく友人たちが想像していたのは、交通事故だとか階段からの転落だとかだったはずだが、三宅の口から放たれた言葉はそのいずれでもなかった。

「マザコンのヤクザにやられた」

友人たちは口々に、マザコンのヤクザって何？　と尋ねたが、それに関しては三宅は完全に口を噤《つぐ》み、どれだけ友人に追及されても、それ以上この件に関して語る気はないようだった。

「なんだろうね。マザコンのヤクザって」

隣の席の女子は、たぶん、僕に話しかけているのだろうが、もし違ったとき大いなる恥を掻く。よって僕は黙っていた。そしたら太ももに手を乗せられた。

「ねえ。今日一緒にどこか行かない？」

太ももに乗せられた手は、僕の制服の布地を撫で回している。円を描くように、ゆっくりと、規則的に。その手が止まったとき、僕は横を振り向いた。比留間だった。

「生憎《あいにく》、今日は予定があるのでね」

「人との予定？」

「いや、僕一人」

「じゃあ付いていっていい？」

僕は衣服に張り付いたオナモミを剝がすように、太ももに乗せられた手を優しく摘まんで、空中にぽいっと捨てた。

「どこに行くかもわからないのに付いていこうとするのかね。もし僕が北朝鮮にユーチューブの撮影に行くとか言っても、きみは付いてくるというのかね」

「うん」比留間はなんてことのないように言った。

その表情は、内に秘められているであろう強い決意とは裏腹に、油分のないサラダのようにさっぱりとしていた。

「ほんとはどこに行くの？」

「国立国会図書館《こくりつこっかい》」

何しに行くの、とは比留間は聞かなかった。図書館、それもわざわざ日本で一番大きな図書館に行く理由なんて一つしかない。

「いいね。硬派って感じ」

「どうしても付いてくる気？」

「やめときなよ。向こうには向こうの都合があるよ。邪魔しちゃ悪いよ」

比留間の横から顔を出したのは比留間の友人、確か山田という名前の女子だった。

山田は比留間の顔を見て慮《おもんぱか》るような表情をし、僕の顔を見て舌をべえっと出した。もちろん、そのべえ、は比留間に見えないように行われている。

僕は気が変わった。

「じゃあ放課後、北八王子駅で待ち合わせしよう」

「了解」

僕と比留間はにこやかに笑い合っていた。一人だけ笑わずに、猛獣が歯を食いしばったような顔をしているのが山田である。

「じゃああたしも行く」

ふて腐れたような声だった。それはそれで面白い、と僕は思った。

一瞬、心なしか比留間の顔が暗くなったような気がしたが、僕はそういう人の気持ちには疎《うと》いのでおそらく気のせいだろう。

「置いてったら許さないからね凌辱《りょうじょく》大好き人間」山田は敵意の籠《こ》もった目で見ている。

「別に許されなくてもいいけど、置いてったりはしないから安心してくれ」

「あんまり喧嘩しないでよ」比留間は不安そうに僕と山田を見ていた。「図書館は静かなところなんだから」

こうして教室では、松葉杖の生徒に注目が集まっている裏側で、奇妙な交友関係が生まれようとしていた。

＊

グーグルマップは便利なことこの上ないので、僕たちは迷うことなく国立国会図書館と書かれた石垣の前までやってくることができた。その先どうすればいいかも国会図書館の公式ユーチューブチャンネルで予習済みだった。左が本館で右が新館。初めて利用する人はまず新館で利用登録を済ませる必要がある。よって僕たちは通路を右へと進み、国会図書館の新館の中へと足を踏み入れた。

曇りのあるプラスチックで仕切られたスペースで、僕たちは利用者登録申請書を記入した。それから受付に本人確認書類と共に提出し、受付番号の書かれた紙を渡された。そのとき問題が発生した。

問題があったのは、比留間だった。

職員曰く、国会図書館は満十八歳以上しか利用できない。

僕と山田は誕生日を迎えて十八歳となっていた。しかし比留間はまだ誕生日を迎えておらず十七歳なのだった。

むろん例外はある。レポートの執筆にどうしても必要など、国会図書館を利用しなければならないやむにやまれぬ理由がある場合には、十八歳未満でも利用できる。

つまり比留間は例外措置には当たらない。

僕たちは番号が呼ばれるまで、待合スペースの椅子に座って待っていた。

僕としては、これからの展開がどうなるのか興味深くて、比留間と山田の成り行きを注視していた。

「比留間。残念だったね」山田は慰めた。

「うん」

「帰るしかないみたいだね」

「うん」

「じゃあ、また明日」

山田は真顔で手を振っていた。比留間はその意味をすぐには理解できていなかった。

「どういう意味？」

「残念だけど、比留間とはここでお別れだ」

「一緒に帰るんじゃないの？」

「あたしはここに入る資格がある」

「なんで山田は帰らないの？」

「帰りたくないから」

二人の表情は対照的だった。比留間は顔を引きつらせ、瞼の端をぴくぴくと痙攣《けいれん》させている。山田は申し訳なさそうな顔をしてはいたが、それはごめんなさいと叫びながら人を殴っているようなものだった。

やがて結論は出た。

「じゃあね。二人とも。お幸せに」

比留間はよくわからない言葉を残して、自動ドアの向こう側に消えていった。

そしてその比留間の言葉よりもよくわからない関係の二人が取り残される。

「これでよかったのか？」

僕が他人事のように尋ねると、

「全部あんたのせいだからね」

山田のドスの利いた声が返ってきた。その表情は、たぶん黒板を引っ掻いたときの、最悪で、虫酸《むしず》の走る、耳を覆いたくなるような音を永遠に聞かされ続けているかのような顔だった。

二十分ほどして番号が呼ばれ、登録利用者カードを受け取った。館内には持ち込み制限があるので、鞄はコインロッカーに預け、財布とスマホを透明なビニール袋に入れてそれのみを持ち歩くことにした。

駅の改札のようなゲートに登録利用者カードをタッチすると、ゲートが開いて本館の中へ招かれる。

辺り一面の本棚に本がぎっしりと詰め込まれ、歴史の重みを湛《たた》えた室内の美しいデザインが見る者を魅了する――そんな光景を想像していたが、よく考えればそれはネットで見た海外の図書館の画像で、国会図書館には本棚はなかった。代わりにパソコンのような端末が多数置かれ、利用者はそれで資料を検索し、利用申し込みをする。

僕たちは太い角柱の立ち並んでいる一画で、椅子に座って端末に向き合った。手順はあらかじめ調査済みだった。

今回、父の誘拐という新聞記事を探すに当たって、問題となるのは日付がわかっていないことである。日付がわかっていれば簡単に検索できるが、それができないとなると、父の名

＊

前で検索する必要がある。つまり記事本文のキーワード検索が必要というわけだ。

それができるものは何か。明索《めいさく》という明治《めいじ》新聞のデータベースである。これは一九八七年以降の記事本文のキーワード検索が可能なため、父の名前が新聞に載っていれば検索に引っかかるはずだった。

僕が端末で明索を操作する間、山田は隣でわざとらしくそっぽを向いていた。それは気遣いではないのだとしても、画面を興味深そうに覗き込まれるよりは、こちらとしては気が楽だった。

僕のタイピング音が響く。画面に清家胤也と入力される。

そして検索が行われた。仮に誘拐が本当ならば、間違いなく新聞記事に載っているはずなのだが――

検索結果はゼロだった。

ここで僕は一考することになる。

可能性はいくつかある。
一、誘拐は祖父の妄想。
二、誘拐は一九八七年以前のためキーワード検索できない。
三、誘拐はあったが新聞には載らなかった。

僕は唸《うな》っていた。椅子にふんぞり返って、欲しかったものが手に入らなかったとき幼児が駄々をこねるように、頭を何度も叩いて痛めつけた。それは精一杯の譲歩だった。僕は幼児ではないのだから、奇声を上げて走り出すことはできないし、何よりここは閑静な図書館だ。

「はかばかしくないようね」

山田の声には、僕の旗色の悪さを嘲《あざけ》るような響きが、隠すこともなくふんだんにちりばめられていた。

「なあ山田さん。今から全裸になって走り回ってもいいかな？」

「やめてよ。あんたの汚い裸とか見たくない」

「汚くないよ。ちゃんと毛も処理してるし」

「え？　それって、どこまで」

「全身。ＶＩＯも」

「ＶＩＯって？」

「陰部のこと」

「うわ。マジそれ。ドン引きなんだけど」

「なんで？　清潔でいいじゃん」

「いや、だって、ほら……」

山田は言い淀んで、指をもじもじと突き合わせながら、延々と弁明を続けるかのような口調で、

「もし、あたしが彼氏とそういう行為をするときになって、そのとき彼氏のあそこの毛が剃られてたら」

「ドン引き？」

「うむ」

山田は実際に僕のその剃られた陰部を見たわけではないのに、あたかも見てしまったかのように、そしてそのみすぼらしさを嘲笑《ちょうしょう》するかのように、舐《な》め腐った笑みを浮かべていた。

「邪魔して悪かったわね。作業の続きをどうぞ」

僕は検索を再開することにした。父の情報はなかったが、一応他の家族のことも検索しておきたい。

まずは清家御鍬を検索した。当然最新の殺人事件の情報が多数ヒットした。それらは全て警察から聞いていた話の域を出ないので、見る意味はなかった。

次に清家椿太郎を検索した。検索結果はゼロだった。

次に清家終典を検索した。もしかしたら兄の死が新聞に載っているかもしれないと思ったが、その死は世界レベルで見ればちっぽけなものに過ぎず、検索結果はゼロだった。

最後に清家夕綺を検索した。検索結果ゼロ。

ここでふと思うことがあった。ちょっとした思い付きと言ってよかった。母は昔は違う名前をしていた。すなわち旧姓、竹村《たけむら》夕綺。

キーボードをタイプしてその名前を入力した時点で、僕は何も期待していなかった。

検索結果、一件。

一九八九年八月十二日の記事だった。タイトルは『ガードレールに車衝突、二人死傷』。

本文は以下の通り。

『十一日午後三時ごろ、渋谷区の路上で乗用車がガードレールに衝突し、助手席の竹村夕綺さん（17）が死亡、運転席の輝男《てるお》さん（47）が軽傷を負った』

そのとき、僕はまず噴き出した。それが第一波。その瞬間的な感情の爆発の後に続くのは、持続的な感情の隆起だ。腹の底から静かな笑いが込み上げてきて止まらない。僕は声を殺して笑い続ける。それが第二波。

「なによ。気持ち悪いわね」

隣の山田が訝しげな目を向けてくる。

僕は冷静に頭の中で考える。現在母は四十七歳。誕生日は八月二十日。記事は約三十年前だから、当時母は十七歳、記事の年齢と一致する。後は同姓同名の他人の場合だが、もし夕綺の父親の名前が輝男であるなら、その可能性はほぼないものと見ていいだろう。

「ねえ。あんた比留間に何を言ったのよ」

僕は半笑いのまま隣を見る。失礼とはわかっていても溢れる笑いを止めることはできない。

「何をって？」

「だっておかしいでしょ」

「おかしいのかい？」

「なんで比留間はあんたのこと……」

山田は首をぶんぶんと振った。

「そうじゃない。そういうことじゃない。おかしいのはそこではない」

「何が言いたい？」

山田は目を細めて、値踏みするような目を向けてきた。たぶん、僕の心の内側でも透視しようとしていたのだろう。

やがてそういう駆け引きに飽きたかのように、山田は背もたれに寄りかかり、首を曲げて斜め上を見上げた。

「べっつにぃ」投げやりな声だった。

「気になるな」

「今日はあんたとサシで話したかった。でもあんたのそのふざけた顔を見てわかった。あんたと話しても何も解決しない。あんたはそういう半笑いで話をごまかし続ける」

「それは佐藤さんのこと？」

「ほら。そういうとこ。そういうとこだよ清家椿太郎」

「ラララ」

「佐藤さんは比留間さんになったの。今は夫がいて、結婚生活と学生生活を両立しているの」

「そして退学させられそうになった」

「だからなの？　だから二人は」

「だから二人は何」

山田は言葉に詰まった。それは何も考えていなかったのではなく、何もかもを考えすぎて処理能力がオーバーフローしたのだろう。

よって、山田の導き出した言葉はいささか飛躍していた。

「どうして比留間は結婚したの？」

僕は腕を組んで考えた。そしてこう答えるしかなかった。

「結婚したかったから？」

＊

僕と山田は国会図書館の六階にある食堂、『フードラウンジ　ほっと』を訪れた。てっきり山田は帰るものかと思っていたら、ふらふらと僕に付いてきた形である。

僕はショーウインドウに飾られている食品サンプルを見て買うべきメニューを吟味していたのだが、いいから早く食べたい、と山田が言うので、僕たちはすぐに食堂の中に入り、食券機の前に行った。

山田はメガカレー（七二〇円）を選択し、僕は図書館カレー（五七〇円）を選択した。今日はうちに母がいないのでこれが夕食だった。

食堂はフードコートのようなセルフ式になっていた。配膳のおばさんに食券を手渡したとき、鋭い目で見つめられた。その眼光は僕ではなく、山田に向いていた。

「これかなり大盛りだよ。想像の数倍は多いよ。それでも食べれる？」

山田は不敵な笑みを返した。

「あたしを誰だと思ってるんですか」

メガカレーはかなりの大盛りだった。パソコンのディスプレイくらいあるトレーに、直接ご飯とカレーが盛られている。図書館カレーは牛すきとカレールーが中央のご飯によって右と左に分けられていて、普通の量だった。

僕と山田は向かい合って席に座った。山田は無心にカレーを口に運び続けた。かなり余裕のある感じだったが、さすがに僕の方が早く食べ終わった。

スマホで必要な情報を集めることにする。どうすれば夕綺の父の名前がわかるか。それは前回使った戸籍の附票では無理なようだった。なぜなら夕綺の戸籍は清家の側にあり、夕綺の父親の戸籍は竹村の側にあるからだ。

調べを進めていくうち、どうやら戸籍謄本《とうほん》というものが必要らしいとわかった。そこには戸籍に入っている人物の情報が記載されている。その情報とは両親の名前も例外ではない。つまり夕綺の項目には夕綺の両親の名前が記載されている。

戸籍謄本を請求するには、前回やったように本籍地の役所で申請すればいいようだった。対応地域ではコンビニでも申請できるらしかったが、残念ながら調布市は戸籍謄本のコンビニ申請には対応していなかったし、仮に対応していたとしても手続きに五営業日ほどかかるらしかったから、明日市役所に行った方が早い。

気付くと山田がいなかった。メガカレーのトレーは片付けられ、存在の形跡が露と消え、もしかしたら最初から誰もいなかったのではないかというホラー感があった。僕はお手洗いか、それとも勝手に帰ったか、そのどちらかを想像していたが、答えはそのどちらでもなかった。

山田はメガカレーのトレーを持って帰ってきた。そこには山盛りのカレーがよそられていて、僕は混乱した。

「どういうこと?」

メガカレーのトレーがテーブルに乱暴に置かれるときの、ドン、という迫力のある音が鳴った。

「こんなんじゃ足りない。全然足りない。もっとあたしを満たして。いっぱいにして」

鬼気迫るような表情で、山田はカレーを口に運び始めた。

太らない体質なんだろう、と僕は思った。

山田が二杯目のメガカレーを平らげた後、食器を下げに行くと配膳のおばさんが親指を立てた。

「あんたすごいね。名前は?」

「山田深紅《しんく》」

そのとき、初めて僕は山田の下の名前を知った。いや、山田という苗字が正しいことを知ったというのが意識としては先になる。

「よし山田。今度また来てくれるかな？」

配膳のおばさんが笑っていいとももというテレビ番組みたいな口調で言うと、

「たぶんもう二度と来ることはないと思います」

そんな薄情な答えを返して、山田は無闇に速すぎる早足で去っていった。比留間と歩いているときはそんな早足ではなかった。しかしこの無闇に速すぎる早足こそが山田の実体なのだろう。きっと今までは比留間に合わせてデチューンしていた。そういう友情。自分を隠し、言いたいことも言わずに、気付くとすれ違っている。そういう青春。

僕たちは電車に乗って帰路に就いていた。イヤホンでKEYTALKの『Love me』を聴いていると、肩を叩かれた。僕はイヤホンを外して山田の方を向いた。

「毛って自分で剃ってんの？」

「それだと面倒くさいという以前に剃り残しが出るからね。病院みたいなところで全身脱毛してる」

「なんて名前のとこ？」

「湘南美容《しょうなんびよう》クリニック、ってとこだけど」

「いくらくらいかかる？」

「男性と女性じゃ違うと思うけど、僕の場合、六回プランで五十万くらい」

「…………」

その金額を聞いて、山田は一切の興味を失ったようだった。

「まあ、僕のやつは謂《い》わば一番高額なプランだからね。そんなに二の足を踏むことはないと思うよ」

「あほ」

山田は唐突に罵倒した。

「ばか。まぬけ。脳みそ融点五度。性欲マウンテンゴリラ。しねしねしねしね」

僕がイヤホンを着け直して騒音をシャットアウトしても、しばらくの間、山田は僕の太ももを何度かぽかぽかと叩き続けた。そこには憎悪ではなく、親しみが籠もっているように感じたのは錯覚だろう。

北八王子駅で降りて、僕たちは駐輪場で自転車に乗った。空は薄暗いが、かといって暗すぎるというほどでもなかった。

「おい。堀川君」

山田の言葉はこう続いた。

「また明日な」

それで僕たちは別れた。市役所が夜も開庁しているんだったら、ここに来る前に調布市に寄って戸籍謄本を請求したのに、全く、行政というものはままならない。この年でそんなことを憂えるとは思ってもみなかった。

さて、僕は明日、調布市役所で戸籍謄本を請求して夕綺の父親の名前を知ることになる。そこには確かに『輝男』と書かれていて、これで同姓同名の別人の可能性は否定されたことになる。

現在、夕綺は確かに僕の家に暮らしていて、一度口に入れたスプーンをマヌカハニーの瓶の中に戻し、実体を持って生きている。

それでも。

母は三十年ほど前に死亡していた。

兄　1

家は無人だった。僕は夕食の図書館カレー（五七〇円）のレシートを置いて、明日の朝テーブルに五七〇円が置かれている布石を作った。

僕は誰もいないリビングを眺めた。そのインテリアデザインは、母が言うところの無国籍料理だった。それは国風を削ぎ落とすことによって成立するのではなく、逆に雑多に詰め込むことによって成立する。母は外国製品を好んだ。我が家のリビングには日本製のものが驚くほど少ない。

天井に届くシュロ。青い鳥を描いたステンドグラス。ペルシャ絨毯《じゅうたん》。レゴみたいなカラフルなテーブル。炎のない暖炉。サイケデリックな電飾。複葉機の模型。アマゾンアレクサ。ダイソンの掃除機。牡鹿《おじか》の頭部の剝製。西洋の騎士の甲冑《かっちゅう》。スティールパン。鯉を象《かたど》った花瓶。横向きに壁に取り付けられたステーションクロック。硝子の器。田という文字を幾何学的にアレンジしたような漏窓《ろうそう》。フリルのカーテン。ハート型の鏡。ミニLEDのテレビ。指紋認証式金庫。大きすぎるL字型ソファー。

これだけ調度品に溢れているのに、それらがリビングに増える度、かえって空虚になっていくのはなぜだろう。それは光の三原色のように、色を重ねれば重ねるほど白くなっていく逆説なのかもしれない。

僕は今、この家に自分だけしかいないことを痛切に感じた。それは感傷に浸る権利を得たというわけではなく、もっと実務的なメリットを示していた。

今ならこの家で悪魔探しを進められる。

僕たち住人の私室は二階にある。一階は生活空間、二階は個人空間、三階は娯楽空間。階段を上って、まずは父の部屋を訪れた。

父の部屋はシンプルだった。デスクの上にはパソコンが置かれ、タイピング用のキーボードの代わりに楽器のキーボードが置かれている。ＫＯＲＧのＫＲＯＮＯＳ。エレキギターはテレキャスターとレスポール。数種類のスピーカーが部屋中に散らばり、様々なイヤホン、ヘッドホンのコードが蔓《つる》植物のようにラックから垂れ下がっている。父にとって、仕事と生活は同義だった。働きながら休み、休みながら働く。オンとオフは存在しない。それはたぶん、戦場の真ん中で暮らすようなもの。

次に僕は母の部屋に行った。

母の部屋は四方を本棚が囲んでいた。そこには数千冊に及ぶであろう書籍が手が届かない天井まで並べられていた。全てマンガである。母はマンガしか読まない。そして紙の本しか読まない。思い出すのはお灸の話。紙の実体という一見無駄に見える要素こそが、本の本質だと母は言う。だから母は紙の本を読む。わざわざ脚立を使って、手の届かない場所まで手を伸ばして。

次に僕は姉の部屋を訪れた。

姉の部屋は普通の女子大生の部屋だった。机があって、椅子があって、寝室は別にあるのでベッドはないが、寝ることもできるように長いソファーが置かれている。

姉はもうこの世にいないので、部屋を漁っても咎《とが》める人はいない。そこは父と母の部屋とは違うところだった。

机の引き出しを開けてみた。大学の教科書があるだけで、面白そうなものは見つからない。

こうして引き出しを開けては閉めるという行為を繰り返していると、やましい気持ちこそ全くないが、徒労感はかなりある。

次に僕は兄の部屋に行った。

兄の部屋は散らかっていた。それは兄の死後荒らされたわけではなく、兄が死ぬ前からそうだった。脚の短いテーブルにノートパソコンが載っている。その横には座椅子。ノートパソコンから延びたUSBケーブルは、何かの機械に繋がれている。何の機械かは布がかかっていてわからない。

僕は机の引き出しを開けてみた。日記帳が入っていた。ぱらぱらとめくってみると、典型的三日坊主で、最初のページにしか文字は書かれていなかった。より正確に言うと、表紙をめくった先の右ページは、日記開始年月日を記すためだけの場所で、そこを一枚めくった先の左ページこそが日記の最初の一ページだった。

2012／11／19
彼女が死んだ。自殺らしい。

でも絶対に自殺なんてするわけがない。

だって彼女は■■■だから。

書かれている内容はそれだけだった。他は全て白紙だった。ただ、この日記には少しおかしな点があった。

日記が書かれていた一ページ目はいいとして、問題はその右の二ページ目である。二ページ目は白紙なのだが、割合にして四分の一ほどがハサミで切り取られていた。まるで書かれていた内容を誰かが隠匿《いんとく》したかのように。

僕はこの日記の内容について考えてみる。二〇一二年には兄は高校生だった。そのとき兄には彼女がいて、兄は彼女が自殺したのではないと確信していた。

初めて聞く話だったが、この彼女の自殺が兄の自殺と関連しているとしたら、話の流れは自然ではある。この■■■に何が入るのかはわからないが、それよりも僕が気になるのは、ページの切り取られた箇所だった。そこには何が書かれていたのか。そして切り取ったのは誰なのか。

ひとまず日記を引き出しに戻して、僕は他の場所を探ってみることにした。

先ほどから気になっていたのは布で隠された機械だ。僕はその布を剥いでみた。中身はレーザープリンターだった。業務用にしては小さいし、家庭用にしては大きい、そのような大きさだった。

そのレーザープリンターの上にはコンビニの袋が置かれていた。袋の中には数枚のコピー用紙が入っていた。

僕はそれを取り出して眺めた。一番上の紙にはタイトルと著者名が書かれていた。それが兄の書いた小説なのだと気付いたとき、僕は興奮しながらページをめくっていた。

＊

エキゾチック

小池《こいけ》始丞《しすけ》

とある言葉が
君に突き刺さり
傷口から漏れ出す
液を「愛」と

形容してみた

DECO＊27『モザイクロール』

彼女が死んだ。自殺らしい。

でも絶対に自殺なんてするわけがない。

だって彼女は[redacted]だから。


その日、小池始丞は彼女と出会った。

始丞はカラオケボックスの映像をモニタールームで監視していた。

ある個室の映像が目に入った。二人の男が女の服を脱がそうとしている。女は必死に抵抗している。男が女を殴る。女は泣き叫ぶ。

始丞は駆け出していた。勢いよくその個室の扉を開いて中に入った。

「殴るなら俺を殴れ」

男二人は慌てふためいている。服の乱れた女が始丞の後ろに隠れた。この場で一人だけ動じていないのは、ソファーに座って優雅にジュースを飲んでいる女だった。

「警察を呼んでください」

後ろの女が震える声で言った。始丞は答えた。

「はい」


顔の腫れた女は篠崎《しのざき》と名乗った。

「本当にありがとうございました」

篠崎と始丞は病院の待合室で座っていた。

「これ、連絡先」

始丞はメールアドレスを書いた紙を篠崎に渡した。

「もしまた助けが必要になったら、連絡して」

篠崎はその紙を受け取ったとき、大事そうに抱き締めた。

「ありがとうございます」

「もちろん、そんなことがないといいけど」

「そうですね」

なぜか篠崎は悲しそうな顔をした。

「でもあの二人は逮捕されたみたいだから、二度と襲われたりしないと思う」

突然、篠崎が痙攣を始めた。口から泡を噴き出していた。

始丞は背中をさすって、篠崎を落ち着かせた。

「やばい？　やばいならお医者さん呼ぶ？」

始丞は篠崎にペットボトルの水を飲ませた。それで篠崎は落ち着いた。

「三人じゃないんですか」

「三人？」

篠崎は身体を震わせていた。

「逮捕されたのは二人なんですか」

「篠崎さんの言っているのはあの場にいた女のこと？」

「はい」

「あの人は男に脅されていたらしくて釈放されたよ」

始丞の腕に篠崎が絡み付いた。歯を鳴らして蒼白な表情をしていた。

「あいつが一番逮捕されなきゃならないのに……」

＊

そこで小説は終わっていた。原稿はこれが最後のページだし、ページ内にほんの少しだけ書かれている続きはプリンターの不調によってインクが掠《かす》れて読めない。

おそらくはこういうことだろう。

兄はこの小説を書き上げて、どこかの新人賞にでも応募しようとした。しかし印刷に失敗してしまった。兄は横着なので、その失敗した原稿をゴミ箱に捨てなかった。あるいはメモ用紙にでも再利用しようとしたのかもしれない。というわけで、僕が今読んだのはその兄の捨てなかった印刷失敗原稿で、そのため完全版は別にある。

パソコンの中に原稿データが入っているかもしれない。そう思って一応ノートパソコンを起動しようとしてみたが、パスワードが必要で開けなかった。

僕は兄の部屋を元通りにして、最後に僕の部屋を訪れた。

僕の部屋には何もない。というと語弊《ごへい》があるので言い直すと、僕の部屋にはただ一つ、ブルーのバランスボールだけがある。必要なものはだいたい寝室に置いてある。

僕はバランスボールに跨《また》がり、器用にバランスを取りながらスマホを操作した。

小池始丞で検索すると、個人ブログがヒットした。そこには文芸誌の内容が無断転載されていた。文学宝石《ぶんがくほうせき》新人賞の二次通過者、三次通過者、最終候補者が記載されていて、二次通過者の欄にあるのは、小池始丞『エキゾチック』。

兄は少なくとも箸棒ではなかったようだ。生きていればいつか受賞できたかも。あるいは落選したから自殺したのかもしれない。

読んでみたい、と僕は思った。

スマホで文学宝石新人賞について調べてみる。光文社《こうぶんしや》が主催している小説新人賞で、純文学の新人賞とのこと。

純文学。兄らしいと思った。兄は繊細で、時代が時代なら結核を病んでサナトリウムで療養でもするような男だったから、代わりに一流大学中退から引きこもりになり、文学を目指すというのもしごく自然で現代的である。

僕は光文社のサイトを開いた。トップページの下部にお問い合わせのページがあった。そこからリンクを辿り、連絡先一覧のページに辿り着いた。

そこには「女性自身」編集部、「ＦＬＡＳＨ」編集部、「ＪＪ」編集部、「ＣＬＡＳＳＹ.」編集部、「小説宝石」編集部、「光文社新書」編集部などの連絡先は書かれていたが、肝心の「文学宝石」編集部の連絡先は書かれていなかった。

それから結構な時間を調査に充てたが、文学宝石編集部の連絡先はついぞわからないままだった。

一応、ツイッターのアカウントはあった。文学宝石編集部の公式アカウントだと記されている。

どうやらここに連絡するしかないようだ。捨て垢《あか》よりはメインアカウントを使った方が印象がよいと思ったので、フォロワー数一桁、可愛い動物を愛《め》でるためだけのアカウントを開いて、文学宝石編集部をフォローしてDMを送った。

返事はすぐに来た。これにはさすがにびっくりしてしまった。

『郵送するので住所と本名を教えてください』

僕は急に怖くなっていた。この文学宝石編集部公式アカウントは、実は偽物で詐欺グループのなりすましアカウントなんじゃないかと。

とはいえ、原稿は読みたかったので、何とか自宅の住所を教えずに原稿を受け取る方法を探した。

どうやら郵便局留めというものがあるらしい。郵便局で郵便を留めて、こちらから出向いて受け取るという方法。

僕はDMに返信した。多摩センター郵便局の住所を書いて郵便局留めにした。本名は、まあ仕方ない。清家椿太郎という名前が悪用されないことを願うだけだ。

そしたらこういう返信があった。

『やっぱり面倒くさいんで直接会いましょう』

僕はいよいよ恐ろしくなってくる。同時に身体の奥で疼《うず》く熱がある。浮遊感、とでもいうのだろうか。どこか未知の場所へ連れていかれるような感覚。

ＤＭの最後はこう締めくくられていた。

『今からホテルニューオータニまで来られます？』

＊

京王多摩センター駅から電車に乗って新宿《しんじゅく》駅まで行き、乗り換えて四ツ谷《よつや》駅で下りた。四ツ谷駅からは上智《じょうち》大学の横を通って歩いた。

到着した時点で二十一時を過ぎていた。ホテルニューオータニは夜景に彩られていた。入り口は照明で金色に輝いていた。

中に入ると立派な生け花が飾ってあった。事前にルートは予習済みだった。左の方へ進んで、そこからは右へ曲がって直進し、『ＴＨＥ　ＭＡＩＮ』と書かれたアーチをくぐって、半円のウインドウたちを通り過ぎるとガーデンラウンジに到着である。

「きみが清家しゅんたろうくん？」

若い女だった。Ｔシャツとジーンズのラフな格好だった。僕もユニクロのパーカを着ているから似たようなものだった。

「違います」僕は答えた。

女は気まずそうな顔をした。

「ちゅんたろうです」

「もう！」

女は僕を小突くジェスチャーをして、しかしその拳は当然僕の身体には届いていない。

「大人を舐めないでよね」

「舐めてたらわざわざ時間をかけてここまで来ません」

「それもそっか」

それから女はくすくすと笑い始めた。

「ごめん。今から失礼なこと言っていい？」

「事前に許可を取るだけマシですけど」

「ちゅんたろうって、いい名前だね」

「よく言われます、と言いたいところですが、まず言われません。なぜなら僕には友人がいないので」

それで女はさらに笑って、入ろっか、と言った。

ガーデンラウンジに入って、向かい合って座った。コの字形、というよりは凹の形という方が適切であるごついソファーは、そのごつさに反して座り心地がよく、身体を包み込むようだった。

僕たちはまずメニュー表を眺めた。女はGLビーフバーガー（二五〇〇円）を注文し、僕はフレッシュオレンジジュース（一三〇〇円）を注文した。

外には広大な日本庭園が見えた。ライトアップされて幻想的だった。

「贅沢だねぇ。学生でしょ？」

「はい」

「一三〇〇円のオレンジジュース」

「親が払うので」

「いい家庭だね」

「それで早速本題に入りたいのですが」

「編集者ってね、会う場所で相手のランクを決めるんだ」

女が敢えて焦《じ》らしているのは明白だった。

「どうでもいい人とはファミレスで会う。普通の人とは喫茶店で会う。大事な人とはホテルのレストランで会う」

「僕は大事な人？」

「でも当たり」それから囁《ささや》いた。「うぬぼれんな」女は白い歯を見せて笑った。

そのときの女の唇の動きは、蜜をまぶされた果肉のように、光沢と弾力を持ってこぼれ落ちていくように見えた。

「ちゅんたろうくん」

女は僕の名を呼んだ。どこかぎこちない響きだった。肘を突いて、手で頬を覆い、僕の顔をじっと見つめている。

「きみは大事な人。オレンジジュースは私の奢《おご》り。一三〇〇円は経費で落ちる」

「それはありがたい」

「すぐにでも本題に入りたい？」

「いえ。食べ終わってからでも」

女は姿勢を戻して、ソファーにもたれた。

「偶然ってのは大事なんだよ。私たちはこうしてここで会ってるわけだけど、それってすごい不思議なことだと思わない？」

「不思議ですね。出会い系アプリを使ってないのに」

女は目を細めてくる。

「もしかして口説いてる？」

「いえ。若い女性には興味がないので」

「なんか業《ごう》を背負ってるね。その年で」

「出会い系アプリのことですか」

「好みのタイプは？」

「人妻」

「業を背負ってる」

女は笑いを噛み殺した。僕は首を回して後ろを見て、背負ってないと思いますけどね、だって見えませんよ、と答えた。

「てか自己紹介がまだだったね」

女は鞄の中から名刺のようなものを取り出して渡してきた。

「元文学宝石編集部の仙波《せんば》沫璃《まつり》と申します」

そこに書かれていた肩書きは文学宝石編集部どころか光文社でさえない出版社の名前だった。

「元？」

「ま、いろいろあるんだよ。廃刊になって違う会社に転職するとかね」

女の顔はいかにも語りたそうな顔だったので、僕はお望み通り聞いてあげた。

「好きな小説は？」

「そういう質問で何かをわかったような気にならないで。わかったような気にならないと誓ってくれるなら答えてもいい」

「誓いません」

「そう」

その言葉と僕の元にフレッシュオレンジジュースが届いたのは同時だった。僕はストローで啜《すす》った。

「おいしい？」

「僕の好きな小説は『グレート・ギャツビー』です。なぜ好きなのかというと、読んでも意味がさっぱりわからなかったからです」

「原書で？」

「村上春樹《むらかみはるき》訳で」

「じゃあ原書で読んでみるといいよ。わからなかった意味がわかるかもしれない」

「経費で落ちます？」

「落ちません」

女の顔は笑っていて、でも声は尖っていて、その心地のいい沈黙を味わっていると、女の元にハンバーガーが届いた。

女はハンバーガーをナイフとフォークで切り分けて、一口囓ると、おいしい、と呟いた。

それから、重度の飽き性のごとくナイフとフォークを皿に放り、

「毎回編集部には千を超える原稿が届くの」

と言った。

女はまるでその千の原稿が目の前に積まれ、重みを持って存在しているかのように、手で払った。存在しない千の原稿が宙を舞い、床に散らばった。

「そのほぼ全てがゴミ。私たちはゴミの山の中に埋もれているダイヤを探している」

「大変ですね」

女はハンバーガーを口へと運んだ。咀嚼《そしやく》し、飲み込んでから僕を見据えた。

「死んだお兄さんの原稿が読みたいんだって？」

「はい」

「そんなの残ってるわけないでしょ。ゴミだろうがダイヤだろうが、全部シュレッダーにかけられて業者が薬品で溶かして消滅するの」

「郵送が面倒だから直接会いたいとのことでしたが」

「私もね、きみの力にはなりたいと思っている」

「僕をここに呼び出した理由は？」

「会えば何かわかるかもしれないと思った。そういう奇跡を信じた」

「小池始丞『エキゾチック』。この小説に覚えは？」

女はそれに答える代わりに、ハンバーガーを口に運んで、それから笑いを噛み殺した。

「新人賞では使い回し原稿が問題になってってね。落選したやつを別の賞に使い回す行為なんだけど、これがね、意外とわかるんだよ。人間の記憶力を舐めてはいけない。ゴミだろうが何だろうが、読む人が同じなら案外覚えてる」

「文学宝石新人賞二次通過作、小池始丞『エキゾチック』。わかりませんか？」

「わからない。けれど、もし二つの奇跡があるなら思い出すかもしれない」

「二つの奇跡」

「私がその小説を以前に読んでいて、今その小説の一部でも読ませてもらえば」

僕は鞄からファイルを取り出した。そこに挟まっている二枚のコピー用紙を差し出した。それは兄が横着してゴミ箱に捨てなかった、あるいはメモ用紙として取っておいた、印刷失敗原稿だった。

女は原稿を受け取って一旦脇に置くと、鞄からケースを取り出し、メガネを装着した。

「彼女が死んだ。自殺らしい。でも絶対に自殺なんてするわけがない。だって彼女は■■■

だから」

　女は本文を読み上げた。そしてしてやったりという顔をして、原稿で扇いだ。

「彼女は■■■だから。ねえちゅんたろうくん。この■■■に当てはまる言葉はなんだと思う？」

「さあ」そんなことより僕は女の丸メガネが気になっていた。

「ねえちゅんたろうくん。純文学ってね、物語と言葉の戦いと言われたりするの。つまり小説に物語は必要かという話。小池始丞『エキゾチック』。そういう意味で、この作品は純文学らしくはなかった。明確なストーリーラインがあり、ミステリ的などんでん返しまで用意されている。強いて言うなら、中村文則《なかむらふみのり》の劣化版」

「■■■には何が当てはまるんですか」

「さっきも言ったように原稿はシュレッダーにかけられて薬品で溶かされた。だからもし、これから私が私の記憶を頼りに『エキゾチック』を語るとしたら、それはもはや小池始丞の物語ではなく、私、仙波沫璃の物語になってしまう。それでもいい？」

「むしろその方がいいですね。ディテールはどうでもいいんで、大枠だけ知りたいんです」

「小説を侮辱するな」声は怖いが、顔は笑っていた。「でもそうだよね。ディテールなんてどうでもいいよね。それが時代の流れだよね」

「原書で読もうが、村上春樹訳で読もうが変わりはないと思います」

僕は付け足した。

「同じように、あなたが語ろうと、兄が語ろうと」

「少し時間をもらえる?」

仙波は二枚の印刷失敗原稿を丁重にファイルに挟むと、自分の鞄の中にしまった。

「じっくりと思い出したい」

「どうぞお構いなく。十年は待ちます」

「そしたら私四十だよ」

「三十歳なんですか」

「それに人妻です」

「子供はいます? ご主人はどんな仕事? 住んでいる場所は?」

「おうおう。食い付いてくるね。なんで人妻が好きなの?」

「下がらないと上がれないからです」

「よくわからない」

けど、と仙波は言った。

「もしかしたらそういうこともあるかもね。なぜならきみと私がここで出会ったのは、本来ありえないはずの奇跡だから」

僕たちは見つめ合った。ライトアップされた日本庭園が、その奇跡を控えめに飾り立てていた。

姉 2

前述したように、この日の放課後、僕は調布市役所で戸籍謄本を手に入れ、そこに書かれた『輝男』の文字を見て同姓同名の別人の可能性を否定することになるのだが、ただ、そこに至るまでにいくつかの出来事があった。

朝、起きてリビングに行くと、図書館カレー五七〇円のレシートは消え、代わりに五千円札が置いてあった。つまりそういう家庭なのだった。

ホームルームの前、比留間が落ち込んだ顔をして、「昨日の図書館どうだった」と聞いてきたので、「全くつまらなかった」と答えると比留間はぱあっと顔を明るくした。その相手の心を操作するメンタリズムみたいな感覚が楽しかったので、調子に乗って「山田がさあ、なんか全身脱毛に興味あるらしくて」と言った瞬間、「しね堀川君！」という叫び声と共に僕の頭にチョップが振り下ろされ、僕は床に這いつくばった。起き上がったとき、また比留間の顔は落ち込んでいた。

授業中、考えるべきことはたくさんあった。それは間違っても授業内容とは関係なかった。

父の誘拐。

母の死亡記事。

兄の彼女。

けれど、今僕の心を一番大きな割合で占拠しているのは、その三人のことではなかった。

姉の殺人。

僕は今まで父、母、兄と調べてきた。姉について調べなかったのは、偏《ひとえ》に警察に任せた方が効率的だと思ったからだ。ところがどうもそうではないらしく、警察の捜査は難航している。

警察が無能なのか、犯人が優秀なのか、それはわからない。ただ一つ言えるのは、捜査が難航すればするほど僕は楽しくなるということだった。

こうして僕は姉の殺害現場を訪れることになる。

*

放課後、調布市役所で戸籍謄本を手に入れて、一度家に帰ってきた。

三階のキッチンは、元々は酒を飲みながら映画でも見ようかなとなったとき、簡単なつまみでも調理するような意図で設置されたスペースだったが、しかし現在は完全に変わり果てて、間違ってもつまみを作ったりするような場所ではなくなっている。

そこにあるのは姉の牙城。

至る所に三脚が置かれ、天辺《てっぺん》にはカメラが取り付けられている。『SONY　HDR－CX680』のハンディカム。様々なアングルから動画を撮影するためのもの。気を付けて歩かないと、引っかかって三脚を倒してしまいそうだ。

姉はここで魚を捌《さば》く。最後の投稿となったユーチューブの動画。撮影日は九月九日。「今日のお魚はセンネンダイと言って、千年に一度しか捕れない魚なんですよ～。というのは嘘なんですけど～」などと魚の紹介をしながら、まずは魚の観察をする。目、ひれ、口などを舐めるようにカメラで撮影し、まな板よりも大きい魚を無理やりキッチンの調理スペースに載せている。観察が終わると鱗を落とす。専用の鱗取りでがりがり削ると鱗が弾け飛ぶ。シンクに飛び散るのも床に飛び散るのも厭《いと》わずに、ただ無心に鱗を落とし続ける。鱗がなくなって、魚の表面が綺麗になると、今度はひれを切り落とす。鋭いひれが刺さると危ないからだ。部位によって包丁とハサミを使い分ける。ひれを剥奪された魚は、何だかぬぼっとして、短パンとランニングシャツを着た田舎の坊主頭の少年を想起させる。ひれの次は頭を落とす。これには力がいる。カマの部分に包丁を入れ、ガンガンと音を立て、力尽くで骨を断ち切る。頭も食べられるので、えらを外して兜割《かぶとわり》にする。その荒っぽい動作が傷一つない滑らかな手のひらで行われているのは驚愕というほかはない。それから内臓を取り出す。「見てください、この内臓脂肪！」というのが姉の台詞のテンプレである。それからお腹を綺麗に洗う。血合や内臓を残さないように念入りに洗う。それが終わると魚を三枚に下ろす。腹側と背中側に切り込みを入れて、骨と身の隙間に包丁を差し込む。背骨と包丁が擦《こす》れるときのかりかりと引っ掻くような音を立てながら、二つの身と一つの骨に切り分ける。後は腹骨を剝く。なるべく薄く、身を無駄にしないように。それから血合い骨を取り除く。切り身の中間を切り取って、二つの身に分ける。これで下処理は完了。後は薄く切っていくだけ。こうして魚は刺身に変身し、有田焼《ありたやき》の皿に花びらのように盛られて、部屋の隅に用意されたおしゃれな実食スペースへと運ばれていく。

姉のユーチューブチャンネル『女子大生料理長』はチャンネル登録者数百三十万人。これはアフィブログの扇情的な文句を引用するなら、大人気ユーチューバーと言って差し支えないだろう。開設日は二〇一五年。投稿した動画はだいたい一本当たり百万回再生。そのほとんどは魚を捌く動画で、マンネリになりがちなところを、様々な新しい魚、珍しい魚介類を持ってくることで解消している。

本来、女子大生というステータスは動画を再生してもらう上で有利に働くと思われるだろう。姉の場合、美人だからなおさらだ。その美人が顔出しして鮮やかに魚を捌くというギャップ。だがそういういかにもな話題性は、最初に視聴者を呼び込むときこそ有効ではあるが、すぐに意味をなさなくなる。姉の動画において、視聴者は誰も姉を女子大生としては見ていない。魚を鮮やかに捌く手練《てだ》れの職人として、または美味しい料理を作る料理人として、姉は認識されていた。つまり、姉をどこかのおっさんと取り替えたとしても問題はなかった。姉とおっさんは代替可能。そういうパワーワード。

一度、どうしてユーチューブをやるのか姉に聞いたことがある。そうすると姉はこう答えた。

「たとえば四万円の魚を買って、四万円の収入があれば、実質ただで四万円の魚を食べられるでしょ」

姉にとって、動画に対する愛だとか、あるいはユーチューブドリームだとか、そういうものは端《はな》から見据えられてはいなかった。ただ大好きな魚を飽きるほど食べたい、そういう気持ちだけがあった。とはいえ、ユーチューブの広告収入はだいたい一再生当たり〇・一円らしいので、百万再生の動画には十万円の広告収入がある。つまり姉は黒字だった。仮に姉にそういうつもりがなかったのだとしても、これはビジネスとしてとてつもなく優秀だった。姉は毎日のように数万円の魚を買ってきて刺身を食べる。余った魚は我が家の食卓で僕たちの夕食となる。それなのに資産は増えている。意味不明の錬金術。

僕は三脚の間を縫うようにして、三階のキッチンを退出した。それから休憩スペースのビーズクッションに座って、スマホを取り出した。検索するのは姉の殺害現場、『ドラキースタジオ』。

ウェブサイトは簡素な作りだった。アクセスを見ると、京王相模原《さがみはら》線京王堀之内《ほりのうち》駅より徒歩二分と書かれていたので、僕は自転車で出かけることにした。

*

ドラキースタジオの中はごちゃごちゃとしていた。受付にはギターの弦などの音楽用品が多数置かれている。販売品のようだ。受付の内側には無数のコードが吊され、使われていなそうなギターやベースがしまわれ、ＣＤを詰め込んだ箱がたくさん並べられていて、なぜか管理人は手にタンバリンを持っていた。

僕はすみません、と声をかけた。

「初めての方ですね。何でも聞いてください」

「殺害現場を見学したいんですけど」

店主はタンバリンを持ったまま固まった。愛想のよかった笑みは、引きつった笑みに変わっている。

「メディアの方ですか」

それは僕の焦げ茶色の学生服に向けられた皮肉なのかもしれなかった。

「被害者の弟です」

後ろで椅子の倒れるような音がした。振り向くとそこは簡素な休憩スペースだった。壁にはレコードのジャケットみたいな正方形の写真と、ライブの告知のようなポスターが飾られている。ラックには音楽雑誌みたいなものが立てかけられ、角には段ボール箱が積み重ねられている。そしてぼろぼろの丸椅子に五人の客が座り、安物の丸テーブルを囲んでいた。そのうちの一人が勢いよく立ち上がったので、椅子が倒れたのだった。

「弟？」椅子を倒した若い女が言った。

「はい」

「御鍬の？」

「はい」

会話が止まった。明らかに雰囲気が変わっていた。どうやら丸椅子に座っている五人は姉の関係者のようだ。

「どうしてここに来たの」

若い女はじっと見つめてきた。額の中央にほくろがあった。僕に向かって握った拳を差し出してきたが、そこに握られているのはマイクなのか、それとも毒の塗られたレイピアなのか、見えないものはわからない。

「事件を捜査しようと思いまして」

僕は照れくさくて頭を掻いた。いくら何でも警察を差し置いてそれは傲慢だったが、誰も笑わなかったし、女に肩を叩かれた。

「殺害現場を見学させてあげる」

僕と女は地下へと続く階段を下りていった。通路には三つのドアがあったが、二番目のドアの前で止まった。『使用できます』と書かれたマグネットシートが貼ってあった。小窓のようなものはなく、中を覗けない金属製の分厚い扉。

女が鍵を差し込んで、扉が開いた。

中は驚くほど狭かった。

一番場所を取っているのはドラムセットで、次に場所を取っているのは四つのアンプで、その次に場所を取っているのはキーボードで、最後に場所を取っているのは立てかけられたエレキギターだった。

　余分なものは何もなかった。そこには音楽しかなかった。

　僕たちは中へと入った。二人でもかなり密着した形で、ここに先ほどの五人、加えて姉の計六人が入るのは相当厳しく思える。

「こんな狭いところで練習できるんですか？」

「全員で練習するときは大学のサークル棟を使うから」

「じゃあここはたまにしか使わないんですか」

「そんなことはない。ほぼ毎日使う」

「メンバーが一人ずつ順番に使うみたいな？」

「一人とは限らない。四人までなら入れるということが経験上わかっているから」

「いや、さすがに四人はきついでしょう」

「そう。きつい。つまり不可能ではない」

「この部屋の面積は？」

「縦三メートル、横三メートル」

「それは狭すぎですよ。もっと広いスタジオを使うべきですよ。別にないわけじゃないんですよね？　このドラキースタジオにも」

「我々は無償で与えられた善意に文句を言う筋合いはない」

「無償なんですか」

「そう」

その辺りにはなにやら複雑な事情がありそうだったし、相手の顔には説明したくなさそうな雰囲気が滲み出ていたので、僕は話を続ける代わりにスタジオを見渡した。

壁には防音のためか細かい穴が開いていて、おそらくその内側にはスポンジみたいなものが詰められていて、床は木目の塩化ビニールシート。部屋の形は立方体のようで、その均整の取れた構造は本来安心を与えてくれるはずなのに、殺害現場という事実を知った上で見てしまうと、無機質で、血の通っていない、冷たい構造に思えてくる。

「ここで姉は磔にされてたんですか」

「直接は見てないけど、ここに立てかけられてたって」

女は鏡の前を指さして、手で十字架を描いた。そこは狭いスタジオの中では、一番スペースの空いている場所だった。

横長の鏡に僕たちが映っている。

「写真とかないんですか？」

女は目を細め、怪訝《けげん》な目を向けてきている。言葉が足りなかったのかな、と僕は思ったので付け足した。

「姉の礫の写真」

「あったらどうするの」

「是非見たいと思いまして」

「なぜ」

「美しいものを見たいと思う気持ちに理由がいりますか」

「理由はいらないと思う」

女は言葉では僕に同意したのに、表情では何一つ同意していなかった。目を細め、眉間に皺を寄せ、極めて不機嫌な表情で、

「でも」

と言って、

「あれは美しくない」

女の言葉にはいささか重要な部分が欠けていた。けれどだいたいの意味は伝わった。

「それは見解の相違ですね」

「本当に？」女の口角がわずかにつり上がっていた。いつの間にか不機嫌な表情は消え、僕

を試すかのように、ワイシャツの袖をまくって腰に手が当てられている。

女の服装はカジュアルだった。ワイシャツは第一ボタンと第二ボタンが外され、だらしなく結ばれた黒いネクタイが首から垂れ下がっている。

「どこが美しいのか言ってみて」

とても魅力的なウィスパーボイスだった。僕は答えた。答えさせられていた。

「死は美しい」

「わたしもそう思う」

「礫は美しい」

「わたしもそう思う」

「姉は美しい」

「わたしはそうは思わない」

僕たちは見つめ合っていた。女は笑ってもいないし、怒ってもいない。眉間の皺もないし、口角もつり上がっていない。ただ女の額の中央のほくろだけが、僕を見定めているような気がした。

「あなたにだけは、本当の気持ちを伝えておきたかった」

一瞬、女は悲しげな表情をした。

「思いはちゃんと伝えないとならない。伝えられなくなってから後悔しても遅い」

その悲しみは、口から溜め息を吐き出すことによって、空気と一緒に身体から抜けていったようだった。

「あなたの名前は」

「清家椿太郎」

「わたしは中谷彩友歌《なかやあゆか》」

手が差し出された。それは握手を求めているようだった。僕は相手と同じ側の手、つまり相手の右手に対して、左手を差し出した。

スナップの利いた手で、僕の手の甲ははたかれた。

「全然似ていない。本当に姉弟？」

「別に言いたくないわけではないんですけど、説明すると長くなりますよ。我が家の家庭事情は」

「血が繋がっていない？」

「半分は」

「短くできたけど」

「往々にして削ぎ落とされるんですよ。ディテールが」

葬儀の連絡用ということで僕たちは連絡先を交換した。スタジオを出た後、僕はこっそり『使用できます』のマグネットシートを裏返して『使用中』にしておいたのだけれど、ばっちり見つかって怒られた。曰く、「中に人がいない状態で使用中にしたら永遠に誰も入れなくなる」とのこと。

それから階段を上がって、受付まで戻ってきた。そこには先ほどと変わらず、残りの四人のバンドメンバーが揃っていた。

「あの、清家くんでいいんだよな?」一人の男が近寄ってきた。「本当ならきみのお父さんに直接話すべき内容なんだが、連絡先がわからないんで」

「連絡先教えますよ」

「あ、いや」男は言い淀んだ。「それはそちらに迷惑をかけるんで、今ここで」

「別に迷惑じゃないですよ」

「や、でも。……いてっ」

「先に自己紹介とかしない?」男は隣の男の尻を蹴っ飛ばして言った。「俺は関口智貴《せきぐちともき》。担当はギター」髪の短く切りそろえられた、爽やかな好青年だった。

「塚本純造《つかもとじゅんぞう》です。担当はドラムです」金髪で、耳にピアスとか開けていて、けれど銀縁メガネが知的な印象の、「きみ高校生? だったらいい感じの女子高生紹介してくれません?」

馬鹿のような印象の男だった。

「下條最《しもじようゆたか》……」ぼそぼそした声をして、長い前髪が目を隠し、白い軍手が両手を隠している暗い青年。

「中谷彩友歌。こいつ作曲係、と関口が代わりに言った。

その言い方には何か含みがある。

「きみの方からお父さんに伝えといてくれないか？」まだ名乗っていない男は先ほどの話を続ける。「それがおそらく一番手間のかからない方法かと……」

「いいから自己紹介しろ」関口が再度尻を蹴って、男は今度は躱《かわ》した。

「あ。俺、前田柳《まえだりゅう》。パートはベース。この中で一番うまい人」

バンドマンなのにフォーマルなスーツを着ている。一言で言うなら、変。

「で、スポンサーの件なんだけど……」

前田が言うと、関口が、おい、と言って渋面を作った。

「人が死んだときにそういう話は」

「スポンサーとは？」

僕が聞くと、全員が押し黙った。最初に言い始めた前田ですら進んで言いたくはない様子だった。

タンバリンの叩かれる音が鳴った。それからタンバリンを振るときのシャンシャンという音が響いた。それは受付の管理人によってなされていた。

「金の切れ目が縁の切れ目だな」

管理人は豪快に笑った。そこには悪意はなく、むしろ不幸を笑い飛ばそうとする優しさがあったが、バンドメンバーの暗い顔付きを見ると深刻な問題であることが見て取れる。

前田が僕に向き直った。

「俺たちはマジでバンドをやってる。遊びじゃない。最終目標はメジャーデビューだ」

「デビューはゴールではなくスタートでは？」

「言葉の綾だ。メジャーデビューして武道館でライブしてミリオンヒットして豪邸を建てて」

「このバンドにはボーカルがいませんね」

前田は調子を外されたような顔をした。

「それは、まあ」

「ボーカルは御鍬だよ」関口は遠い目をしている。「最高のボーカルだった」

しんみりした空気が流れている。

「てかボーカルどうすんの」下條は言った。「初音《はつね》ミクにでも歌わせる？」

「ボーカルも問題ですが」塚本がメガネを指で押し上げた。「やはりスポンサーの問題の方が喫緊かと」

「実はわたしはボイトレを」中谷の言葉は途中で遮られる。

「清家くん」

再度前田が僕に向き直った。

「俺たちにはスポンサーが付いている。そのスポンサーの出資でスタジオの年間使用契約を結んでいる。だからスポンサーがいなくなると、音楽活動ができなくなるとまでは言わないが、かなり活動規模が縮小する。それは間違いない」

「そのスポンサーが僕の父なんですか」

「察しがいい！」前田は顔に感謝を浮かべている。「だからきみの方からお父さんに話してみてくれると」

「おい」

という静かな恫喝のような声が響いた。それで空気は変わった。

「御鍬が死んだ今、御鍬のお父さんが俺たちに出資する理由はない」

関口の言っていることは、明らかな正論だった。

「これ以上迷惑をかけるな。もう十分だろう」関口の言葉は、もしかすると自分に言い聞かせているのかもしれなかった。

「じゃあどうすんだよ。五十万円俺たちで払うのかよ」前田の声は荒れている。

「年間一人当たり十万円ですから、月額にすると八千三百円ですね」塚本は言った。

「そんな金ない」下條は言った。

「今までが贅沢すぎたんだ」関口は悟ったような顔をしている。「これからは貸切じゃなく、必要なときだけ借りれば」

「姉を殺した犯人はあなたたちの中にいるんですか？」

まず空気が音を立ててひび割れた。それから一気に砕けた。その破片は鏡のように僕たちを映しながら、スローモーションで散らばっていった。

鏡の消えた後の舞台に残るのは、現実という、黒で塗り潰しただけの背景だけ。その真っ暗な舞台で、演者たちはただ突っ立っている。踊ることもできずに。

誰も何も言わない。何も言えない。その中でたぶん、僕だけが見物人で、僕だけが笑っていられた。

＊

見物人として、足のすくんで動けない演者を拍手で囃《はや》し立ててもよかったが、もう少し長期的に楽しもうと思ったので僕は店を出た。

ちなみにあの発言は当てずっぽうではない。論理的な推理である。

殺害現場であるスタジオに入るとき、中谷は扉に鍵を差し込んで開けた。殺害現場に入るのに鍵が必要なのであれば、必然、犯人は鍵を持っている人物ということになる。つまり犯人はバンドメンバー。とはいえ、被害者が鍵を持っていない犯人を招き入れたという可能性もあるから、そういう意味では当てずっぽうとも言える。

さて、時刻は十七時。僕は京王堀之内駅に隣接するＶＩＡ長池《ながいけ》に入り、三階のマクドナルドで腰を下ろした。特に何かを食べたい気分でもなかったので、一番安いと思われるメニューのハンバーガーを買って、食べずに捨てようと思った。

僕はスマホを取り出してネットを確認した。その結果、僕は当初の予定通り手つかずのハンバーガーをゴミ箱に捨て、当初の予定にはない永田町《ながたちょう》の議員会館に出向くことになるのだが、むろん、スマホを取り出した時点ではそんなことになるとは思っていなかった。

母　2

アフィブログに一つの記事が掲載されていた。それは界隈では有名らしい、けれど僕は全く知らない有名人のツイートだった。

『いや、消せと言われたら消さないと駄目でしょ』

ツイートには画像が添付されている。その画像は他人のインスタグラムの投稿を無断転載したもので、その無断転載されたインスタグラムの投稿者は清家夕綺という人物で、そのインスタグラムの投稿には写真と文章が表示されている。

写真は警察署で撮った十字架の写真。

文章は以下の通り。

『娘が殺されました。この十字架に磔にされていたそうです。この写真は警察の方に消すように言われましたが、わたしにはどうしても消すことができませんでした。犯人はまだ捕まっていません。事件が早く解決することを祈っています』

有名人のツイートには一万のリツイートがされていた。意見は賛否両論だった。その安全圏からの外野の意見は僕にとってどうでもよかったが、重要なのは記事の続きだった。

アフィブログはこの記事の中に、一人の政治家のツイートを掲載していた。

正能《しょうのう》美映《みはえ》。自民党衆議院議員。

彼女は先ほどの有名人のツイートを引用して、こう語っていた。

『この娘を殺された母親は私の高校時代の親友です。今あまりの衝撃で混乱してます』

さて、この人は衝撃で混乱したらしいが、僕の場合は、この政治家のコメントを見て衝撃はあったが混乱はしなかった。

この政治家は母の高校時代を知っている。すなわち交通事故のことも知っている。死亡記事のことも知っている。真相を知っている。

僕はウィキペディアでこの正能美映という人物について調べた。

高校中退後、大検を経て東京大学経済学部合格。大手コンサルタント会社、マッキンゼーに勤めた後、二〇一四年に自民党から出馬し初当選。現在は政治家として活動している。

僕は政治家に会うための方法についてネットで調べた。その結果わかったのは、どうやら陳情というものがあるようで、陳情とは、議員会館の事務所を訪れて政治家に意見や要望を伝えること。難しい手続きなどはいらない。誰でも気軽にできる。すなわち、僕にもできるということ。

議員会館は千代田区永田町にある。

早速行ってみよう、と僕は思った。そしてグーグルマップでルートを検索した。

＊

京王堀之内駅から電車に乗って新宿駅で降り、そこから丸ノ内《まるのうち》線に乗り換えて国会議事堂《こっかいぎじどう》前《まえ》駅で降りた。その時点で十八時を過ぎていた。

案内板を頼りに進んでいくと、通路に行き当たった。案内板によると、議員会館に行かれる方はこちらの通路をご利用できます、とのことだったので、指示に従って左に進んでいった。なだらかな坂を下り、エスカレーターを上り、坂を上っていき、最後に突き当たりに辿り着いた。右はパスのある人専用の通路で、左は一般人用の通路だという。僕は右に行って警備員なんかに止められてみたいという気持ちをぐっと堪《こら》えて、左へと進んでいった。地上に出て、少し歩いていくと衆議院第一議員会館があった。大きな建物だった。玄関を入り、向かって右側の入り口から建物に入館した。人は少なく、閑散としていた。そこには空港の手荷物検査のようなスペースがあった。金属探知機ゲートをくぐらされ、X線検査装置で鞄を調べられ、安全であることが確かめられた後、やっと玄関ロビーへと通された。

受付票を書けとのことだったので、僕は受付台で受付票を手に取った。日時、議員名、僕の個人情報を記入した後、そこでぴたりとペンは止まった。

『用件』という欄があった。そこには六つの分類が用意されていた。

陳情。挨拶。連絡。公用。社用。私用。

はて、僕の用件とは一体何なのだろう。

迷った挙げ句、僕は『私用』に丸を付けた。それから事務室一覧表を見て、正能美映の事務室が七階にあることを確認すると、その部屋番号も受付票に書き込んだ。

受付票を受付に提出すると、受付の女性は電話をかけた。一度受話器から耳を離し、私用とは具体的には、と僕に聞いてきた。

「私用とは私用です。プライベートなことです」

受付の女性は僕の焦げ茶色のブレザーを舐めるように見て、それから受話器に耳を戻した。電話の向こう側の人物とのやりとりは続いていたが、少なくともそれがスムーズに進んでいるようには見えなかった。

しばらく待たされた後、首にかけるタイプの通行証が渡された。どうやら許可は下りたようだった。僕は念入りに周囲を見渡して人の視線がないのを確認してから、議員専用エレベーターに乗った。中が特別に豪華とかそういうことはなく、普通のエレベーターだった。七階で降りると、廊下は人気がなく、静まり返っていた。僕は正能美映の事務室の前で足を止め、ノックして返事を待った。

出迎えてくれたのは正能美映ではなく、秘書らしき男性だった。応接スペースのようなところに案内され、ソファーに座って向かい合った。

「それで、今回はどのようなご用件で」

「正能議員に直接会いたいのですが」

秘書の男は深い笑みを浮かべた。それは子供を見守るような温かい視線だった。

「現在、国会は閉会中のため、正能は長野にいます。申し訳ありませんが、今ここで直接会うというのは不可能です」

「じゃあ電話とかでもいいですよ」

「それは正能でなければならない用件なのですか」

「私用なので」

「失礼ですが、あなたと正能のご関係は」

「親友の息子」

秘書の男は何かの違和感を覚えた顔をして、それから違和感の解消した顔をした。スマホで文字を打ち込んで、正能に連絡を取っているようだった。ややあって、秘書の男は顔を上げた。

「現在、正能は立て込んでおりまして、一時間ほどしたら時間が取れるとのことでしたが」

「待ちますよ」僕はソファーにもたれた。「将棋でもします？」

「いえ、将棋の方は」

「じゃあトランプでも」

それから秘書の男は何かに堪えきれずに笑い出した。

「やっぱり将棋やりましょう」

百円ショップで売っているような簡素な将棋盤と駒で将棋が始まった。

対局の方は散々だった。

秘書の男は圧倒的に強く、スマホ将棋でルールを学んだ程度の僕なんかでは相手にならなかった。

「いや完敗です。一度断られた理由がわかりましたよ。僕のためを思ってだったんですね」

「そんなんじゃないですよ」

秘書の男は暗い顔をした。その駒をケースにしまう一挙一動ががさつで、そこには捨て鉢な気持ちが滲んでいるように見えた。

「実は嫌い？」僕は聞いた。

「ええ。嫌いです」

「たとえば、奨励会《しょうれいかい》に入っていてプロを目指していたけれど、結局なれずに」

「ここにいるわけですよ」

秘書の男は駒をケースにしまい終わった。それからその顔には温かい笑みが戻っていた。

「久しぶりにやったけど、やっぱり楽しくないですね。将棋」

「何年ぶりですか？」

「六……年ですね、たぶん」

「最後に将棋を楽しいと感じたのはいつですか？」

「いつだろう」男は考える顔をする。「いつから俺は将棋を楽しめなくなったのだろう」

「そういうのって、なんか深いドラマがありそうに思えて実はないですよ。僕の兄に言わせれば、そんなのはただの脳内分泌物質の多寡《たか》に過ぎない」

「辛辣《しんらつ》ですね」

「案外、お薬飲めば簡単に楽しくなるかもしれませんよ。将棋」

男が訝しげな顔をしているので、僕は付け足した。

「もちろん、病院で処方される合法なやつをね」

スマホの着信音が鳴った。秘書の男は電話に出て、それから僕の顔を見た。

「もし差し支えなければ、あなたの電話番号を教えてほしいと正能が申しているのですが」

僕はスマホの電話番号を伝えた。秘書の男の通話が終わり、今度は僕のスマホに電話がかかってきた。僕は電話に出た。

「正能美映です。最初に聞かせて。あなたの目的は何」

「母について聞かせてください」

しばしの沈黙があった。それから大きく息の吐き出される音が聞こえて、スマホを通して僕に吐息が吹き付けられた。そしてなぜか、その息はタバコの臭いがするような気がした。

「よかったぁ。脅迫だったらどうしようかと思ってたの」

「そんなことしませんよ」

「夕綺とは高校で一緒だったの。多摩総合工科高校《たまそうごうこうか》ってとこでね、工業高校だから女子が極端に少なくて、夕綺とはすぐに仲良くなった。まあ偏差値も低いところだったから治安も悪くてね。人には言えないこともいっぱいやったわ」

「いいじゃないですか。若気の至り。若い頃には人の一人くらい殺しておくものですよ。それでもあなたはこうして立派な政治家になったじゃないですか」

「あなたは、その……あんまり模範的な生徒ではなさそうね」

「タバコって吸います？」

「え？　ええ。吸うけど」

「やっぱり」

「あなたは吸うの？」

「吸うわけないじゃないですか。未成年ですよ」

「じゃあ大人になったら吸う？」

「大人になったことないからわからないですね」

「面白いこと言うのね」

「新聞記事によると、母は十七歳の時に交通事故で亡くなっています」

電話の向こうで息を呑む音がした。

「これっていったいどういうことなんですか？」

電話の向こうで唸り声が聞こえる。答えるべきか、答えざるべきか、迷っているのかと思ったら全然違った。

「どっちがいい？」

正能はたぶん、不謹慎だとわかった上で楽しんでいる。

「答えを言うのと、ヒントを言うの」

「ヒント」

僕は即答した。だってその方が楽しいから。

ふうん、と言って、正能は落ち着いた声色に変わっている。

「その日、その地域では別の大きな事件が起こっていて、新聞記者はその交通事故の調査をいい加減にした。記者は三つの断片的な情報を基に推理した。一、車に乗っていたのは父と高校生の娘。二、片方は死亡、片方は軽傷。三、大破した左側座席と無傷の右側座席」

さて、と正能は言った。電話の向こうで正能が試すような目をしているのがわかる。

「この世紀の誤報は、どうして起こってしまったのか」

僕は考えてみる。

「さっぱりわからない」

「ゆっくり考えてみることね。ヒントに対してさらにヒントを重ねるけど、私の言葉の選び方一つ一つに気を付けて考えること。ねえ清家くん」

「デートのお誘いなら喜んでお受けしますよ」

「何言ってるの。ふふ。冗談でも馬鹿みたい。ねえ」

声のトーンが落ちた。空気が変わったのがわかった。

「お姉さんのことは、その、大変でしたね」

「正直、姉のことはどうでもいいんですよ。第一にあなたは姉に関して新情報をもたらさないし、第二にお悔やみは聞き飽きてるんです。お悔やみは僕を通さず姉に直接言ってください。選挙で使う拡声器でも持ち出して空に叫べば、届くかもしれませんよ。お悔やみ」

「残念。拡声器は選挙期間中のレンタルだから、今ここにはないの」

「いくらですか？」

「さあ。全部セットで契約してるから」

「賄賂をくれたらあなたに投票しますね」

「冗談には冗談で返すけど、政治家は賄賂を渡す方じゃなくて貰う方なの」

「じゃあ賄賂を渡すんであなたに投票させてください」

「ごめんなさい。あまり冗談は言えない立場だから冗談はこれくらいで」

「録音はしていないのでご安心を」

「ちなみに選挙権はある？」

「ありますよ。机の中で埃を被ってますが」

「机の中なら埃を被らないと思う」

「それもそうですね」

「政治には関心がない？」

「ありますよ。政治が僕に関心を示さないだけで」

「ふふ。あなたとならいくらでも話していられそう」

「ではさようなら」

相手からの返事を待たずに、僕は一方的に電話を切った。なぜならこういうとき、「さよなら」「さよなら」「またね」「またね」「元気でね」「元気でね」のように一度電話の切り時を失ってしまうと、延々と空虚な別れを交わし続ける羽目になるからだ。

「問題は解決しましたか」

秘書の男が話しかけてきた。僕は答えた。

「この辺でおいしい料理屋さんありません？　予算は惜しまないものとする」

＊

帰りの電車の中で僕はずっと考えていた。

夕綺と輝男は車に乗っていた。輝男が車を運転し、夕綺は助手席に座っている。車はガードレールにぶつかる。左側は大破し、右側は無傷。これだと夕綺が死んで、輝男が生き残ってしまう。それは記事の内容とは一致するが、現実とは一致しない。

この想像のどこが間違っているのだろうか。それを確かめるためには、まず正しいと確定しているところだけ考えてみよう。

正能の言った三つの断片的な事実。これは確定したものとして考える。
一、車に乗っていたのは父と高校生の娘。二、片方は死亡、片方は軽傷。三、大破した左側座席と無傷の右側座席。
次に現実として確定している事実を挙げる。現在夕綺は生きている。つまり夕綺は交通事故で軽傷だった。ということは、死んだのは輝男ということになる。

車の状況を考える。左側が大破している。つまり左側の人物は死んだ。右側は無傷。すなわち右側の人物は軽傷だった。これだけ見ると、確かに新聞記者が間違えるのもわかる。なぜなら左側の助手席に乗っているのは夕綺で、右側の運転席に乗っているのは輝男なのだから、行き着く結論は夕綺が死んで輝男が軽傷というものになる。

すなわち、ここが間違っているということだ。先入観を抜きにして、確かな論理だけで推理を組み立てよう。

左側が大破した。左側の人物は死んだ。つまり左側には輝男が乗っていた。右側が無傷だった。右側の人物は軽傷だった。つまり右側には夕綺が乗っていた。これだと夕綺が運転席で輝男が助手席ということになってしまう。それはおかしい。そうではない可能性があるとしたら——

「無国籍料理だ！」

僕は思わず叫んでいた。電車の乗客は僕のことを珍妙なものを見る目で見て、しかし慌てたり怯えたりせずスマホを弄《いじ》って関わらないようにしている。

無国籍料理。母はうちのリビングをそう称した。それは国がないのではなく、国が溢れかえっている。我が家のリビングに日本製のものは驚くほど少ない。母は外国製品を好んだ。

車もそうだったとしたら？

外車は左ハンドルである。運転席が左側で、助手席が右側にある。

大破した左の運転席には輝男が乗っていて。無傷の右の助手席には夕綺が乗っている。

思えば正能は助手席という言葉も運転席と言う言葉も使わなかった。そこがヒントだったのだ。車が外車なら全ての辻褄が合う。どこにも矛盾はない。

僕は電車の中の、体臭や香水の混じり合う空気を胸一杯に吸い込んで、達成感と満足感を覚えながら大きく伸びをした。

イヤホンを着けて、ＫＥＹＴＡＬＫの『Summer Venus』を聴いた。電車の外は暗かった。達成感と満足感を覚えたのは一瞬だけだった。すぐに底知れない渇望が湧き上がってきて、僕の喉を干した。

ある疑念が生まれている。

父 2

ミナミは年に何回か土曜授業を行う。確か二十回。平日の授業時間を短くし、放課後の生徒活動を充実させるためだ。よって九月十五日土曜日、僕は自転車で高校へと向かった。

教室では比留間も山田も話しかけてこなかった。そもそも比留間と山田自体が二人で会話していない。二人ともスマホを操作して、ピリピリした様子で椅子に座っている。これはたぶん冷戦状態だろう。理由もくだらないものに違いない。「コーヒーはブラックに限るよね」「ブラックとか苦いだけでしょ」「え、ブラックも飲めないの?」「飲まないいんだよ」「ブラックも飲めないいんだー」「うるさいな」「お子様ー」「絶交」みたいな。

ホームルームが終わるとき、担任はいつもの疲れたやる気のない顔でこう言った。

「清家。話がある。終わったら職員室に来い」

僕はわくわくしながら職員室に向かった。担任の机の前に行くと、担任は回るチェアーを四十五度傾けて僕に向き直った。

「お前、センター試験説明会サボったろ」

「それには深い事情が……ありません」

「ふざけてんのか!」

担任の顔が歪み、怒号が響き渡った。仮に僕の耳に味蕾《みらい》があるならすりつぶした花椒《かしょう》が詰め込まれて麻《ま》味《み》の痺《しび》れが延々と続く感じ。

担任は乱暴にボールペンを投げ捨てた。ボールペンは机の上を転がって、緊迫した音を立てた。

「俺はお前のために怒ったのではない。自分のために怒ったのだ。よく人が怒るとき、お前のためだ、とか言って怒るやついるけどアレ違うからね。自分のためだからね。そこははっきりさせておきたい。俺はお前がどうなろうと知ったことではないが、自分のストレス解消のために今ここで怒らせてもらった」

　僕が何かを言う前に、担任は間髪を容れず続けた。

「今日の放課後、欠席した人向けにもう一回説明会やるから、それに出とけ」

「わかりました」

「一時十分に三年八組の教室だ。もうサボんなよ」

「先生はこういう言葉を知ってますか。二度あることは三度ある」

「まだ一度目なんだけど」

「それもそうですね」

「まあ人生を棒に振りたいならまたサボればいい。大学は大事だぞ。最終学歴は一生人生に付きまとう」

「ちなみに先生の学歴は？」

「答えたくない」

「じゃあサボりません」

「おい。じゃあってなんだ。じゃあってなんなんだ。あん?」

土曜日は四時間授業で終わる。十三時、帰りのホームルームが終わって放課後になっても、僕の昼食はお預けのままだった。

三年八組の中にはまだ人がちらほら残っていた。僕は無視して一番前の座席に座った。説明会まではまだ時間があった。僕がスマホを取り出したのと、隣に人が座ったのは同時だった。

袖を引っ張られた。

「志望校どこ?」

知らない女子だった。白と茶色の千鳥格子のベストを着ていた。これは明らかにこの女の頭がおかしいことを示していた。

ミナミの女子の制服にはこの千鳥格子のベストがある。それは式典の時なんかも絶対に誰も着ないほどの、圧倒的なダサさで全校女子生徒から忌み嫌われていた。僕はこの千鳥格子のベストを高校三年間で今まで一度も見たことがなかった。それをこの女子は着ている。

「じゃああたし先言うね。東大」

僕は千鳥格子から目が離せない。

「すごいんだね」

「すごくないよ。目指しているものが崇高であることと、崇高なものを目指している自分が崇高であることは似て非なるものだよ」

「それもそうだね。受験するだけなら誰でもできるよね」

「ねえ、次はきみの番」

「琉球大《りゅうきゅう》」

「えー沖縄ー？　なんでー？」

「きみと最も遠く離れられるから」

女は消しゴムをちぎって僕に投げつけてきた。後に残されるのは無様にちぎられた消しゴムだけ。

「それならコロンビア大学とかの方がいいじゃん。そっちにしたら？」

「うん。考えておくよ」

「うわ。傲慢。自分がコロンビア大学に入れると思ってんの？」

「そのベスト着てる人初めて見た」

女子は千鳥格子のベストを指で引っ張ってみせる。

「ああこれ。これは……じゃなくて話逸らすな」

「何事もやってみなきゃわかんないだろ。まあやってみないんだけど」

「ほんとはどこ志望？」

「コロンビア大学ってどこにある？」

「それはたぶん……コロンビアに……」

「ああ。いいこと考えた。きみが東大に落ちればいい。そして沖縄とか北海道のFラン大学に入ればいいんだ。そしたら相対的に離れられる」

「ねえ清家」

「うん」

「あんたはこのベストを見たのは初めてじゃない」

その口調は完全に断定していて、仮に彼女の言っていることが間違いだとしても、後から事実が上書きされて彼女の言ったとおりに置き換わるような気がした。

「あたしの名前知ってる？」

「数分後には」

「じゃあ言わない」

それで会話は終わりだった。教室には十五人ほど生徒がいた。教師が入ってきてプリントを配り始めると、僕たちは一時間ほどかけてセンター試験について説明を受けた。

説明会が終わり、僕は教室を出た。後ろから人が付いてきた。さっきの女だった。僕は無視して昇降口で靴を地面に置いたんだけど、その靴をさっと奪われ、女の頭上にうさぎの耳のように掲げられる。

「ねえ清家。これからどこ行くの」

僕はできるだけ女が付いてきたくなさそうな場所を選んだ。

「老人ホーム」

「奇遇だね。あたしも行こうと思ってたんだ。老人ホーム」

「靴を返してくれないか」

「靴を履かなきゃどこにも行けないの？　いつから人間はそんなに退化しちゃったんだろうね。どうしてもあたしから逃げたいなら死にものぐるいで裸足で走れ。それが他人を拒絶するということだ。それができないなら受け入れろ」

「受け入れる」

女はにんまりと笑って、靴を僕の目の前に恭《うやうや》しく置いた。

＊

どうしてこんなことになってしまったのだろう。

僕たちはグーグルマップに従って自転車で京王八王子駅まで行って、電車に乗って明大前駅まで行って、そこから歩いてスピカ松原までやってきた。

その間、二人が交わした会話は二回だけ。まずは電車の中で一回。

「どんな老人ホーム？　虐待とかあるところ？」

「黄金の浴室があるところ」

「ひょえー。入りたい入りたい！」

「そのためには早く老人になることだね。頑張れば三日くらいでなれるんじゃない？」

「ちょっと、それどういう意味」

次の会話は歩きながら一回。

「お腹空かない？」

「ほら。小林《こばやし》さん。そこに食べれそうな雑草が生えてるよ」

「ほんとだ。食べてみる」

「天ぷらにするとよさそうだね」

「いいや。生で食う。てか小林じゃないんだけど」

そんなこんなでスピカ松原に到着した。受付で名前を書いて、うがいと手洗いとアルコール塗布を済ませた後、天気がいいので屋上で会うのもいいですね、と提案する職員の面子《メンツ》を保つため屋上を訪れた。

屋上は庭園になっていた。一升枡《いつしようます》みたいな花壇に花や木が植えられ、豊かな彩りが広がっている。僕たちはパラソルの備え付けられたテーブルの下で、青い空と白い雲という陳腐な景色を眺めて祖父を待った。

やがて職員に車椅子を押されて、祖父の尭之がやってきた。例によって沼のような目をしていて、僕の方を向いているのに僕のことを見てはいない。

「おじいさん。孫の椿太郎です。わかりますか」

反応はない。予想はしていたが、さてどうしたものか。

「こんな無駄なことを続けてるの？」

その言葉は純粋に合理的な疑問であって、女の表情にも声にも悪意は微塵《みじん》もなかった。

「ただの自己満足じゃん。認知症の老人を思いやる私偉い、みたいな」

「別に思いやっちゃいないよ。ただこの人はある重要な事実を知っていて、何とか聞き出す必要があるんだ」

「見るからに無理そうだけど」

「前はちょっと正気に戻ったんだ。一瞬だったけど」

「その一瞬の奇跡を信じて足繁く通ってるの？」

「足繁くというほどでもないよ。五十年に一回くらいかな」

「ちょっと今思ったんだけどね、よく昭和のアニメなんかでブラウン管テレビの調子が悪くなったとき、お母さんがバンッて叩くと直ったりするじゃん？」

「それは老人虐待だよ」

「あたしは老人じゃなくてテレビの話をしてるんだけど」

「ラララ」

「前に正気に戻ったのはどういうときだったの」

「どういうときとは」

「なんか正気に戻る条件があるんじゃないの？　天気とか時間帯とか周囲の状況とか自分の行動とか。以前上手くいったときの状況を再現してみたら、またおじいさん目覚めるかもしれないよ」

僕は以前の光景を思い出す。

「オレンジジュース」

女は首を捻って僕の言葉の続きを待っている。

「僕がオレンジジュースを飲んだとき、おじいさんは唐突に覚醒した」

「オレンジジュースの香りが記憶を刺激するのかも」

僕と女は一階に下り、自動販売機でオレンジジュースの紙パックを買ってきた。それから屋上に戻ってきた。

ストローを挿して飲める状態にして、祖父の口先へと差し出した。そっとストローを祖父の口の中へ挿入すると、半透明のストローの内側に色が透けて、オレンジジュースが吸われているのがわかる。弱々しい吸引ではあるが、確かに祖父は飲んでいる。確かに生きている。

その目が見開かれた。

透き通ったゼラチンのような瞳。

祖父はストローから口を離した。

僕はオレンジジュースを手元に引き寄せて、祖父と対峙していた。

「誰……ですかな」祖父は周囲をきょろきょろと見渡して、自分の置かれている状況を把握しようと努めている。

僕は手を差し出した。

「孫の清家椿太郎です」

祖父の顔がみるみる明るくなった。

「おお椿太郎か！　こんなに大きくなって」

手を握られた。祖父の手は枯れ葉のように乾いていた。思い切り握り締めたら砕け散ってしまいそうだ。祖父はいつまでも僕の手を握り続けようとしたので、無理やり引きはがした。

「気分はどうですか」

「意識ははっきりしている。椿太郎、肩のところに糸くずが付いてる」

僕は肩を見て、くっついていた黒い糸くずを摘まんで捨てた。

「今何年生だ？　学校はどうだ？　隣の人は誰だ？」

「あたしは久門真圃《くもんまほ》」

「じいさん。今はそんな話をしている場合ではない」

僕はオレンジジュースの紙パックをテーブルに置いた。その薄っぺらい音が空気を変えた。

「あんたはどうせ全て忘れる。今ここで僕のことを聞いてもまた元に戻って全て忘れる。その一瞬で消え去る無意味な満足のために貴重な時間を消費するわけにはいかない。わかったらこちらの質問にだけ答えろ」

祖父は最初ぽかんとして、それから悲しそうな顔をした。

「何が聞きたい」

「胤也の誘拐」

祖父は僕の目を見て全てを悟ったようだった。もしかしたらその一瞬で僕という人間の本質を全て見抜いていたのかもしれない。

「忘れもしない。一九八九年七月四日、あれは胤也が十五歳の時だった」

祖父の語った内容を描写という形で記述すると次のようになる。

＊

「息子さんを預かった。返してほしければ百万円用意しろ。警察に通報したら息子さんの命はない。またすぐに連絡する」

ボイスチェンジャーの声だった。尭之が何かを言う暇はなかった。すぐに電話は切れ、部屋の中には落ち着かない様子の尭之が残された。

尭之はトラック運転手として働いていた。特に高給取りでもない尭之にとって百万円は大金だったが、用意できないわけではなかった。息子の大学進学のための貯金があって、その銀行口座には百万円が入っている。

そのお金を使うのは忍びなかったが、息子の命と引き替えなら致し方ない。そうやって金の算段が付いてひとまず少し落ち着いてくると、二つの問題があることに気付いた。

まずは本当に息子が誘拐されたのかという問題。

尭之は息子の胤也の部屋を訪れた。木の学習机には教科書とノートが置かれている。胤也は部屋にはいない。

胤也は不登校だった。学校に行きたくない深刻な問題があるのかと思っていたら、当の本人は「ぼんやりとした不安」などと答える。尭之は、話したくないならそれでもいいと思っていた。別に学校だけが全てではない。学校に行かずとも人生はなんとかなる。

尭之は中学校に電話をかけて、胤也が登校していないか聞いた。していないとの回答だった。

中央図書館に電話をかけて息子が来ていませんかと聞いた。わざわざ探してみてくれたようで、館内に中学生らしき人物はいませんでした、との回答が返ってきた。

胤也に友人はいないので、友人の家にいるということはないだろう。

他に息子の行きそうな場所はない。そもそも息子は家に引きこもっていて図書館に行くとき以外は外に出ないから、やはり誘拐は本当なのだろう。これで一つ目の問題には結論が出たわけだ。

二つ目の問題は警察への通報をどうするかということである。

警察に通報したら息子の命はないと言われた。こっそり通報すればバレないかもしれない。息子の命はないという言葉はただの脅しで本気ではないのかもしれない。それでも、尭之はどうしても警察へ電話をかけることができなかった。

ただ一つ言えるのは、警察に通報しない限り、絶対に犯人は捕まらないということである。つまり、犯人逮捕と息子の安全のどちらを選ぶかという話だ。

答えは出なかった。代わりに犯人からの二度目の電話を待つことにした。灰皿に吸い殻が増えていく。

電話のベルが鳴ったとき、尭之は反射的に飛び跳ね、それからおそるおそる受話器を取った。ボイスチェンジャーの声が聞こえた。

「約束を破ったな。警察に電話しただろ」

「してません！」

「交渉は決裂だ。次に息子さんと会うときは骨になっているだろう」

「通報してません！　本当です！」

電話は切れた。尭之は呆然として天井を眺めていた。再度電話がかかってきたのはすぐだった。

「本当に警察には連絡してないんだな」

「天に誓って本当です」

「じゃあまずは銀行で百万円を下ろせ。その次に」

「その前に胤也の声を聞かせてください」

「いいだろう」

胤也は泣き叫ぶこともなく、大声を上げることもなく、一切の生きる希望をなくしたような元気のない声でこう言った。

「お父さん。助けて……」

尭之にはその声が本当に胤也なのか確信が持てなかった。しかし、誘拐された息子にそんなことを尋ねる勇気はなかった。

「大丈夫だ。必ず助ける」

「さて」声の主はボイスチェンジャーの男に代わっている。「まずは銀行で百万円を下ろせ。それから調布駅近くの喫茶店『バビロン』の七番テーブルの裏を見ろ。今日中に全てが終わらなかった場合、息子さんの命はないと思え」

尭之は必死にメモを取った。メモを取っている間に通話は切れていた。

それからの尭之の行動は早かった。車を走らせて富士《ふじ》銀行まで行き、ATMで百万円を下ろした。そこから早歩きで駅前までやってくると、周囲の人に道を尋ね、喫茶店『バビロン』の扉をくぐった。

「すみません。七番テーブルはどちらですか」

レジの前で店員に尋ねると、お一人様ですね、と言って七番テーブルまで案内してくれた。

その途中で面倒なことが起きた。

「おお。清家じゃないか。奇遇だな」

席に座っている誰かが馴れ馴れしく話しかけてくる。今は構っている余裕などない。

「すみません。今急いでいるので」

「おい。それが上司に対する態度か」

「本当に上司ですかって……」

それで男は会話を諦めたようだった。尭之は七番テーブルに着くと同時にテーブルの裏を調べた。そこには紙と鍵のようなものがガムテープで貼り付けてあった。

剝がして手に取ると、やはり紙と鍵だった。鍵には２０５と書かれた番号札が付けられ、紙にはこう書かれていた。

「駅前のコインロッカーに行って中を見ろ」

尭之は注文もせずに店を出て、すぐにコインロッカーへと向かった。コインロッカーを開けると中には大量の首輪のようなものが入っていた。加えてメモも入っていた。

「ペットショップ『まえだ』に行ってぴったり百万円で犬を十匹購入しろ。その後、入り口の電柱に貼ってあるシールを見ろ」

首輪をリュックの中にしまうと、結構な重さがあった。尭之は通行人にペットショップの場所を尋ねた。近くだったので早歩きで向かった。ペットショップに入ると、たくさんの猫や犬がケージに入れられていた。値段を見ると、一四五万円だったり一四十三万円だったりして、百万円ぴったりに計算するのは難しい。

尭之はレジへと直行した。そしてゴミでも捨てるかのように百万円をレジに置いた。

店員はぎょっとして、レジに置かれた札束と尭之の顔とを見比べている。

「犬を十四売ってくれ。この百万円で。種類は任せる」

店員はごくりと唾を飲み込んで、少々お待ちくださいと言って奥へと引っ込んでいった。

ややあって、リードに繋がれた十四の犬が連れられてきた。

犬たちはやかましかった。十四もいるからやかましさは十倍だった。店を出て尭之は電柱を見た。シールはすぐに見つかった。

『野川公園　新幹線の遊具』

十四の犬を車に乗せるのは困難を極めた。何とか後部座席に乗せて出発した後も、犬たちは騒ぎ続け、運転席に乗り込んできたりうるさく吠えたりし、糞《ふん》を漏らした臭いまで漂ってきた。

野川公園に着いて、遊歩道を歩いていった。犬たちがあちこちにマーキングしようとするからそれを無理やり引っ張っていき、通行人の好奇の視線を浴びながら十四の犬を散歩させた。やがて遊具コーナーが見えてきてそこには新幹線の遊具があった。騎乗してバネを揺らして遊ぶ一人用遊具。

リードを柱に結びつけて、犬が逃げられないようにし、それを十四分何とか終わらせると、新幹線の遊具の下側を探った。そこには紙がガムテープで貼られていた。

「十四の犬にコインロッカーで渡した首輪を付けろ。その後はリードを外して犬を逃がせ。それをこちらで確認次第、息子さんは返す」

尭之はリュックから首輪を取り出し、一つ一つ犬に付けていった。犬が暴れたり藻掻いたりするから殴りつけたい衝動に駆られたが必死に堪えた。そして十四全部に首輪を付け終わると、リードを外して解放した。

犬たちは様々な行動を取った。

その場から動かないもの。警戒してこちらを見つめるもの。自由になったことを喜んですぐに遠くまで走って行くもの。周囲を駆け回るもの。だがしばらく経つと、この場から十四の犬は全ていなくなって、もうどこに行ったのかは知るよしもなかった。

犬のいなくなった遊具コーナーで、尭之は一人たたずんでいた。日差しが強く暑かった。今までは気付かなかったが、自分のシャツは汗だくで、絞ると水が滴るほどだった。

尭之はリードや犯人のメモなどのゴミをリュックにしまい、元来た道を引き返し始める。

これで全て終わったのだ。

そう思っても、尭之の心に安心はなかった。

犯人の要求は全て意味不明だった。一応全て指示には従ったが、犯人の目的はさっぱりわからない。ただ一つ言えるのは、自分はこうして百万円を失ったということだけ。

後は胤也が無事に帰ってくれば——

自宅のアパートのドアを開けるとき、手が震えた。上手く鍵を差し込めない。何とか鍵を差し込んで中に入ると、誰もいなかった。

「胤也？」

返事はない。

部屋の中には誰もいなかった。

尭之は心を落ち着ける。犯人は犬が逃げたのを確認次第息子を返すと言った。ならば現在きっと確認中なのだろう。その作業に何の意味があるのかはわからないが、少なくとも結構な時間を要するのは間違いない。

尭之は待った。息子が帰ってくるのをただ待った。灰皿はタバコの吸い殻で溢れ、しかしそれ以外に何もする気力がなかった。

安普請のアパートにインターフォンはない。よって時計を見ると時刻は十七時三十分、玄関のドアがノックされる音が響いた。

尭之はまず硬直し、それからおもむろに立ち上がり、足音を忍ばせて玄関まで行った。ドアのこちら側から問いかける。

「胤也？」

「うん」

尭之は興奮しすぎて逆に動きが緩慢になっていた。ゆっくりとドアの錠を外し、ノブを捻ってドアを開けた。

そこには一冊のぼろぼろの本を持った少年が立っていた。

尭之は自然と相手を抱き締めようとしていた。それが相手の迷惑かもしれないと思い直して、抱き締めるために伸ばした手は、そのまま逆再生のように引っ込められた。

気付くと尭之の目に涙が滲んできた。それを必死に押し隠して、冷静な声色を作る。

「大丈夫だったか。怪我はないか」

「うん。余裕だった。逆に犯人を倒そうかと思ったけど、それはやめといた。仲間がいるかもしれないし」

「犯人はどんなやつだった」

「わかんない。目隠しされてた。ねえ父さん。警察に通報する?」

尭之は今初めてそのことに思い至った。息子が無事に解放された後ならば、警察への通報を躊躇う理由はどこにもない。

「する……方がいいんじゃないか」

「しないでほしい」

「どうして」

「警察に通報したら、酷《ひど》いことになるって犯人が言ってた」

「そうか」

「うん」

「じゃ通報はやめておこう。本当に怪我はないんだな? 何にもされなかったんだな?」

「うん」

「そうか。それはよかった。で、その本は何だ」

「カミュの『異邦人』」

「何で今持ってる」

「犯人からもらった」

「そんなもの捨てた方がいいんじゃ」

「そろそろ立ち話も疲れたんだけど」

「ああ。悪い」

二人は玄関を入って部屋に戻ってきた。夕食には出前の寿司を取った。お祝いのようなものだった。

それ以降、誘拐についての話はなされなかった。それは誘拐という言葉を禁句としていたというよりは、元来さかんに会話する親子ではなかったということに起因していた。

尭之はテレビのバラエティー番組を見ていた。その馬鹿馬鹿しい内容で誘拐のことなど忘れてしまいたかった。ふと隣を見ると、そこにはぼろぼろの文庫本を熱心に読んでいる男がいた。誘拐された被害者は、犯人から渡されたカミュの『異邦人』を読んで、いったい何を思っていたのか。たった一言でも勇気を出して聞いてみれば、案外答えは簡単に返ってきたのかもしれなかったが、結局尭之にその勇気はなかった。

＊

こうして祖父は長々と語り、僕たちはパラソルの下でじっと聞いていた。

祖父の瞳がだんだんと光を失っていく。オレンジジュースの有効時間は無限ではなかったようだ。その目が淀んだ沼に戻る前に、祖父はまるで遺言のようにこう言い残した。

「それが一度目の誘拐だ……」

僕は一瞬きょとんとして、それから問いかけた。

「一度目って、二度目があるってこと？」

祖父の返事はない。沼のような目をして、僕を向いているのに僕を見てはいない。

「答えてよ。気になるじゃないか」

祖父の肩をぶんぶんと揺する。祖父は反応しない。

「もっかい飲ませればいいんじゃない？」

千鳥格子の女はオレンジジュースの紙パックを手に取って、うわ、ぬるっ、と言ってからストローを祖父の口元へと運んだ。

祖父はそれを吸った。確かに中身を飲んだ。

しかし今度は効力は現れず、沼のような目が透き通ることはないのだった。

「充電期間が必要なのかもしれませんね」車椅子係の職員はそう言った。「時間を置いてからまたいらしたらいかがでしょうか」

*

僕と千鳥格子の女は明大前駅に向かって歩いている。

「ねえ小林さん。僕はその千鳥格子をいつ見たんだ？」

「小林じゃない」

「久門さん」

「まあ答えてあげてもいいんだけど、条件を付けよう。それは誘拐犯が誰なのか突き止めること」

久門は実に楽しそうだった。そういう他者の痛みを知らない無邪気な顔。事件の被害者がどんなに苦しんで、どれだけ今もその傷を引きずっているのか考えたことはあるのだろうか。僕はない。だから僕も久門と同じ楽しそうな表情をして推理を始める。

「まあ、普通に考えたら怪しいやつは一人しかいない」

「そうなの？　あたし全然わかんないんだけど、あたしは普通に考えられさえしないアホなの？」

「この事件で利益を得た人物は一人しかいない」

それで久門は気付いたようだった。

「ペットショップ？」

「そう。ペットショップは百万円分の犬が売れた。実際に利益を得たのはこのペットショップだけだ」

「なるほど。ペットショップが犯人かー」

「でもこれだと普通すぎるんだよね。結局、警察に通報されなかったからバレなかっただけで、もし警察が本気で捜査をしたらペットショップが怪しいなんてすぐにわかるから、後は拷問して自白させれば事件は解決さ」

「じゃあペットショップは犯人じゃないの？」

「その場合、犯人はどうやって利益を得たのかが問題となる」

「そんなの簡単じゃん。きみの頭脳なら三秒あればすぐにわかるよ」

三秒経過した。

「まだわかんないの？」

「うん」

「あー馬鹿発見。そんなんじゃコロンビア大学なんて無理無理の無理だよ。簡単すぎて反吐《へど》が出るよ。つまりこういうこと。十四の犬に首輪を付けたじゃん。あれに発信機が付けられていて、後から犯人が回収したの」

「そして頑張って十四捕まえて、別のペットショップに転売する？」

「そう」

「なんかコロンビア大学合格できそうな気がしてきた」

「まあ冗談ですけどね」

久門は途端に冷めた顔をして息を吐き出した。

「あたし的には、喫茶店で偶然出会った上司が気になるんだけど」

「確かにやりとりはおかしかったよね」

「上司に向かってお前は本当に上司かって聞くんだよ？　ありえんくない？」

「でも息子を誘拐されてたからね。多少は思考もおかしくなるよね」

久門は僕の背中を拳で軽くどついた。

「そろそろ真面目に推理して？」

「犯人は利益を得るつもりはなかった。被害者に百万円を失わせることが目的だった。つまり動機は怨恨《えんこん》」

「うーん。ありきたり」

「てか百万円とかいう金額がしょぼいんだよね。身代金誘拐ってさ、ふつう大富豪の子供を狙って一億円とか要求するじゃん」

「でもそれだとだいたい失敗するっしょ。人間欲を掻かないことが大事。実際犯人は一応計画通りに行って、よくわかんないけど何かを成し遂げた。ピース」

「ピース」

久門は歩道に落ちている小石を蹴っ飛ばした。それから言った。

「カミュの『異邦人』ってどんな話？」

「ママンが死んだ、って話」

「何ママンって。母親のこと？　そっから母親の死の真相を探る的な？」

「いや、太陽が眩しかったから人を殺す」

「意味不明」

「ところがどっこい、これは全て事実なんだよ」

「何だよ、ところがどっこいって。そんな言葉カイジでしか聞いたことないよ。もういい。自分で読む」

久門はスマホを取り出して眺めている。歩きスマホだ。

「うわ。キンドル版ないじゃん。読む気なくした」

「何言ってんだい。紙こそ至高だよ。あの紙の手触りが堪らないいんじゃないか。僕は一日中紙を撫で回しているけどね。おかげで手の指紋がなくなっちゃったよ」

「あ、でもマンガ版ならキンドルある、んだけど……」

「マンガでは真の理解はできない？」

「じゃなくて、試し読みを見る限り、作風があまりにも実験的すぎる」

「じゃあ紙の文庫本を読むしかないね」

「代わりにカフカの『変身』じゃだめ？　これだとキンドル版無料なんだけど」

「そんなことせずとも図書館という合法の違法ダウンロードを使えば無料で本が読み放題なんだ」

「言い方」

「歩きスマホは大変危険ですのでおやめください」

「じゃあ走りスマホ。あたし一休さんじゃない？」

僕は久門がいきなり走り出す展開を期待したが、そうはならなかった。久門は歩きながらスマホを眺め続けている。スマホは防護カバーなど付いていない裸の状態だから、もし落としたら液晶が放射状に割れて悲惨なことになるだろう。

僕たちは明大前駅に着いて、そこから電車に乗った。電車の中で僕たちは隣り合って座った。話を切り出したのは久門だった。

「今年から新入生の制服新しくなったよね」

「チャバネは健在だけどね」

「千鳥格子のベストは廃止だってさ」

「誰も着ないんだもん。当然だよ」

その千鳥格子のベスト廃止に関して、久門の口から何らかの感傷でも述べられるのかと思ったら、実際に久門の口から発せられたのは全然関係ない言葉だった。

「次はいつ行く?」

「どこに」

「スピカ松原」

「また付いてくんの?」

「あたしはいつ行くかを聞いてるんだけど」

「僕はきみがインフルエンザで動けなくなる日を聞いてるんだけど」

「よしわかった。おじいちゃん充電期間が必要っぽいから、一日空けて月曜にしよう。敬老の日だし、ちょうどいいんじゃない?」

「なんかもうそれでいいよ」

こうして不本意な同行者が生まれてしまった。とはいえ、オレンジジュースを飲ませるアイデアを思い付いたのは久門だったから、案外役に立ってくれるかもしれない。

そのときポケットの中でスマホが振動した。慎重にシステムを整え続けてきた僕のスマホには、無意味な日常会話というものが存在しない。よって僕はスマホを取り出し、そのLINEの通知を瞳に映した。

『明日朝8時30分に幕張メッセ集合。RAGE 2018 Autumnというイベントが開催されるそうです』

それが編集者、仙波からのメッセージだったが、その又聞きのようなニュアンスの文章が何を意味するのかは、会ってからの楽しみとすることにした。

＊

京王八王子駅で久門とは別れた。自転車で家に帰ってくると夕方になっていた。僕は三階建ての自宅、ドーム状の無敵の城塞を眺めると、その庇護下に入るべく玄関のドアを開けた。

リビングを訪れると、父がワインを飲んでいた。ワイングラスを使ってはいるが、ステムを摘まむのではなく、ボウル部分を握り締めて、まるで粗暴な船乗りのように、味なんてどうでもいいという感じで呷っている。

「少量なら酒は薬なのかい？」

僕の声で父は振り返った。その健康に悪そうな酔い方は僕を少し動揺させた。今まで健康に最上の注意を払ってきた父が、今まで飲んだこともないワインを大量に飲んで、塩分の強いドライソーセージをつまみにしている。

「少量でも毒だ。こんなもん」

「じゃあなんで飲んでんのさ」

「人は死ぬときは死ぬ。どれだけ健康だろうと、死ぬときは死ぬ」

それはおそらく姉のことを指しているのだった。同時に、僕は姉に関して父に聞くべきことがあったのを思い出して聞いた。

「バンドのスポンサーだったんだって？」

父はワインを呷って、こちらに血走った目を向けて、

「建前では」

と言った。

僕はその言葉を繰り返す。

「建前では」

父はグラスが空になったのでボトルからワインを注いだ。ムードもへったくれもない、ラ

ーメン屋の店主が寸胴鍋に醬油でも注いでいるかのような荒々しさだった。

「契約上は俺がスタジオと契約して年間使用料を払っていることになっていた」

「けど実際は違った」

「使用料は御鍬が全部自分で払っていた」

父はワインを飲んだ。顔は真っ赤で目は据わっている。しかし口調だけは明晰なのだった。

「友達に余計な引け目を感じさせないためなんだと。あいつらしい、友達思いの粋な計らいだ」

姉はユーチューブで収入があったから、支払い自体は簡単だったのだろう。

「御鍬はいい子だった。だよな？　お前もそう思うよな？」

「うん。思うよ」

「なんで殺されたのが御鍬なんだ。なんで御鍬が殺されてしまったんだ。御鍬じゃない他の誰かじゃだめだったのか」

「酔ってんの？　酔ってんならほどほどにした方がいいよ」

「失うには惜しい人材だった。頭もいいし、性格もいいし、見た目もいいし、運動神経もいいし、声もいいし」

「でも動物には嫌われる」

「そうだ。御鍬は動物に嫌われていた。リンリは御鍬を見ると怯えて逃げていったし、修学旅行の時はゴリラに糞を投げつけられたと言って憤慨していた」

「唯一の弱点だね」

「そう。完璧な人間にも弱点がある。しかしそれはむしろ……」

「親近感？」

「というより」

父はグラスをテーブルに置いた。先ほどまでの粗暴な飲み方とは違って、優しい、労《いたわ》るような置き方だった。

その小鳥が窓をつつくような音が鳴った直後、その言葉は父の口を無理やりこじ開けるようにして出てきた。

「愛」

僕はその言葉を聞いたときガレージジャッキを想起した。車を持ち上げる工具。それが父の口をこじ開けた。この場合、そのガレージジャッキに相当するのが酔いなのであろう。父の言葉は、わずかに開いた口の隙間を這い出るようにして、満身創痍《まんしんそうい》で僕の元まで辿り着いてきた。もしそれが口から飛び出すように出てきていたとしたら、僕はその言葉をその場しのぎの薄っぺらい言葉としか評価できなかっただろう。だが口をこじ開けて無理やり這い出てきたという経緯を見る限り、その言葉は、その場しのぎではない、持続的に実行力を持つ、永遠の言葉のように思えた。

父は立ち上がった。目頭を押さえ、飲みかけのワインを放置すると、一言言った。

「御鍬の歌を聴いたことあるか？」

「ない」

僕の返事が聞こえていたのかどうかはわからない。父はふらふらしながらリビングを出ていった。階段の壁に肩のぶつかる音が聞こえる。僕は父の放置したワイン一式を片付けて、ワイングラスを軽くすすいでから食洗機に入れた。

兄 2

『RAGE 2018 Autumn』というのはｅスポーツのイベント、つまりゲームのイベントであり、年四回、春夏秋冬に開催される。そこでのメインコンテンツはシャドウバースというカードゲームの大会で、優勝賞金四百万円。その四百万円を懸けて予選を勝ち抜いた八名が戦うことになっていて、その決勝トーナメントが今日行われようとしている。

というのが昨日、僕が付け焼き刃で調べた情報である。

朝の四時に起き、熱いシャワーで目を覚まし、パーカとカーゴパンツというコーディネートを見繕って、六時五分に家を出た。

自転車で京王多摩センター駅に行き、電車で新宿駅まで行き、新宿駅で乗り換えて西船橋《にしふなばし》駅に行き、西船橋駅で乗り換えて海浜幕張《かいひんまくはり》駅で下車した。そこから先のルートは前日にユーチューブで予習済みだったが、予習した意味はあまりなかった。なぜなら同じくRAGEに向かうと思《おぼ》しき集団が先導してくれるので、僕は付いていくだけでよかったからだ。途中で歩道橋に上がったりしながら進んでいって、大きな階段を越えると幕張メッセに到着である。

時刻は八時二十六分。ちょうどいい時間だ。僕はRAGEの開催されている8ホールを目指して、入口を入って直進した後、左へと進んでいった。

正直、舐めていた。

8ホールの入口前にはものすごい行列ができていた。これら全て、RAGEを観戦しに来た人々である。まだ開場前だというのにこの人数。これが開場してしまったら、果たしてどれだけの人数になるのだろうか。

仙波は行列から離れた場所にいた。柱に寄りかかってスマホを操作している。僕は仙波の元へと歩いていった。

「一分遅刻」仙波は僕を見つけると不機嫌そうな顔をした。

仙波は花柄のシャツを着ていて、その裾をジーンズの内側にたくしこんでいた。

「すみません。その一分は神様に頼んであなたの寿命に追加しておきますんで」

「まあ、謝らなきゃいけないのは私の方だけどね」

「なぜ」

「無駄に並ばなきゃならない」

僕たちは『一般入場最後尾』と書かれた看板の下に並んだ。

「行列って嫌い」

ともすれば、仙波が不機嫌なのは僕が遅刻したからではなく、その龍のような行列のせいなのかもしれなかった。

「たぶんこれ、もっと遅く来ればみんな入場してて並ばずに済んだよ」

「RAGEに来るのは初めてなんですか？」

「当たり前でしょ」

「当たり前なんですか」

「こんなもの興味ない」

仙波は眠そうにあくびした。その眠さは早起きのせいなのか、それとも。

「興味ないのに参加するんですか」

「自分の興味あることだけやって生きてたら世界が広がらないでしょ。興味がないものもやってみたら実は楽しいかもしれない。とはいえ興味のないことに積極的に参加するのは厳しい。だから積極的には参加しない。しかし、無理やり興味のないことに参加させられそうになったとき、断りはしない。世界を広げるチャンスだと思って仕方なく参加してみる。もし面白ければ世界が広がる。人生が豊かになる」

「無理やり参加させられたんですか」

「同僚がチケットを持ってたんだけど、都合で行けなくなって。あ、そうだ」

仙波はスマホを取り出した。

「ちゅんたろうくん、ライヴポケットっていうアプリ、ダウンロードしておいて」

「わかりました」

スマホのアプリストアで検索する。どうやら電子チケットのアプリのようだ。

「チケット送るから、登録済ませておいて」

僕はライヴポケットのアカウントを作り終えた。

「終わりました」

「じゃあチケット送るね。面倒くさいからメールアドレスは自分で入力してね」

その言葉が発せられるのと仙波の眉がひそめられたのは同時だった。液晶をタップする指の力が段々増していく。しばらく液晶の連打が行われた後、仙波はスマホを持った手を振りかぶって、しかし床に叩き付けるのは寸前で思い止《とど》まった。

「ちょっとこれ。チケット送れないいんだけど？」

「メールアドレス以前の問題ですか」

「友達に渡すってボタンがない」

「本来は友達に渡せるんですか」

「うん」

「じゃあ僕たちはきっと友達じゃないんですね」

「ふざけてる場合じゃないの。チケットがないと入場できないでしょ」

「いや、入場無料だったはずですよ」

「そうなの？」

「チケットって何のチケットなんですか？」

「えっと……」

仙波はスマホを見て、

「指定席のチケットだ。これ有料だぞ？　三千円もしたんだから」

「もらったんじゃないんですか」

「まあ、そうなんだけどね」

「ちょっと僕、調べてみます」

僕はライヴポケットのアプリに掲載されている使い方のページを調べた。

「なんか友達に渡す権限があるのは購入者だけみたいです」

「だから私は送れないのか」

「僕にチケットを渡すためには、まず仙波さんが購入者にチケットを返して、その後、購入者が僕にチケットを渡せばいいみたいです」

「はあ？　面倒くさいことこの上なし！」

「でもたぶん、もっといい方法があると思います」

僕はさらに使い方のページを調べた。そして結論が出た。

「仙波さんがスマホで二人分のチケットを提示すればそれでいいみたいです」

「んだよ。だったらチケットを渡すとかいう機能いらんだろマジで」

「なんでシャツの裾しまってるんですか？」

仙波は僕を見て、あン？と柄の悪い声を上げると、当てつけのようにジーンズをずり上げた。

「なんか文句ある？」

「変ですよ」

仙波は怒るのさえ阿呆らしいというように肩をすくめてみせた。

「それはきみの価値観だよね。きみの主観だよね。きみはシャツをズボンから出せばいいし、私はこれからも未来永劫シャツをズボンの中に入れる。オーケー？」

「あ、入場始まりましたよ」

九時になりホールが開場された。行列はスムーズに進んでいって、僕たちはついにＲＡＧＥ開催会場の内部へと足を踏み入れた。

広い会場だった。明るくはないが、強い照明がところどころをライトアップしているので、暗いというわけでもない。

シャドウバースステージは入ってすぐのところにあった。大量の座席はまだあまり埋まっていない。壇上にもまだ誰もいない。対戦を映すための大きなスクリーンが三方向に用意されていて、開演まではまだ三十分ほどあった。

「なんかお土産でも見ようか」

とのことで、僕たちはグッズ販売エリアへと向かった。

そこにはシャドウバースのグッズだけではなく、本日ここの別のステージに登場するバーチャルユーチューバーのグッズなんかもあった。Ｔシャツ、タオル、缶バッジ、その他いろいろ。

「欲しいものある?」

「経費で落ちるんですか」

「落ちるわけねーだろー。ばかやろー」

文字にすると過激な言葉だが、実際のこのときの仙波の口調は砕けて和気藹々（あいあい）としていたと補足しておく。

「でもなんか欲しいものあるなら買ってあげるよ」

「特にないです」

「そう言うと思った。そう言うと思ったからこそ買ってあげるなんて言ってみたの。ほんとは買ってあげる気なんてさらさらなかった」

「なんでわかったんですか」

「だってきみってそういう人間ぽいじゃん？　体温が低くて」

「人間味のない」

「そうそう。よく言われる？」

「よく言われますと言いたいところなんですが、言ってくれる友人がないんですよ」

「じゃあ私が言ってあげる。かっこつけんな。もっと熱くなれ」

「いや、結構暑いですよ、会場」

「人が多いからねぇ」

会場は混雑し始めていた。グッズ販売エリアも人が多くなってきたので、僕たちは一旦その場を離れた。

「お腹空かない？」

「でも飲食エリアは十時から営業って書いてありますよ」

「あ。ほんとだ。使えねー」

段々本性を現してきたのか、会話の端々で仙波の言葉遣いが荒くなってきている。そのことに僕は気付きつつあった。

することもなくなったので、僕たちは係員に電子チケットを提示し、指定席へと腰を下ろした。自由席と比べてゆったりと広く、またステージが見やすいポジションに位置しているため、落ち着いて快適に観戦できそうだった。ただ、そこに三千円の価値があるかと言われると、頂いた身としては言いにくいが、正直、ない。

「ちゅんたろうくんはシャドバやってる？」

「昨日始めました。予習もかねて」

「楽しい？」

「楽しいですよ。特に全然勝てないところとか」

「普通逆じゃない？　勝てた方が面白いでしょ」

「勝てるってことは勝つのが普通だから、負けたときすごいむかつくじゃないですか。でも勝てないってことは負けるのが普通だから、勝ったときすごく嬉しいんですよ」

はーん、という、わかったようなわかってないような曖昧な反応を仙波は示した。

「私も試しにやってみようかな。基本無料みたいだし」

「十万円課金してガチャ回してる未来が見えますよ」

「うるさいな。給料の使い道は私の自由だ」

「それで本題にはいつ入ります？」

「なんでそんな厚着してきたの？」

仙波が焦らしているのは明白だった。そしてそれは様式美でもあった。

「別に厚着じゃないと思いますけど」

「そんなもこもこしたパーカ着ちゃって。周囲は半袖だよ？」

「冷え性なんで」

「わあ。女子みたい」

そのとき仙波は、あ、と声を上げた。何かに気付いたかのような声だった。

「あのさ、今からかなり失礼なことしてみてもいい？」

「仙波さんって、今から殺していい？　って事前に言っておけば相手がいいよって答える前提で生きてますよね」

「えいやぁ」

仙波は僕のパーカの裾を摘まんで素早くめくった。僕の毛一本ないつるつるのお腹が露わになった。

「わー」

仙波は慌てて僕のパーカの裾を下ろした。僕のつるつるのお腹は布によって見えなくなる。

「やっぱそうだった」

「なにがやっぱそうだったんですか」

「なんでパーカの下に何も着てないの？」

「なんでって、そんなの答えは決まってますよ。暑いから」

仙波はしばらく言葉に詰まって、その溜めた分のエネルギーが一気に放出された。

「おかしいよ。変だよ。パーカの下には普通Tシャツとか着るもんなの。なぜならパーカは上着だから。服の上に着るのが上着なの」

「それはあなたの主観ですよね」

「いーや。社会の常識」

「社会の主観ですよね」

「なんだそりゃ。初めて聞いたぞ。社会の主観」

「主観は主観ですからいつかひっくり返りますよ。それこそ取り返しの付かないほどに。たとえば今でこそ殺人は犯罪ですが、数十年後には合法になってるかもしれない」

「そこはなんかもっと言い様あるでしょ。今でこそ同性愛は少数派だが、将来的には同性愛が主流となる云々とか」

「今でこそシャツをズボンにたくしこむのは犯罪ですが」

「犯罪じゃない」

「ここは一つ、お互い様ということで」

「僕たちは主観の押しつけを議論と呼んだ」

仙波は静かに打ち震えていた。それはスクリーン上にカウントダウンが表示されたからではないようだった。
60、59、58、57。BGMが流れ、青い背景に青い数字が映っては消えていく。
「今思い出した」

ともすればその声はBGMに掻き消されがちだった。

「その台詞が出てくるの。小池始丞の『エキゾチック』に」

それ以上の会話はなかった。少なくとも周りの人たちは開演を楽しみにしていて、僕たちのうるさい会話で邪魔するわけにはいかない。
3、2、1、0。
0という文字が燃え上がって、カラフルな照明が回り始めた。

壁に書かれたRAGEというロゴが照らされ、ステージ中央に置かれたRAGEのトロフィーが燦然《さんぜん》ときらめいている。

選手の映ったPVが流れ、それが終わるとステージ上にMCの三人が登壇した。

少しの雑談の後、ステージがライトで青く染められ、扉の向こう側から白い煙と共にファイナリストの八名が登場した。

説明や紹介などが行われ、選手が席に着いて対戦の準備が済んだところで第一回戦第一試合が始まった。その開始はよくわからない掛け声と共に行われた。

「スリー」「ツー」「ワン」「ビギノーン！」

ステージの床から煙の柱が噴出した。

*

そして決勝戦が始まった。

『ああああ』VS.『フォレスト／森の家』。勝った方が歓喜に打ち震え、負けた方は涙を流して悔しがる——というわけでもなさそうなのは、負けても準優勝の賞金百万円を手にするからである。そこに三百万円の差はあれど、実質二人とも既に勝利済みに近しい。

時刻は十九時半、会場の熱気は最高潮に高まっている。スクリーンにゲーム画面が映され、『ああああ』の最初に配られた手札がとても強力で、会場は沸き立った。

「ちゅんたろうくん」

会場の声援に負けないように声を張り上げるという、パワー系のアプローチではなく、耳元で喋るという知的アプローチで、仙波はその言葉を告げた。

「そろそろ帰ろっか」

僕と仙波は8ホールの外に出た。中の熱気から解放され、皮膚の汗が蒸発していくのがわかる。

「最後まで観なくていいんですか」

「大好きな歌が終わるのが嫌だから、曲がフィナーレを迎える前に聴くのをやめるの」

「曲じゃなくてゲームですけど」

仙波は興を削がれた顔をして、目をそばめた。

「文句ならSさんに言って。これは私の言葉ではなくSさんの受け売りだから」

仙波は歩き始める。僕も付いていく。会場は混雑していたのに、ひとたび外に出ると核戦争後の世界のように人気がない。

「モザイクロール聴いた？」

「はい。ボカロ曲って初めて聴きました」

「どうだった？」

「やっぱり安いイヤホンじゃだめですね。スピーカーだと普通に聴けるんですけど、イヤホンだと低音が妙に籠もってる気がして。特にイントロの導入部」

「いや。そういう音楽的な観点じゃなくてだな……」

「歌詞の方ですか」

「そうです」

「歌詞とかどうでもいいです。音楽とはメロディです」

仙波はスマホを取り出して操作した。最初は小さすぎる音量だったが、仙波が音量ボタンを連打すると、スピーカーから大音量の音楽が流れ出した。

モザイクロールのイントロ。それが終わるとAメロ。

とある言葉が
君に突き刺さり
傷口から漏れ出す
液を「愛」と
形容してみた

仙波はそこで再生を止めた。幕張メッセの通路には、再び核戦争後の世界のような静寂が戻ってくる。

「疲れたね」

「十時間ですか。観てたの」

「楽しかった？」

「ええ。楽しかったですよ。そちらこそどうですか。世界は広がりましたか」

「これから予定ある？」

「特には」

「うち来る？」

仙波の声は震えていた。そういう台詞を言い慣れていない人の、うぶでぎこちない口調だった。

海浜幕張駅から電車に乗って西船橋駅まで行って、そこで乗り換えて四ツ谷駅まで行った。そこから徒歩四分ほどでマンションに着いた。

木々に囲まれた通路を進んでいき、入口でオートロックの操作盤に鍵を差し込むと自動ドアが開いた。格調高いラウンジを横目に通り過ぎて、エレベーターに乗った。五階で降りて、右へ進むとドアがあった。そこが仙波の住まいだった。

僕たちは玄関で靴を脱いで、リビングへと足を踏み入れた。仙波が照明を点けると、室内が照らされた。部屋は綺麗に片付けられており、洗練されている。

「家賃いくらですか？」

「普通そういうこと聞くかな」

「旦那さんはどこに？」

「どうやらきみは普通ではないようだね。知ってたけど」

「それはきっとよいことでしょう。無限の可能性を秘めた子供たちは、公教育で個性を殺され普通の人間になってしまう」

「家賃は二十万」

「高級マンションですね」

「旦那とは別居中」

「いきなりここに旦那さんが現れたりしませんかね」

「彼女が死んだ。自殺らしい。でも絶対に自殺なんてするわけがない。だって彼女は[redacted]だから」

仙波はソファーに腰を下ろした。僕も離れた位置に腰を下ろした。既に話は始まっているようだった。

「その日、小池始丞は彼女と出会った。カラオケ屋のバイトで監視カメラを見ていると、婦女暴行の場面が映っていた。小池は現場に乗り込み、犯行を阻止した。被害者の篠崎と一緒に病院に行って、診察の順番が来るのを待っている。犯人二人は逮捕されたと小池が言うと、篠崎は泡を吹いて倒れた。三人じゃないんですかと言う。それは現場にいた女性のことかと小池は問う。そうだと篠崎は言う。現場にいた女性は脅されていただけで釈放されたと小池が言うと、篠崎は『あいつが一番逮捕されなきゃならないのに……』と言う。ここまでが前回までの話。お腹空いてない？」

お気になさらずに、と僕が言うと、私が空いてるの、と言って仙波はキッチンへと向かった。冷凍ピザでいいかと聞かれたので、なんでもいいと答えると、冷凍ピザがオーブントースターに放り込まれ、タイマーが巻かれた。オーブントースターの音が響いている。

「篠崎はその女がいかに恐ろしいかを語った。篠崎の話によると、その女はありとあらゆる悪事に手を染めていて、いじめ、恐喝、レイプのみならず、人を殺したことさえあるのだという。篠崎は震えていた。その女が報復に来ることを恐れた。小池はその女の名前を聞いた。間宮令矛《まみやれむ》、と篠崎は答えた。大丈夫、僕が守る、と小池は言った。篠崎の肩を抱いて、赤子をあやすように、背中を叩いて落ち着かせた」

仙波は冷蔵庫を開けてビールを取り出した。立ったままプルタブを引き起こすと小気味いい音が響き、その中身が胃の中へと収められていく。

「そこから篠崎の視点になる。平和な日常が描かれる。篠崎と小池が親睦を深めていく過程が丁寧に描写される。しかし篠崎は不安だった。いつか間宮が報復に来るのではないかと。そんなことは絶対あり得ないと小池は言う。どうして言い切れるのかと篠崎が聞くと、小池は言葉を濁して質問に答えない。そのときから篠崎の疑念が募り始めた」

仙波はビールを持ってソファーに腰を下ろした。オーブントースターの音が響いている。

「一緒に映画に行こうと小池を誘ってみても、バイトがあると言って断られた。しかし篠崎は知っていた。その日小池のバイトは休みだった。小池のバイト先のカラオケ店に不法侵入してシフト表を確認したから間違いない。小池は何かを隠している。篠崎は秋葉原《あきはばら》で盗聴器を購入して小池の自室に仕掛けた。コンセントのトリプルタップに擬態しているやつだ。しかし有益な情報は得られなかった。盗聴器から唯一聞こえるのは、小池がボカロ曲を歌っている音声だけだった」

オーブントースターの焼き上がりのベルが鳴った。仙波は立ち上がってそちらへと向かっていく。

「ある日、篠崎は勇気を振り絞ってそういう行為に小池を誘った。二人は既にラブホテルの前に来ていた。篠崎がそういうルートになるよう仕組んだからだ。しかし小池は拒否した。篠崎は泣きながら尋ねた。『どうして』。小池は答えなかった。ただ、ごめんとだけ言った。篠崎は逃げるようにその場を離れ、その日からチャンスを待つ日々が始まった」

仙波は熱々のピザを皿に載せて帰ってきた。チーズがとろけ、まだ余熱で表面が泡立っている。その丸いフォルムが、仙波の包丁によって扇形へと切り分けられていく。

「小池のスマホの暗証番号は知っていた。打ち込む画面を盗み見たからだ。後は小池のスマホに触れられればいい。ただその機会がなかった。小池はどこへ行くときもスマホを手放さなかった。しかし、運が味方したのか、その機会は割と早く訪れた」

僕の元に一切れのピザが運ばれてきた。僕はそれには手を付けなかった。仙波はこぼれ落ちそうになるピザの先端を下から受け止めるようにして、口の中へと流し込んだ。

「チャイムが鳴って宅配便が届いた。篠崎の行動は早かった。小池は受け取るために部屋を出て行った。その場には小池のスマホが残されていた。篠崎はスマホを手に取り、四桁の暗証番号を入力して、LINEのアプリを起動した。そしてトークのアイコンをタップし、会話相手の一覧を表示させた。その名前を見た瞬間、篠崎にはわかっていた。『ニーナ』。それはモザイクロールの作曲者、小池の好きなボカロP『DECO＊27』から取られているのだろうが、当然本人のわけはない。篠崎は震える指先でタップして、小池とニーナの会話を表示させた」

仙波は先ほど手を付けた先端の欠けたピザを口へと運んだ。ピザの耳を咀嚼するときのクリスピーな音が響いた。

「最新の会話。『明日18時に書道室で』『了解』。そのとき階段を上ってくる音がした。慌てて篠崎はアプリを終了させスリープ状態にし、スマホを元の位置に戻した。小池が戻ってきた。スマホが覗かれたことに気付いた様子はなかった。篠崎の心臓はばくばくしていた。それでもやることは決められていた。明日十八時に書道室」

仙波は口の周りに付いているピザソースをティッシュで拭って、それからビールの缶に口を付ける。

「篠崎は初めて小池の高校を訪れた。篠崎の学力では到底入ることのできない進学校だった。校内案内図を見て書道室の場所を確かめると、トイレの個室に籠もって時間が来るのを待った。そして十八時になった。言い逃れできない絶対的な場面を突き付けるため、十分ほど待つことにした。篠崎は個室を出て、書道室へと向かう。足音を立てずに廊下を歩いていく。書道室の前で足を止める。扉の向こうに音はなく、中に人がいるようには見えない。しかし篠崎は知っている。ここで小池とニーナが会っている。篠崎は聞こえないように深呼吸する。音を立てないように扉を引く。鍵がかかっている。隠し持っていた針金を鍵穴に差し込む。静かに動かすと、錠の開いた音が鳴る。その瞬間、篠崎は勢いよく扉を開け、書道室の中へ躍り出た。中は学校によくあるタイルの床で、その一部に畳が敷かれていた。その畳の上に小池がいた。目隠しされ、畳ごとビニール紐でぐるぐる巻きにされ、動くことのできない、その全裸の身体」

仙波は空になったアルミ缶の側面に指で力を入れ、斜めにへこみを付けていく。それをへこみと同じ方向に捻ると、缶が潰れる。とどめとばかりに手で押し潰し、ぺしゃんこの缶ができあがる。

「女は書道の毛筆を持っていた。その筆で小池の肌をくすぐっていた。小池は苦しそうに、あるいは気持ちよさそうに悶《もだ》え、拘束された身をよじっている。そのペニスはぎんぎんにいきり立っている。女は闖入者《ちんにゅうしゃ》に驚くことも動揺することもせず、鷹揚《おうよう》にこちらを振り向いた。この場で事態を理解していないのは、目隠しされている小池だけだった」

　仙波はフリスビーのように潰れたアルミ缶を投げた。アルミ缶は吸い込まれるようにゴミ箱へとシュートされた。

「篠崎は女を知っていた。忘れるはずもなかった。その女の名前は間宮令矛」

　僕は息を呑んだ。そしてその反応は仙波の望んでいた通りのものだった。

「悪逆の限りを尽くし、人を殺したことさえあるという女、間宮令矛。男を唆《そそのか》して篠崎をレイプさせようとした女、間宮令矛。その間宮が全裸の小池を嬲《なぶ》っている。篠崎は一瞬で全てを理解していた。それでも聞かずにはいられなかった。『二人はどういう関係ですか』。『誰かいるのか⁉』という小池の叫びが響く。しかし篠崎も間宮もその叫びを気にしない。間宮は答える。『私たち付き合ってるの』。篠崎は泣きそうになりながら、それでも必死に絞り出す。『全部最初から仕組まれてたんですか』。間宮は答える。『それは違う』そしてこう続ける。『あなたのおかげで私たちは出会ったの』。篠崎の脳裏にカラオケボックスの光景が蘇る。あのとき、小池は自分のことを見ていたか。見ていなかったのではないか。あのとき小池が本当に見ていたのは、間宮の姿ではなかったのか」

さて、と仙波は言った。それは作中の話ではなく、僕に語りかけているようだった。

「こうして冒頭の意味が判明する。彼女が死んだ。自殺らしい。でも絶対に自殺なんてするわけがない。だって彼女は■■■だから」

さて、と再度仙波は言った。

「ちゅんたろうくん、この■■■に入る言葉はなんでしょう？」

僕は少し考えて、

「『殺』『す』『側』だから？」

仙波は満足そうに笑って、

「エクセレント」

と言って拍手した。

「このミステリ的仕掛けは秀逸だった。だから私の記憶にも残っていたの。小池の彼女は篠崎と思わせて、実は間宮だった。自殺したのは間宮だった」

「間宮令矛……」僕はその名を畏れと共に口にした。

それは現実世界と同じ名前なのだろうか。それとも小池始丞のように仮名《かめい》に置き換わっているのだろうか。

「ピザ食べないの？」

「それよりも続きを」

「今日はここでおしまい」

僕はこのとき、お預けを食らった犬の気分というものを完璧に理解した。

「そんな顔しないで。私だって全部語りたいよ。でもまだ記憶の整理が終わってないの。これ結構時間かかるんだからね、原稿作るの」

「原稿作ってるんですか」

「うん。てか記憶を頼りに小説を再構築してる。それをあらすじにする」

「そこまでしていただけるとは」

「まあ次の予告をしておくと、間宮が自殺した場面から始まる。そこから自殺の謎を捜査していくんだけど……って感じ」

「次はいつ会えますか」

「うーん。未定？」

「もう終電なくなっちゃいましたね」

「え？　まだあるでしょ」

そこで仙波は噴き出した。少し酔っているようだった。

「もしかして誘ってんの？　えー、そんな誘い方なの？　そんな誘い方でうまくいくもんなの？」

「さあ。なにぶん初めてなもので」

「きゃああ！　その誘い方はいい！」

仙波はひとしきり騒いだ後、でもね、と言って憂いを帯びた目をした。

「やめておいた方がいい」

「僕のこと嫌いですか」

「本気になったら困るから」

仙波は目を合わせなかった。目を合わせないということが、逆にこれからの可能性を示していた。

僕は仙波に見送られてマンションを出た。四ツ谷駅から電車に乗って帰った。ふと思い出してスマホでネット検索すると、ＲＡＧＥで優勝したのは、最強の量産型、『あああ』選手だった。

弟　2

今日は祝日。僕は休日は九時に起きる。平日眠れなかった分の鬱屈を存分に身体の中で消化してガスが発生するから口臭が重たくなって、という表現があるのかは知らないけど、僕の休日の一日はまず念入りな歯磨きから始まる。デンタルフロスも使う。よくあるYの字のやつではなく、ただの糸。釣り糸みたいに巻かれている純然たる糸。これを手のひらに二回巻き付けた長さで切り、片方の中指に三回、もう片方の中指に三回巻き付けたら準備完了。後はフロスを歯間に通してごしごしと擦るだけ。全ての歯間を磨き終わったとき、フロスの巻き付けられた中指は鬱血して暗紫色に腫れていて、そのフロスを外したときの温かい血がじわりと流れる感覚。これこそが生そのものであり、血が止まっているからこそ流れたときに温かいと感じられる。ずっと流れていてはその温かさに気づけない。僕たちは心臓の鼓動が一度どくんと脈打ってから二度どくんと脈打つ、その隙間にわずかだけ存在する心臓の脈打っていない瞬間には死んでいて、だからこそ生きていることを実感できるのかもしれない。

歯磨きが終わったら冷蔵庫からペリエを取り出して飲む。ここでワンポイントアドバイス。ペリエのボトルは冷蔵庫のドアポケットに入れてはならない。ドアを開け閉めするときの振動で炭酸が抜けてしまうから。ボトルは横にして冷蔵庫の奥へ。

十分な量の炭酸を摂取した後は、リビングのソファーに座ってスマホを操作する。父も母もだいたい出かけているか部屋にいるので、僕は一人で大きなL字型ソファーを占領できる。寝そべってクッションを枕にし、出会い系アプリでめぼしい人妻を探す。僕のプロフィールには『四十代、五十代の大人の色気を感じさせてください』と書かれているので、そこに一縷《いちる》の希望を見た若くはない人たちがたくさんメッセージを送ってきてくれる。

いろいろなアプリを使い分けている人もいるみたいだけど、僕はそんな器用なことはできないので一つのアプリだけ使っている。『Pairs』というやつを、二年前からずっと。

二年前、十六歳の僕は、出会い系アプリが十八歳以上からしか使えないことに頭を悩ませていた。うさんくさいアプリなら年齢認証がないところもあるが、やはり使うからには安全で人気のアプリを使いたい。

そこで僕が考えたのは、兄の免許証を拝借するということだった。当時、兄は既に死んでいたので、許可、という意味でのハードルは低かった。それに当時の『Pairs』は認証が緩く、名前と生年月日なんかが見えていれば顔写真は隠してもよかったので、僕は見せたくないところをノートの切れ端で隠して、スマホで兄の免許証を撮影するだけでよかった。

問題はフェイスブックだった。現在の『Pairs』は電話番号認証でも登録できるのだが、当時の『Pairs』はフェイスブックと連携する以外に登録方法がなく、しかもその認証条件がフェイスブックの友人が十人以上いることだった。当然、僕には友人なんてないし、友人があったとしても、高校生はフェイスブックはあまりやらない。

というわけで、僕は友人十人の条件を満たすために自演でアカウントを十個作り、それを友人登録して、無事『Pairs』への登録を完了したのだった。

それから二年、僕は十二ヶ月二万円プランの有料会員として、せっせと運営者にお布施を払い続けている。無料会員は正直何もできることがないに等しいからだ。とはいえ女性は無料でも男性の有料版と同じ機能が使えるらしいから、女性にはどんどん出会い系アプリを登録してもらいたいと思う。

僕は仰向けになったりうつぶせになったりして腕にかかる力の負担を減らしながら、自分のアカウントに届いているメッセージを素早く眺めていった。自分から相手を探すという作業はかなり前からほとんどしなくなっていた。相手から届くメッセージを機械的に処理していく。だいたい徒労に終わる。

現在、ＬＩＮＥを交換している人妻は四人。お互いに都合の付くときに会う。もちろん、そういう行為のために。

スマホの通知音が鳴って、僕は体勢を変える。ちょうど、そのうちの一人からＬＩＮＥのメッセージが届いたのだった。

墨田汐。

僕の脳裏に、その夫との風呂場での対面が蘇る。

「返してとは言わない。でも聞かせて。どうして盗んだの」

墨田のメッセージは全く意味がわからない。だから僕のメッセージも意味がわからない。

「それはルパン的な？　やつはとんでもないものを盗んでいきました。あなたの心です？」

「ふざけないで。真剣に聞いてるの」

「僕は何を盗んだの？」

「一万円」

「じゃあ一万円払えばいいんだね？」

「何で盗んだの」

「手で」

「ふざけないで」

「ああもうやめよう。僕からしてみればふざけてるのはきみだ。なぜなら僕は一万円なんて盗んでないし、仮に盗んだとしても十倍にして返せば解決する話だと思うけど」

「あんたのせいで……うちの家庭は……」

「もしかして僕、刺される感じ？」

「刺すわけないでしょ！」

「落ち着こう。どこか落ち着ける公園とかで、鳩に餌をやりながら語り合おう」

「確かにいつかは会わなければならない。そのときにケリを付ける」

「いつ会う？」

「追って連絡する。私は監視されている」

それで会話は終わりだった。兄の通っていた病院を紹介するのはやめておいた。なぜなら不倫された夫が不倫した妻を監視するというのは、きっと世間ではありふれたことなのだ。

僕はソファーに寝そべり、仰向けになって天井を眺めた。どっと疲れていた。これから久門と会わなきゃならないことを考えて、さらに疲れた。

父 3

久門の服装はボーイッシュだった。青いデニムのジャケットを羽織り、下は脚にぴったりフィットする黒のスキニーパンツ。それとスニーカー。背が高く髪も短いから、遠目には男性と見間違うかもしれない。

僕たちは明大前駅で落ち合い、そこから徒歩でスピカ松原まで向かった。

「オレンジジュース持ってきたよ」

久門は鞄からペットボトルを取り出して見せた。

「自動販売機より安いでしょ」

「ストローは？」

「ありますよ。そのくらいの頭がなければ東大には入れませんよ」

「チョコレートは？」

「え？　なんで？」

「犬に食べさせて殺すため」

「……………」

「嘘。僕が食べたいから」

「ごめん気付かなかった。今から作ってくる」

「作ってくる」僕はその言葉を繰り返した。

「まずはカカオの木から育てないと……」

「本気？」

「全然。清家ってこういう会話が好きなんでしょ？」

「よくわかってるね。きみの死体を剥製にしてリビングに飾りたいくらいだよ」

「村上春樹とか好きでしょ」

「さあ」

「伊坂幸太郎《いさかこうたろう》は？」

「さあ」

「好きな作家は？」

「そういう質問で人のことをわかったような気になるな、と僕は言われたことがある」

「ああ。ラーメン屋の秘伝のスープね」

「ラーメン屋の秘伝のスープ？」

「秘伝のスープって材料が秘密じゃん。なんかすごい材料が使われているように思うじゃん。逆なんだよ。すごい材料なんて何もないんだよ。隠すべきものなんて何もないんだよ。だからその隠すべきものがないことを隠すためにラーメン屋はスープを秘伝にする」

「なるほど。本人に伝えておこう」

「やめて」

「だったら交換条件だ」

「きみが千鳥格子を見たのは一年生の時のしらかば祭」

　会話はそこで終わった。スピカ松原に到着したから、というのも理由としてあるが、それよりも理由として大きいのは、いつもと違う光景に唖然としたからだ。

　普段はがらがらの駐車場は車で埋め尽くされ、スペースが足りないので路駐する車さえある始末。

「なんでこんなに人がいる?」僕は呆気に取られている。

「今日が何の日か知ってる?」

「きみの命日?」

「大当たり。賞品として平手打ちをプレゼントします」

スピカ松原の内部に入ると、エントランスホールにはたくさんの人がいて、ソファーはほぼ全部埋まっていた。家族連れの姿も多く、幼い子供たちが元気に走り回っている。

うがいと手洗いとアルコールジェルを済ませ、職員に受付票を渡すと、今日は敬老の日のため訪問する家族が多く、雑談できるスペースが埋まっています、と言われ、じゃあどうすればいいのか聞くと、尭之さんの部屋に行きましょう、とのことだったので、僕たちは祖父の部屋へと向かった。

簡素な部屋だった。ただベッドと机と椅子が置かれている。小物のようなものは一個を除いて何もない。

棚の上に写真立てが置いてあった。それがその例外的一個だった。そこには胤也と夕綺と終典と御鍬と僕、そして尭之の写った集合写真が飾られていた。十年以上前だろうか。僕の姿は小学校低学年に見える。ラベンダー畑のようなところで、一面の紫に囲まれながら全員が笑っている。もしかしたら北海道に旅行したときの写真かもしれない。確か富良野《ふらの》だったか。ただ旅行したという事実は覚えていても、その旅行のディテールは全く記憶になかったから、結論として言えるのは、幼いときの旅行ほど無意味なものはない。

　尭之はベッドに寝ていた。しかし眠ってはいなかった。目を開け、その沼のような瞳に天井の殺風景を映している。

　職員が祖父に声をかけてからベッドのボタンを操作すると、電動でベッドが起き上がり、座った状態の尭之ができあがった。

「こんにちは。おじいさん」と久門は言った。当然反応はない。僕はそのことを知っているので無駄な挨拶などしない。

　久門はペットボトルのオレンジジュースを取り出してキャップを開けた。そこにストローを差し込んで祖父の口元へと差し出した。

　祖父がオレンジジュースを吸っている。その目が澄み渡り、意識が覚醒することを期待したのだが――

　その目は沼のように淀んだままだった。

「あれ?」

　久門はペットボトルの量が半分ほどまで減ったところで、祖父の口から無理やりストローを引っこ抜いた。

僕と久門は顔を見合わせた。言葉を交わさずともわかっているのは、オレンジジュースの効力がもう発揮されていないということ。

「耐性ができてしまったのかもしれませんね」

職員は言った。

「麻薬なども最初は少量で覿面《てきめん》に利きますが、だんだん耐性が付いて量を増やさないと効果が出なくなります」

麻薬。言い得て妙である。

「どうしよう」久門は言った。

「どうしようか」僕は言った。

「種類を変えてみるのはどうでしょうか」職員は言った。「大麻に耐性が付いてしまっても、覚醒剤なら耐性が付いていないかもしれません」

「やけに麻薬に詳しいですね」

久門が鋭い目を向けると、職員は物憂げな目をした。

「詳しいですよ。麻薬なんて高くて買えませんので、大麻を炙って煙を吸い込んだところを、ヘロインを腕の静脈に注射したところを、MDMAの錠剤を水で飲み下したところを、想像してこの辛い仕事を頑張っているんです」

そこには介護職員の悲痛な現実があったが、そんなことはどうでもいい。

僕と久門は一階に下りて自動販売機の前に立った。そこで片っ端から飲み物を買っていく。コーヒー。緑茶。炭酸飲料。乳酸菌飲料。スポーツドリンク。エナジードリンク。

そして尭之の部屋に戻ってきた僕たちが行うのは、ワインの品評会のような、それでいて優雅でも豪華でもない不毛な作業だ。

ペットボトルを開けて、ストローを差し込んで、祖父の口元へと運ぶ。祖父は自動機械のようにストローを吸う。それで沼のような目が変わらなければ、次の飲み物へと入れ替える。

変化があったのはファンタグレープを与えたときだった。祖父のストローを吸う力が目に見えて増加した。身体の中に活力が漲《みなぎ》っているように見えた。まるで赤子が生きるため母乳を必死に吸うかのように。そしてだんだん祖父の目は明るくなり、ファンタグレープの缶を飲み終わるころには、もう目は澄み渡っていた。

祖父は目をぱちぱちさせて、そして僕たちの顔を認識した。

「おお椿太郎。よく来てくれた」

祖父は久門の手を握って、嬉しそうに顔をほころばせている。

「おじいさん。あたしは久門です。椿太郎はこっち」

「おお。すまんね」

祖父は僕の手を握って、そのかさかさの肌の感触を伝えてくる。

それから祖父の顔が悲しそうに変わる。

「どうせ私は今日のことも忘れるんだろう。なあ?」

「わかってるんなら話は早い。僕が聞きたいのは二度目の誘拐」

祖父の表情には諦めが滲んでいた。それにしても、と祖父は言った。

「ファンタグレープは昔から味が変わらないね」

「そんなことはどうでもいいんだ」

祖父は苦笑した。諦めた者の見せる、捨て鉢な笑みだった。

「一度目の誘拐の一ヶ月後、二度目の誘拐は起きた」

祖父の語った内容と、僕が後日、国会図書館で閲覧した週刊宝石のバックナンバーの内容を合わせると、以下のようになる。

*

平成元年八月十一日、午後二時三十一分。警視庁の通信指令本部に一本の電話があった。

「子供を誘拐した。嘘だと思うなら×××-×××-××××に電話をかけて聞いてみろ」

電話はそれだけ言ってすぐに切れた。

この時点で、通報を受けた通信司令官の頭にあった疑問は次のようなものである。

どうして犯人がわざわざ警察に連絡してくるのか。

普通は警察に連絡するなと被害者に釘を刺すはずではないのか。

とはいえ、そのような疑問があるにせよ、誘拐の通報を受けたのは事実である。よって通信司令官は犯人と思しき男の告げた電話番号へと確認の電話をかけた。

そちらのお子さんを誘拐したという犯人からの通報を受けた。それは本当か。という内容の言葉を告げると、相手の男は肯定した。

「ああ。犯人から電話が来たよ。息子を誘拐した。生きて返して欲しければ身代金一千万円を払えって」

「警察に連絡するなとは言われませんでしたか」

「言われたよ。だから連絡しなかった」

「どうして犯人が警察に直接連絡を取ったのか、思い当たることはありませんか」

「ああ、それはたぶん、俺がこう答えたからだろうな」

男の口ぶりには全く切迫感がなかった。

「身代金なんて払わねえ。勝手に殺してしまえ、って」

それから被害者の名前住所などの個人情報を尋ね、これから捜査のためそちらへ向かう旨を伝えた。

こうして誘拐事件の発生が確認された。その情報は通信司令部から直通の電話回線を通って、警視庁特殊班の誘拐専用電話のベルを鳴らした。

電話を受けた特殊班の動きは速かった。数台の覆面パトカーがけたたましいサイレンを鳴らしながら目的地へと向かっていく。途中で覆面パトカーは行き先を違《たが》える。電話の逆探知のためNTTへ向かうパトカー。調布警察署に設置された指揮本部へと向かうパトカー。そして被害者の自宅へと向かうパトカー。被害者の自宅へと向かうパトカーは、目的地へと近づくにつれて、犯人に気付かれないようにサイレンを消して進んでいく。

被害者の自宅に着くと、団地の駐車場の他人の駐車スペースではない場所に車を止めた。そして三名の捜査員が、被害者の住んでいる富士見《ふじみ》第一市営住宅C棟の階段を上っていった。

捜査員は役割を分担していた。必要な機材を運び込む係。被害者から話を聞く係。

父親の楠本旭《くすもとあさひ》は捜査員がやってきても面倒くさそうな顔をしてタバコを吹かしていた。リビングには空になったビールの空き瓶が散らばっていた。

事前に得ていた情報から、父親は息子を助ける気がないように思える。そこが捜査員にとっての不安材料だった。

「息子さんの名前は」捜査員は聞いた。

「楠本朋昌《ともまさ》」

「年齢は」

「十四。中学二年」

「どこの中学校ですか」

「あー、ちょっと思い出せない。そっちで適当に調べといて」

「息子さんの写真はありますか」

「昔のでよければ」

旭はテレビの上に載っている写真立てを寄越してきた。そこにはピースサインを送っている少年の姿が写っていた。すぐさまその写真はＦＡＸで送信され、捜査員たちの元へと届けられていく。

「息子さんの姿を最後に見たのはいつですか」

「確か二年前」

ここで捜査員の口が止まる。頭での認識と相手の言葉が上手く繋がらない。しばらくの沈黙があった後、

「二年前に誘拐された？」

「違う。それは家出」

「では家出中の息子さんが今回誘拐されたということですか」

「そゆこと。だから別にあいつが帰ってこなくてもいいんだよね。元からいなかったんだから」

別の捜査員が機材を運び込んでいる。紙切れで嵩増しした偽の一千万円。自動録音機。

犯人からの電話が再びあったのは、捜査員がここを訪れてから二時間後だった。その時点で捜査側の準備はしっかり整っていた。

被害者の旭が電話を取った。

「もしもし」

犯人からの返答はない。無言電話だ。その意図は不明だが、逆探知に必要な時間が稼げるのだから、捜査側にとっては願ってもない展開だった。

二分経過しても犯人は黙ったままでいる。そのうちNTTでの逆探知が成功する。

「調布パルコの公衆電話です！」

調布パルコはその年開店した新しいファッションビルである。

捜査員たちはすぐに動いた。待機していた捜査員たちがすぐさま調布パルコへと車を走らせていく。

それから二分ほど経って、ようやく犯人が口を開いた。

「急がないと息子さんの命はないかもな」

電話はそれで切れた。捜査員たちの間に緊迫した空気が流れた。しかし当事者の旭はどうでもよさそうな顔をしてタバコを吹かしていた。

捜査員たちは調布パルコの責任者に連絡を取り、防犯カメラの映像を閲覧する許可を得た。モニタールームで該当時間の公衆電話の映像を見ると、そこには一人の少年が映っていた。防犯カメラの映像を複数追いかけて少年の足取りを辿ると、七階のレストランにいることが判明した。

捜査員たちは一般人に紛れて七階のレストランを訪れた。テーブル席には被害者の楠本朋昌と犯人らしき少年が向かい合って座っていた。捜査員はまず犯人を取り囲んで安全を確保した。それからもう一人の少年に対して「楠本朋昌くんだね」と聞くと、朋昌は混乱した様子で「はい」と答えた。

こうして容疑者と被害者の身柄は確保され、二人に対する取調べが調布警察署で行われた。「誘拐されてるとか全然知らなかった」と被害者の楠本朋昌は言った。表情はあっけらかんとしており、特に害を受けた様子はなかった。

対して容疑者は口籠もりながら、苦しそうに続けた。

「朋昌は父親と上手くいってなくて、だから誘拐すれば、父親が朋昌への愛を思い出してくれると思った」と犯人の清家胤也は言った。

この時点で犯人、清家胤也の年齢は十五歳。当時の法律では十六歳未満には少年法が適用され、罪に問うことができない。

事実、誘拐事件ではあったが、被害者は何の害も受けていない。動機も悪意のあるものではなかった。そのような事実も考慮して、犯人への厳重注意という形でこの事件は終結を迎えた。

胤也が警察に捕まったというニュースは、当然胤也の父、尭之の元にも連絡が届いている。胤也が俯きながら家に帰ってきたとき、尭之はただこう言った。

「なんかうまいもんでも食べに行くか」

二人は中華料理店を訪れた。そこでかに玉やフカヒレスープ、麻婆豆腐やチャーハンなどを食べた。

二人は無言だった。尭之はどのような言葉をかけるべきか迷って、結局こう言った。

「友達がいたんだな。ひとりぼっちかと思ってたから安心した。今回の事件も友達のためというなら仕方ない。友達は大事にするんだぞ」

胤也は俯きながら答えた。

「うん」

　こうして一度目は被害者、二度目は加害者という二つの誘拐は終わり、清家の家庭に日常が戻ってきた。

　その翌日、不思議なことが起こった。

　尭之が朝、郵便受けを覗くと封筒が入っていた。そこには札束が入っていた。数えてみると九十枚。九十万円分の一万円札である。

　この九十万円がどういう理由で郵便受けに入っていたのか、一応説明を付けることはできる。

　すなわち、一度目の誘拐で犯人が奪った百万円の中から、犯人が十万円だけ抜いて残りを返してきたというもの。

　尭之はどうしてこんなことになったのかわからない。それでもこの九十万円を奇跡だと思うことにした。

　これで胤也を大学に行かせてやることができる。

＊

語り終えた後も、まだ尭之の目は澄み渡っていた。まだファンタグレープの効力は残っているようだった。

「なあ椿太郎」

尭之はしょんぼりと落ち込み、その声にはこれから訪れる精神的な死とでも言うべきものへの恐怖が溢れている。

「これからもここに来てくれるか？」

「たぶん一生ここに来ることはないと思うね」

「そうか。なら仕方ない」

半ば予想していたかのように、尭之は事実を淡々と受け入れていた。ここで僕は気まぐれを起こした。

「じいさん。どうせ忘れるんだろうけど、うちが今どうなってるか知りたい？」

「そりゃあもちろん」

「終典は自殺して、御鍬は殺されて」

祖父の瞳が急速に光を失っていく。やがて沼のように淀んだ目が二つ、虚空を見据えている。

だがそれに抗《あらが》う力があった。祖父の目はすんでの所で光を取り戻した。

「過去の話は……やめよう」

祖父は言葉一つ吐き出すのにも多大なエネルギーを消費しているようだった。

「未来の話をしよう。私が死んだ後の世界の話……」

祖父は必死に抗っている。薄れゆく意識の中で、忘れてしまうとわかっていても、それでも問いかけざるを得なかった。

「椿太郎は将来何になりたい？」

「雨」

「雨？」

「うん。空から降ってくるやつ」

祖父は詳細を聞かなかった。ただ慈《いつく》しむように笑って、それで目を瞑った。

再び目を開けたとき、祖父の目は暗くなっていた。沼のように、何もかもを飲み込む底なしの闇だ。

僕は祖父の眼前で手を振ってみるけど、何の反応もない。

エントランスではたくさんの家族が仲よさそうに会話している。おそらく祖父もこのような光景を望んでいたのだろう。僕と久門はその騒がしいスペースを抜けて、スピカ松原の建物を後にした。

駅へと向かう道を二人で歩いている。

「どうしてああいう言い方するかな」

久門は僕に対して怒っているようだったが、その怒りは声色に表れるのではなく、乱暴に地面を踏みつけるその足取りに表れていた。

「ああいう言い方って?」

「一生ここに来ることはない、とか言っちゃってさ」

「事実だもの」

「酷くない?」

「酷いかな」

「もっと希望を持たせてあげようよ」

「優しい嘘と残酷な真実。どちらを選ぶ?」

久門はその質問に答える代わりに、あ、と声を出して、何かに気付いたような顔をした。

「そういえば読んだよ。カミュの『異邦人』」

「どうだった?」

「正直、なんでこんなに高評価なのかわからなかった」

「それは喜ぶべきことだよ。他人と感性が違うのは見方によってはメリットと捉えられる」

「いや、でも想像することはできるんだ。つまり、母親が死んだ翌日に恋人と遊び、太陽が眩しかったから殺したという、通常の論理的な一貫性が失われた、あの主人公のムルソーという人物の造形があまりにも新しかったからでしょ？」

「だろうね。その功績もあってノーベル文学賞まで取っちゃってる」

「でもあたしはムルソーが新しいとは思えなかった。それは時代のせいなのか、それとも……」

「それとも？」

「あたしこう思ったんだ。いるいる！　こういうやついる！　って」

「どこにいるんだい？」

「そいつはあたしのすぐ側にいる。だからあたしにとってムルソーはそいつの二番煎じにしか思えなくて評価が辛くなった」

「是非そのムルソーに会ってみたいものだね」

「ねえ清家。あたしと付き合わない？」

その言葉はいかにも自然に発せられていた。風が吹いて花が揺れるくらい自然な言葉だった。それに対する僕の返答も、花を踏みつけると折れるくらい自然な言葉だった。

「優しい嘘と残酷な真実。どちらを選ぶ？」

「優しい真実」

「きみのそういうところは好きだな」

「ねえ。どうしてあたしじゃだめなの？」

「端的に言って、メリットがないから」

「じゃあメリットがあれば付き合ってくれるんだね？」

僕は考える。そして結論を出す。

「理論上は」

久門の足取りが変わった。雲の上を歩くように、軽快で不安定。

その顔を見ると、ハム太郎というキャラクターのような口の形をして、僕のことを勝ち誇ったような笑みで見つめていた。

姉 3

久門は京王多摩センター駅で降りたが、僕はそこでは降りずもう一駅後で降りた。京王堀之内駅。姉の殺害現場、ドラキースタジオの最寄り駅。

先ほどは父の調査を行った。次の母の調査は都合上平日にしか行えない。兄の調査は仙波の連絡待ち。となると、今できる調査は姉の調査に限られる。よって僕は姉の調査を行うためにドラキースタジオを訪れたのだった。

中に入ると、受付には管理人以外の人はいなかった。休憩スペースの安っぽい丸椅子は空っぽで、部屋の隅に積み上げられた段ボール箱が崩れそうで不安だった。

管理人はすぐに僕に気付いた。僕のことは覚えていてくれたようだ。

「清家くん。また来てくれたんだな」

管理人の手にはアンプに繋がれていないエレキギターが握られていて、掻き鳴らすとクリーンな音を響かせた。

「もしかして今日も捜査か？」

「ええ。差し支えない範囲で事件について聞かせてくれるとありがたいのですが」

「俺の知っていることでよかったら全部話すぜ」

管理人は協力的だった。姉を殺された弟。そのような悲劇的設定が僕への同情を抱かせているのだとしたら、僕には不要な同情なので誰かに分けてあげたいくらいだ。たとえばレイプされた被害者なのにネット上でバッシングされる人とかに。

管理人は受付を出てこちら側へとやってきた。そして丸椅子に座り、僕にも座るように促した。

僕たちは安っぽい丸椅子に座って、塗装の剝げた丸テーブルを挟んで向かい合った。

管理人は吉里昭一郎《よしざとしょういちろう》と名乗った。

「正直、事件が起きたのは俺のせいかもしれない」

そういう割に顔は暗くなく、その言葉が本当の謝意ではなく、あくまで予防線的な意味しかないことを示している。

「事件当日は九月十日、月曜日だった。その日、俺は葬儀に出るために北海道に行っていた。それだとスタジオが利用できなくなるんで鍵を置いといた。入り口の横のレンガの隙間に鍵を隠しておいて、建物に入りたい奴はその鍵を使うように伝えた」

「鍵を隠すのはよくあることですか」

「いや、初めてだな」

「その鍵の隠し場所を知っていた人は誰ですか」

「バンドメンバーの六人」

関口、下條、中谷、前田、塚本、清家、と吉里は言った。

「他に利用者はいなかったんですか」

「この六人は年間使用契約を結んでいるから特別だ。他の客にはその日は都合で休業だと伝えておけばいい」

「つまり事件当日、その六人だけが自由にここに入ることができた」

「そういうことだな」小さな声で付け足される。「鍵なんて置いとかなければ……」

「その六人以外がここに入ることができた可能性は」

「ない。確かに建物に入ることはできるかもしれないが、スタジオの個室に入るにはさらに鍵が必要で、それを持ってるのはその六人だけだ」

「なるほど。つまり現場を訪れるためには二重の鍵が必要だと」

「そういうことになる」

「しかしこういう可能性はないでしょうか。姉が二つの鍵を使ってスタジオの個室に入る。その後、姉はメンバー以外の誰かを呼び寄せる。その人物は既に開いている二つの扉を抜けて現場を訪れ、その後、凶行に及ぶ」

「それもない。なぜなら死体発見時、現場には鍵が掛かっていて、御鍬の鍵はその内側にあったからだ」

「なるほど密室ですか。つまり犯人が個室の鍵を持っていないと、現場を出た後、鍵を掛けられない」

「そういうこと」

「いや、でもこういうことができませんか。よくあるトリックで、犯人は現場の外から鍵を掛けた後、糸を使って鍵を内部に送り込む」

「それも無理。スタジオは完全防音。扉には少しの隙間もない。いくら被害者が泣き叫んでも外には一切声は漏れないということだ」

「では、犯人が出ていった後、最後の力を振り絞って姉が自ら鍵を掛けるというのは」

「それもない。御鍬は十字架に磔になって発見された。そんな状態で鍵をかけられるわけがない」

「入口以外にこの建物に入る方法は」

「ない」

「たとえば窓から入るというのは」

「この建物に窓はない」

「では秘密の抜け道のようなものは」

「あるわけない」

「さて、以上の事実により、推理における重要な前提が判明しました」

僕は姿勢を正した。そして厳かに告げた。

「犯行が可能だったのはバンドメンバーの五人だけです」

吉里は落ち込んだ顔をした。

「やっぱりそうなのか。信じたくないけど」

「ではここから真犯人の正体に迫りたいと思います。ヒントは一つ」

「それはいったい……」

「十字架です」

僕のその言葉に対して、吉里は意外そうな顔はせず、むしろ腑に落ちた顔をしていた。

「確かに。十字架から犯人に迫ることができるかもしれないな」

「あの巨大な十字架を外部から持ち込んだとは考えにくいです。隠すのも難しいですし、見られたらアウトです。よってあの十字架は元々スタジオ内にあったんじゃないですか」

「その通り」

「十字架に関して何か情報はありませんか」

「十字架に使われた木材は俺がＤＩＹのために個人的に買ったものだ。それを倉庫に納入したのが九月三日」

「つまり十字架が作られたのは九月三日以降だと」

「だから十字架を作った奴を知りたいなら、九月三日以降のスタジオへの人の出入りだけ見ればいい。そして倉庫があるのは地下だから一階への出入りは関係ない。地下への人の出入りだけ見ればいい」

吉里は受付に置いてあるノートを持ってきて開いた。そこには一週間分の地下スタジオへの人の出入りが書かれていた。

9／3（月）清家、関口
9／4（火）前田（ゴキブリ）
9／5（水）清家、前田
9／6（木）清家、関口、下條、前田、中谷、塚本（絨毯）
9／7（金）清家、下條
9／8（土）清家、関口、中谷、前田、下條（絨毯）
9／9（日）前田

「バンドメンバー六人以外に地下に行った人はいないんですか」

「地下は貸切用のスタジオだ。もう一組、別の地下のスタジオを年間契約しているグループがあるが、そいつらは大学の夏休みを使って世界旅行に行っているから今は出入りはしていない」

「このゴキブリというのは」

「ゴキブリは、前田の奴がゴキブリが出たと言って大騒ぎした日」

「絨毯というのは」

「絨毯を敷いた日と剝がした日」

「絨毯を敷いたんですか」

「ああ。あいつらの貸切スタジオのフローリングに絨毯を敷いた。いきなり全員で絨毯買ってきて手伝ってほしいっていうんで俺も作業に参加させられた」

「どうして絨毯を敷いたのにすぐに剝がしたんですか」

「やっぱりない方がいいからだと。馬鹿みたいだよな。スタジオの中から物を運び出して絨毯敷いて物を戻して一時間かかって、剝がすときもスタジオの中から物を運び出して絨毯を剝がして物を戻して一時間かかって、馬鹿みたいだよな」

「いいじゃないですか。青春って感じで」

「どこがだよ」

「木材のあった倉庫には誰でも自由に入れましたか」

「ああ。特に施錠はしてない」

「倉庫を見学できますか」

「もちろん」

倉庫は地下の廊下の突き当たりにあった。中にはたくさんの木材があった。それらを加工するための工具も各種置かれていた。僕はその木材の内の一つを触って感触を確かめた。

「これらが十字架に使われた木材ですか」

「ああ」

それらの大量の木材は、全て規格が統一されているように見える。

「全部同じ大きさに見えますが」

「そうだな。全部同じ」

立てかけられている木材と並ぶと、僕の背よりも高い。

「大きさはどのくらいですか」

「1×4《ワンバイフォー》材の6フィート」

「メートルでお願いできますか」

吉里はスマホを取り出して調べてくれた。

「長さは約1820ミリメートル。厚さは19ミリ。幅は89ミリ」

「ちょっとこのメジャーを借りてもいいですか」

僕は棚に置いてあったメジャーを指し示した。

「どうぞ。でも何に使うんだ？」

僕はまず木材を一本壁に立てかけた。それからメジャーを引き伸ばして地面から百六十五センチを測ると、指で押さえて印の代わりとして、その百六十五センチの部分にもう一つの木材をクロスさせた。

こうして警察の証拠保管室に置かれていたのと同じ十字架ができあがった。

「これが現場にあった十字架と同じものです。少し違和感がありませんか」

「確かに違和感あるな。十字架にしては、頭の部分が短すぎる気がする」

「エジプト十字架を思い出しますね」

「なんだそれ」

「そういう小説があるんです。作中では頭の部分のない十字架をエジプト十字架と呼んでいます」

「それが何か今回の事件に関係が？」

「さあ」

僕は一旦十字架を解体して木材を元の場所に戻し、倉庫の中を歩き回った。

倉庫には木材と工具しかないように見えたが、隅っこにロールされた布が置いてあった。

「これは何ですか」

「それが例の絨毯だ」

吉里は絨毯のロールをぽんぽんと叩いた。

「せっかく買ったのに、金の無駄すぎる」

僕も絨毯のロールをぽんぽんと叩いた。毛足が長く色合いの暗い普通の絨毯だった。

「事件前、何か不自然なことはありませんでしたか」

「特には」

そのとき遠くで、おーい、と呼びかけるような声がした。僕たちは倉庫を出て階段を上っていった。

そこには前田がいた。フォーマルなスーツを着ていた。

「不用心ですね」前田は咎めるような表情をしている。「今なら何でも盗み放題でしたよ」

「ちょうどよかった。前田さん。事件のことについて聞かせてもらえませんか」

僕が言うと、前田は渋い顔をした。

「練習したいんだけどな。俺はこんなところで立ち止まってる暇はないんだ」

「バンドの人間関係について聞かせてください」

僕が勝手に質問を始めると、前田は頭を掻いて、仕方ない、という感じで答えてくれた。

「雑音」

前田はこう続けた。

「そういうの音楽に不要」

さらに続けた。

「俺はただ音楽を追究するだけ」

僕は直感的に、この人に人間関係を聞いても無駄だと悟ったが、それでも直感が外れることは多々あるので続けることにした。

「誰かが誰かを恨んでいたとかは」

前田は答えの代わりに大きく息を吐いた。

「俺には休んでいる暇なんてない。武道館のステージに立つその日まで、全力で走り続けなければならない。俺は事件とかどうでもいい」

僕はさてどうしたものかと考えて、手に持ったメモ帳とシャーペンを空中で持て余した。

絶叫が響いた。

前田が頭を抱えて小さく丸まっていた。

「おい。どうした」吉里が背中をさすってやっている。「ゴキブリでも出たか」

前田は息を切らしながら、

「それをっ」

安っぽい丸椅子を叩いた。

「こっちに向けるなっ」

前田は息も絶え絶えの状態で僕を指さしている。僕はしばらく意味がわからなかったが、少しして自分が手にシャープペンシルを持っていることに気付いた。

僕はシャープペンシルをポケットにしまった。

前田が姿勢を戻した。

落ち着きを取り戻したようだった。

「一体どうしたっていうんだ」吉里は困惑している。

前田は呼吸を整えて、

「尖ったものが駄目なんだよ」こちらに恨みがましい目を向けている。「だから俺に向かってそういうものを向けるな」

「すみません」僕は謝った。それから慎重に尋ねた。「それって先端恐怖症というやつでしょうか」

「仮にお前ごとシャーペンをぶっ壊したくて堪らないという俺の気持ちに名を付けるとしたらそうかもな」

「ごめんなさい」

「別にいいよ。それより練習始めたいんだけどまだ質問ある？」

「いえ」

それで会話は終わりだった。前田は地下へと続く階段を下りていった。姉の死臭の染み込んだ、あの三メートル×三メートル×三メートルの立方体の中で奏でる音楽はさぞ美しいことだろう。惜しむらくは、そこには観客がいないということだ。

一階の休憩スペースに残されたのは、僕と吉里。

「全く。清家くんも災難だな。警察がとっとと犯人を捕まえてくれればいいのに」

「ですね。そしたら僕もこんな捜査なんてしなくてよくなる」

「君のお父さんもここに来たよ」

それは初耳だった。僕は俄然興味を持った。

「父が？」

「警察が信用ならないっていうんで、自分で捜査していると言ってたよ。まさに親子」

「父は何か言っていました？」

「いや、今日君に話したことと同じことを話した。特に犯人がわかったとかそういうことはなかった」

「そうですか」

「清家くんは何かわかったりした？」

「いえ。特には」

そこで吉里は何かを思い出したような素っ頓狂な声を上げた。

「あ！」

「そういえば君に渡さなきゃならないものがあったんだ」

吉里は一旦受付の奥に引っ込んで、それから手に何かを持って帰ってきた。

牡鹿のオブジェだった。

「これ御鍬の私物なんだけど、警察から戻ってきたからご遺族に返さなきゃと思っていて」

僕はその牡鹿のオブジェを受け取った。角の部分がぐらぐらと揺れていた。試しに角を引っ張ってみると、中からラジオペンチが現れた。ラジオペンチの柄の部分が角となり、台座の部分が牡鹿の頭となっている、面白いデザインのインテリアだった。

「それ、バンド内では守護霊と呼ばれていて」

「守護霊」

「ハリー・ポッターの牡鹿の守護霊。エクスペクトパトローナム。知らない？」

「知ってます。それで守護霊ですか」

「バンド内ではみんながこの守護霊を崇《あが》めていた。アンプの上の似非《えせ》神棚からいつも練習するみんなを見守っていて、まあマスコット的存在だった」

「ラジオペンチは何に使うんです」

「ギターの弦の調整とか。かなり重要」

「だったらバンドの皆さんでこれからも使ってください」

僕は牡鹿のオブジェを吉里に返した。吉里はおそるおそる受け取った。

「いいのか？　これ、元々は親父さんから娘へのプレゼントだと言っていたぞ。なおさら大事な形見なんじゃ」

「そんなことより聞きたいことがあります」

吉里は身構えた。

「姉のいたバンド名は？」

吉里は構えを解いた。そして答えた。

「クルーシオクルシメ」

それは礫の呪文。

*

家の前にパトカーが止まっていた。僕はわくわくしながら、ドーム型の完全なる要塞へと足を踏み入れた。

リビングでは父と母が警察官と話し合っていた。

「御鍬の遺体はまだ返ってこないんでしょうか……」

母が卑屈な声で、しかし断固たる決意を目に宿して問いかけている。

警察官は申し訳なさそうな顔をして、すみません、まだ捜査中でして、と定型文のような答えを返してきた。

その定型文に納得がいかないとしても、刃向かうことは叶わない。母は沈んだ顔をして、ストレス解消のためか、親指の爪を噛んでいた。

そこで話題が僕へと移った。

「椿太郎。お前を待ってたんだ」

父は僕を手招きして、L字型ソファーに座るように指示した。

ソファーに座った僕を待っていたのは、レゴのようなテーブルに置かれた一枚の紙切れだった。

「この家には悪魔がいる」

書かれているのは可愛らしい手書きの丸文字で、罫線《けい》があることから、ノートを切り取ったものと推測される。チャック付きポリ袋に入れられ、指紋や汚れが付かないように細心の注意が払われている。

「これが御鍬さんの財布に入っていた遺書です」警察官が言った。

「椿太郎。どう思う」

父の言いたいことは全てわかっていた。

「これは姉貴の文字じゃない」

僕が言うと、父は、やっぱりそうか、と言った。母は、二人が同じことを言うならそうなんでしょうね、と言った。

「というか、ちょっと待ってて」

僕はリビングを出て早足で階段を上っていった。兄の部屋に入ると、例の三日坊主の日記帳を手に取って戻った。

僕は日記帳を開いてレゴのようなテーブルに置いた。

その姉の紙切れを日記帳の切り取られた部分に当てる。

ぴったり一致した。

一同は驚いていた。誰もが僕の説明を待っていた。

「これは姉貴が書いたんじゃない」

僕は答える。

「兄貴の書いた日記を切り取って、姉貴が財布に入れたんだ」

この家には悪魔がいる。

これは姉ではなく兄の言葉だった。

じゃあその意味は？

母 3

パターンは二つ考えられる。

一、姉が悪魔を知っているパターン。

二、姉が悪魔を知らないパターン。

まず一から見ていこう。姉はこの家に悪魔がいることを知っていた。そんな中、兄の日記にも同じことが書かれているのを発見する。兄も自分と同じことを考えていた。そのことに共感を覚え、大事に財布にしまって兄を偲《しの》んだ、というパターン。

次は二の場合。姉はこの家に悪魔がいることを知らなかった。そんな中、兄の日記でこの家に悪魔がいることを知った。悪魔を見つけなければならない。その決意を胸に秘め、大事に財布にしまって教義とした、というパターン。

今のところ答えは出ないし、答えが出たとしても悪魔の正体が判明するわけではない。

というわけで翌日の朝、僕は果物を切ってジップロック・イージージッパーへと詰め込んだ。

それから学校に連絡して熱があるので欠席すると告げた。熱が下がったら登校するかもしれないとも付け加えた。その方が頑張っている印象が与えられるし、実際、用事は午前中で終わるように思われたからだ。

自転車で京王多摩センター駅まで行って電車に乗り、新宿駅で乗り換えて霞《かすみ》ケ関《がせき》駅で降りた。そこから歩いていき、御影石に刻まれた『検察庁』という文字の前で足を止めた。

ここが、かの中央合同庁舎第6号館B棟、東京地方検察庁の入るビルである。

時刻は八時五十分。ちょうどいい時間帯だ。ネットで調べたところ、申請の時間は八時半から十五時半までだそうで、放課後になってからでは間に合わない。ゆえに僕はしぶしぶ学校を欠席する羽目になったわけだ。

入口の前には警備員がいた。僕の焦げ茶色のブレザーは明らかに場から浮いていたから、必然、入口へと進んでいこうとすると呼び止められた。

「失礼ですが、どのようなご用件でしょうか」

「刑事事件記録の閲覧申請に参りました」

僕の口調が淀みなかったので、警備員はそのブレザーの服装に不信感を覚えながらも、先へと道を通してくれた。

中へ入ると厳重の警備体制だった。犯罪者が送検される場所だからそれも当然か。金属探知機のゲートをくぐり、手荷物をX線検査され、ボディチェックまで受けた後、ようやく奥へと進むことができた。

案内板を見ると、三階に記録担当係があるようだったので、エレベーターに乗って三階へと向かった。

僕は記録担当係の窓口の前に立ち、事務官の女性に話しかけた。

「刑事事件記録の閲覧をしたいのですが」

女性は気の進まない顔をしていた。そしてそのことを隠す気もないようだった。

「いつの事件でしょうか」

「三十年前です」

「すみません。保管記録の閲覧は判決後三年以上経過しているとできないんですよ」

「それは訴訟記録の場合ですよね」

女性は目を細め、僕のことを見定めている。かよわい小動物か、それとも肉食獣か、と。

「僕の見たいのは判決書です。判決書はその規定に当てはまらないはずですが」

「それは……」女性は言い淀んでから、「確かにそうです」

「そもそも仮に訴訟記録が見たいとしても、僕の見たい訴訟記録の保管期間は五年か八年のはずなので、たぶんもう破棄されていると思います」

事前にネットで調査した甲斐はあった。僕が専門的知識を有していることを知ると、女性の態度は変わっていた。

「わかりました。そちらに記入書類がございますので、必要事項を記入の上、お持ちください」

僕は記入台の上で書類に記入を始める。まず申請者の住所・職業・氏名・年齢・電話番号を記入して捺印《なついん》する。それから裁判を受けた者の氏名を記入する。ここまではいい。

問題は次だ。罪名。これがわからない。よって空欄とする。

次は第一審の年月日と裁判所名。年月日はわからない。ただしどこの裁判所かはわかる。渋谷の事件なので東京地方裁判所と書けばいい。控訴審と上告審はおそらくないだろう。よってその欄は空白とする。確定年月日。すなわち刑の確定した日。これもわからない。空白とする。

閲覧申請記録には三種類ある。その種類を選ばないとならない。

『1　被告事件についての訴訟の記録（2を除く）』

『2　被告事件についての裁判書』

『3　その他』

今回、僕が求めているのは判決書であるため、丸を付けるのは2である。

次に閲覧目的。これは、現在未解決である殺人事件に関わるため、と書いた。

請求者と裁判を受けた者との関係。ここには息子と記す。

閲覧希望日時。希望が通るとは考えられないので、どうせ無理なら現在の時刻を記入した。今すぐ閲覧したいという意味。

そして僕は空欄の目立つ申請書を持って、再度窓口を訪れた。

その空欄を見て、事務官の女性は嬉しそうにした。

「すみません。罪名などがわからないと記録の閲覧はできないんですよ」

「東京地検には東京地検検務電算システムというものがあって、氏名さえわかれば検索できるはずだと思いますが」

「…………」

女性はふて腐れたような顔をして、しかし楽しそうに笑ってもいた。

「この閲覧目的。現在未解決である殺人事件に関わるため、ってどういうことです？」

「まあ簡単に説明しますと、殺害された被害者、まあ僕の姉なんですけど、その遺書に書かれていた内容が『この家には悪魔がいる』というものでして、もしかしたらその悪魔が犯人かもしれないじゃないですか。ですので、僕は今家族を調べていまして、その一環として今日はここに判決書の閲覧を申請しにやってきたわけですよ」

「はあ。なんか大変なんですね」

「閲覧できませんか」

「三十年前の事件とのことですよね。それだと、もしかしたら判決書が二十年で破棄されている可能性もあります」

「たぶん大丈夫だと思います。該当の事件の保管期間は五十年のはずなので」

「そうですか」

「閲覧できますか」

「できません」

僕たちは見つめ合っていた。

「どうしてですか」

「基本的に閲覧は許可しない方針なんですよ」

「法律では誰でも閲覧できるようになっているはずですが」

「基本的に法律は守らない方針なんですよ」

「今の録音しましたけど」

「基本的にチャンスは与えない方針なんですが」

「例外的には与えると」

僕が録音なんてしてなくて、相手が閲覧させる気なんてないのは、お互いの悪ふざけみたいな顔を見れば一目瞭然だった。

「ゲームで決着を付けましょう」

と事務官は言った。

「私が勝ったらあなたは録音を消去する。あなたが勝ったら私は閲覧を許可する」

「いいでしょう」

間違っても視線で火花が散るなんてことはなかった。せいぜい視線でシャボン玉をぶつけ合うのが関の山か。

「しりとりって知ってます？」事務官は言った。「普通知ってると思いますけど一応」

「知りませ……ぬ」

「知ってるじゃないですか」

「しりとりで勝負ですか」

「ノン」

事務官の得意げな顔が僕を見据えていた。

「逆しりとり」

僕の頭の中に二パターンのルールが浮かんだが、事務官が説明したのは後者だった。

「しりとりは『ん』で終わったら負けだけど、逆しりとりは『ん』で終わったら勝ち」

「単純ですね」

「じゃあ私の先攻で開始。最初はしりとりのりから」

「待ってください」

事務官はにやにや笑っている。僕が何を言うのか完全に予想したその顔。

その顔が崩れるのを見たくて、

「三十分時間をください」

と僕は言った。

事務官の視線は梅雨時のようにじめじめしていた。その目に睨まれていると、毛穴から黒カビが生えてきそうな気がした。

しれない。

＊

「じゃあ私の先攻。リボン。はい私の勝ち」

事務官は何の感慨もない声で言った。勝利とは得てして空しさを得る最良の手段なのかもしれない。

僕たちは向かい合っている。それぞれが空しい顔をしている。その空しさは巧妙にベクトルがずらされているから、ぶつかることも交わることもない。

「残念ですが僕の勝ちです」

相手の動きが一瞬止まった。目を瞑って脳内でオーケストラを指揮するかのように。

終演。目が開く。姿勢が変わる。

「もしそれが本当なら歴史的快挙ですよ。なんたって逆しりとりは先攻勝率百パーセントですからね」

「あなたは『最初はしりとりのりから』と言いました」

「はい。言いました」

「じゃあ『ら』から始まる言葉を続けないとルール違反ですよ。『リボン』は『ら』から始まる言葉ですか？」

沈黙が満ちていた。しばらくして事務官がその意味を悟ると、抑えきれない笑い声が溢れていた。

「『しりとりのりから』って何すか」

「平安時代の歌人です」

それを聞いて事務官はさらに笑った。イントネーションも変わった。

「しりとりのりから？」

平安繋がりで言うと、そのイントネーションは竹取の翁と同じ。

「そんな存在しない架空の人物を、しりとりの使用可能単語とは見做せません」

僕はスマホを突き付けた。事務官は画面を覗き込んだ。

ダムが決壊した。

その事務官の笑いの洪水は、抑えきれないのではなく、自ら氾濫させている。

「尻鳥里唐《しりとりのりから》。平安時代の歌人。官位は従五位下」

事務官は激しい笑い混じりにそのウィキペディアの記述を読み上げると、スマホを僕に押し返してきた。

「わざわざ三十分かけてこの捏造《ねつぞう》記事作ったの？」

「何のことでしょう。ウィキペディアには真実しか書かれていませんよ」

笑う門には福来たるという通説を打ち崩して、災厄が降りかかるような笑いだった。

「もう私の負けでいいですよ」

事務官は笑いすぎて寿命が縮んでいるかもしれない。

「約束は守ります。手続きがあるので、閲覧は三日後で」

*

せっかくここまで来たので、歩いて国会図書館に寄った。そこで週刊宝石のバックナンバーのデジタル記録を閲覧した。平成元年の八月に絞って検索すると、幸運なことに父が犯人の誘拐事件についての取材記事が載っていた。タイトルは『中学生が中学生を誘拐、横たわる社会の闇とは』。その内容は前述した通り。ただ一つ、面白いことがあって、少年法によって父のプライバシーは守られているはずなのに、誌面には父の顔写真が掲載されていた。売り上げを伸ばすための戦略だろう。そういうのはとても好ましい。写真は真っ正面から撮られた証明写真のような形式で、小学校の卒業アルバムからでも持ってきたのではないか。

僕はパソコンのような端末でその記事の印刷申請を送信して、プリントアウトカウンターで規定料金を支払い、コピーを受け取った。

＊

高校に着いて靴箱を開けたところ、手紙が入っていた。手紙と言っても封筒には入ってないし、便箋でもない、ただの反故《ほご》の裏に書かれたゴミみたいなもの。

『放課後、体育館裏で待ってます』

こういうのあるんだ、と僕は思った。

このゴミみたいな紙に書かれているというところが特にそそる。これで綺麗な封筒にハローキティの便箋なんかが入っていたら、僕はたぶん無視して破り捨てただろう。いったい書き手はどのような気持ちでこの文章を書いたのか。全く想像できなくて、期待が際限なく膨らんでいく。

教室に入ると授業中だった。風邪で遅刻しました、と言い訳して、僕は自分の席に座った。時刻は十二時十分。すぐに授業は終わって昼休みになった。

昼休み、席でフルーツを食べていると、隣からの視線をひしひしと感じた。比留間が僕を見つめていた。心なしか、その瞳が大人びて見える。

「風邪、大丈夫？」

「ねえ。僕すごいテロを考えたんだけどさ、たとえばペストとかのものすごい伝染病に自分が罹患《りかん》して、その状態で満員のコンサートとかに行く。そしたらすごい被害が出ると思わない？」

「風邪は接触感染だから、接触しなければ大丈夫」

比留間はなだめるような落ち着いた声で言って、それから僕の手のひらの上に自分の手のひらを重ねてきた。

「接触しちゃった」

比留間の手のひらの熱い温度が伝わる。

「感染完了」

比留間は小さく舌を出した。

その言葉はミッションをクリアしたときのような響きだったが、残念ながらそのミッションはクリアできていない。なぜなら。

「てか風邪って嘘なんだよね」

「じゃあなんで遅刻したの」

「東京地検に行ってきた」

「なんで？」

「比留間。購買いこ」

　僕たちの会話を遮ったのは山田だった。名残惜しそうな顔をする比留間を無理やり引っ張っていって、山田と比留間の姿は教室の外に消えた。

　こうして僕はフルーツを食べ直す。バナナとイチゴとメロン。バナナを食べてからイチゴを食べると酸味が強調されてしまうから、まずイチゴを全て食べる。その後メロンを食べる。最後にバナナを食べる。そういうローテーション。

＊

　そして待ちに待った放課後がやってきた。僕は胸を高鳴らしながら体育館裏へと向かった。

　そんな僕の気持ちとは対照的に、体育館裏へと向かう道のりは険しかった。陰気な雑草が猛々《たけだけ》しく伸びていたり、粘り付く泥が歩みを妨げたり、校舎の生み出した日陰が空間を憂鬱な色へと染め上げたりしていた。

　やっとのことで体育館裏に辿り着くと、壁際には既に手紙の主が立っていた。

　そこにいたのは山田だった。山田は僕の姿を確認すると、暇潰しのスマホから顔を上げた。

その足が動き出す気配はなく、僕が近づいてくるのを受動的に待っている。

僕は近づいていって、山田の前で足を止めた。そこで山田は動いた。

僕と山田の立ち位置はくるりと入れ替わった。僕が壁際で、山田が外側。山田は僕の肩を両手で摑んで押し付けてくる。僕の背中は壁のざらざらとした質感に押し付けられる。

制服が摩耗しちゃうなぁ、と僕は思った。それと同時に僕は反射的に目を瞑った。

目を開けると、山田の腕が僕の横に伸びていた。山田の手のひらが僕の顔の横の壁を叩いたのだった。

至近距離で見つめ合う二人。

山田は全身に屈辱と羞恥《しゅうち》を漲らせていた。それは顔も例外ではなく、表情の筋肉はこわばり、唇はわなわなと震えていた。

「あたしと付き合ってください」

山田の声には、まるで溺れている人が救助を求めるかのように、水の中で聞こえるぼやけた声と、水の外で聞こえる必死な声とが混在していた。

「お金なら払います。だからお願いします。あたしと付き合ってください」

山田の長い睫毛が震えるのが見えた。僕はその柔らかそうな頬に一本、人差し指を突き立てた。ぱんぱんに膨らんだ風船に針を突き立てたときのように、山田の屈辱と羞恥が弾ける様を期待したが、実際に起きたことは、柔らかい頬がほんの少し凹《へこ》んだ、ただそれだけだった。

「いいよ」

僕はもう少し強く山田の頬を押した。山田はしばらく硬直して、それから俊敏な動き、さながらゴキブリのようにカサカサと後退して僕から離れた。

「あとお金はいらないよ」

「なんで」山田はぽつりと漏らした。

僕たちは距離を隔てて対峙していた。僕は背中を払って、付着した砂埃を落とした。

「断るよりも受け入れた方が苦しむかと思って」

山田は意味がわからないという顔をしている。

「だって山田さん、僕のこと嫌いでしょ？　ほんとは付き合いたくないんでしょ？　そんな顔を見ちゃったら、そんなの付き合うに決まってるじゃないか」

山田の表情が変わる。それは完全な嫌悪。

「あんたってそういえばそういうやつだった」

「ちなみにどうしてそうまでして付き合いたいの？」

「あたしの知り合いにあんたを好きなやつがいる。けどそいつには夫がいる。そいつは夫がいるのにあんたを手に入れようとしている。そんなことは絶対にさせられない。友人として、絶対に止めないとならない」

「大変なんだね。友情って。僕は友達がないからよくわかんないよ」

「もしかしたらこれでもまだ足りないかもしれない。そのときは、あんたの全身脱毛されたVIOに触る覚悟はできている」

「これから一緒に帰る？」

「不本意ながら」

それから一緒に駐輪場まで行って、校門の前で別れた。別れ際、山田は僕を睨《にら》んで、

「おい蠅《はえ》の幼虫とか育ててそうな人」

と言って自転車を発進させた。続きの言葉は、山田の背中がある程度小さくなってから発せられた。

「また明日な」

＊

帰宅した僕を待っていてくれるのは、あらゆる穢れを撥水《はっすい》するドーム型の聖域だ。門をく

ぐり、玄関のドアに手をかけるとき、僕はこの上ない安心感に包まれる。

リビングに入ると、母がL字型ソファーに座っていた。洗面所で手を洗って戻ってくると、母の視線を感じた。僕は向かいに腰を下ろした。

「あの。弟ちゃんの中学高校のときの教科書って、まだ持ってます？」

「全部捨てちゃったけど」

「そうですか。じゃあ買わないと……」

「なんで？」

「弟ちゃんの志望校ってどこです？」

「別にどこでもいいじゃないか。実際姉貴は家から近いという理由だけで中央大学を選んだんだし」

「じゃあ弟ちゃんも中央大学ですか？　それでうちから大学に通うんですか？」

「いや、そういうわけじゃないけど、どうしたの急に」

「弟ちゃんの学力なら早稲田《わせだ》とか慶應《けいおう》も目指せますよね」

「目指すだけなら誰でもできるからね」

「それでもし合格したら、大学の近くで一人暮らしするでしょう？」

「まあそうだろうね。通学に二時間はさすがにやりすぎだからね」

「そしたらわたしは寂しくて耐えられない。お兄ちゃんもお姉ちゃんもいなくなって、最後の弟ちゃんまでいなくなったら、わたしどうすればいいの」

「そんな今生の別れみたいな。別にいつだって会えるだろう」

「だからわたしも大学に通おうと思います」

「は？」僕は相手の気持ちを尊重する気など毛頭ない、ただ自分の瞬発的な思考をそのまま口に出した。

「わたしも弟ちゃんと同じ大学に通います。そしたら二人で一緒に暮らして、一緒に大学に通いましょう。胤也さんの都合が付くなら、三人で大学の側《そば》にもう一軒家を買ってもいい」

母の姿は夢見る少女のようだった。しかし実際の外見には四十代相応の老いが現れており、その少女と中年女性とのギャップは、グロテスクとまではいかないが、微グロ、という表現が適切なように思われた。

「でもお袋って高卒じゃないか。受かるの無理では？」

「それはその通りです。だから不合格でしたら、大学には通わず、掃除したり、料理を作ったり、弟ちゃんの借りた部屋を守ることに専念します」

「…………」

これ以上何を言っても無駄だと思われたので、僕はスマホの充電が切れそうなどと適当な理由を付けてその場から逃げ出した。

どうやら姉の死は思った以上に家族を蝕《むしば》んでいたようだった。その侵蝕に打ち勝つ唯一の方法は、おそらく事件を解決することなのだろうが、僕にできることは一つだけ。この家に潜む悪魔を見つけ出す。再び幸せな家庭を取り戻す。

そこで僕の脳裏に一抹の不安がよぎった。

家族だと思っていた人物が実は悪魔だとわかったら、むしろ家庭は崩壊するのではないか。

いや違う、と僕はかぶりを振る。悪魔を見つけ出すというのは語弊で、実際に僕がやろうとしているのは悪魔がいないことを証明することなのだ。

いや違う、と再度僕はかぶりを振る。

僕は心のどこかで悪魔がいることを望んでいる。家庭が崩壊することを望んでいる。そういう破滅を待ち望んでいる。漠然とではなく、確固たる理性によって。

弟 3

昼休み、僕がいつものようにジップロック・イージージッパーから果物を取り出して食べていると、隣の比留間から話しかけられた。

「ねえ。清家。今日の英語の授業で聞きたいことあるんだけど」

「佐藤さんにわからないなら僕にもわからないよ」

「比留間です」

「佐藤さん。前髪切った？」

「やだ。何で気付くの。比留間です。わたしのこと見過ぎじゃない？」

そこにやってくる者がいた。山田だった。

比留間は山田の姿を確認すると、申し訳なさそうな顔を繕った。

「ごめん。今、清家に英語教えてもらってるところだから購買には」

「清家。購買いこ」

比留間は二度見した。一度目は山田を。二度目は僕を。

「僕買うものなんてないんだけど」

「いいからこい」

山田は僕の腕を引っ張って歩いていく。僕は仕方なく付いていく。廊下を歩いて階段を下りて購買までやってくる。購買の列に並んでいる途中、僕は聞いた。

「それが友情なのか？」

「それが友情なのよ」

僕たちの交わした会話はそれだけだった。

購買で何も買わずに戻ってくると、比留間の姿は消えていて、僕のジップロック・イージージッパーの中身は無残に潰されていた。

マンゴーとキウイとオレンジが、絵の具を混ぜ合わせたパレットのようにごちゃごちゃした色彩を振りまいている。

「いいざまね」山田は口に手を当てて、嫌らしく笑った。

幸い、ポリ袋自体は破れていなかったので、僕はその潰れた果物を普通に食べることができた。口当たりはスムージーのようで、それはそれで美味しかった。

スマホに通知があったのは、英語の参考書を読んでいるときだった。僕のＬＩＮＥは無駄な通知が来ないように慎重にセッティングされていたので、今送られてきた通知もおそらく重要な内容のはずだった。

スマホをポケットから取り出して見ると、果たして重要な内容だった。

『今日会えませんか。時間は5時。場所は荻窪《おぎくぼ》駅前のまねきねこ』

人妻、墨田汐からの連絡。

＊

自転車で八王子駅まで行って、そこから電車に乗って荻窪駅で降りた。ドン・キホーテの隣のビルを上がった四階に、カラオケ店舗『まねきねこ』はあった。

汐は受付のところにいた。いつから待っていたのだろうか。そわそわした様子をしていたが、僕の姿を確認すると、あからさまに安堵の表情を浮かべた。

受付で汐が会員証を提示して、部屋番号を与えられる。猫の足跡の描かれた段差を下り、白く明るい廊下を通って、僕たちは個室へと入った。

個室は二人にはもったいないくらい広かった。汐は入ってすぐ個室の照明を落とし、ミラーボールを起動させた。薄暗くなった部屋がカラフルなライトで照らされる。ビルの屋上から無数のペンキをぶちまけたかのように騒々しかった。

僕たちは隣り合って座った。二人の間には一人分の空白が空いていた。僕たちはしばらく黙っていた。話を切り出したのは汐だった。

「どうして盗んだの」

「一万円の話？　ふざけないで真面目に答えるけど、僕は絶対に盗んでない」

汐は僕を見た。僕も汐を見た。二人の視線が交わった。

「わかった。信じる」

少なくともその表情は本当に僕を信じてくれたようだったが、

「でも実際に盗んだかどうかなんてもうどうでもいいの」

「そうなのかい」

「うちは今大変なことになってる」

「今日はそれを話しに来たということね。それを僕に話すことで事態が解決に近づくと思うなら話せばいい。あるいはただ話して楽になりたいだけでも話せばいい」

「そういう言い方。なんか懐かしい。どれくらい会ってなかったのかな」

「いずれにせよ、僕はきみの話を聞く義務がある」

「あの日。あなたがうちから逃げ出した日から、全ては始まったの」

そうして汐は語り始めた。

＊

その日、墨田哲嗣《てつし》は同僚のシフトの都合で急遽勤務日が非番に変わった。そのため突然家に帰ってくることになり、椿太郎は何とか風呂場から逃げ出す羽目になった。

その日の夜である。

「一万円がなくなってる」と哲嗣は言った。

哲嗣はまずそのことを妻の汐に告げ、それから疑り深い顔をして踏み込んだ話をした。

「まさかお前、盗んでないよな」

汐は即座に否定した。しかし後になって考えれば、自分が盗んだと嘘を吐《つ》いていれば、無実の罪を着せられようとも、話は穏便に収まっていたのかもしれなかった。

次に哲嗣は娘の羽都子《はとこ》を問い質した。

「お前が盗んだのか？」

羽都子は恨めしそうな顔をして否定した。

「疑うなんて酷いよ。盗むわけないじゃん」

それから三人は状況を整理し始めた。

哲嗣は数日前から脱衣場の洗濯カゴにズボンを入れていたが、そこにプライベート用の財布を入れっぱなしだった。しかし先ほど財布を確かめると、三万円入っていたはずなのに二万円しかなかった。

「うちにはこの三人しかいない。この三人の中に犯人がいないとすると、侵入者の存在を考えないとならなくなる」

　哲嗣の言葉で汐はピンときた。侵入者。それには心当たりがある。

　すなわち不倫相手の清家椿太郎。

　しかしそんなこと言えるはずがない。

「この三人以外にうちに入った奴はいないか？」

「昨日友達をうちに呼んだけど」羽都子は答えた。

「何人」

「一人」

「じゃあ犯人はそいつだ」

「ええー。決めつけ激しくない？」

「羽都子。とりあえず明日学校でそいつから一万円を返してもらえ」

「荷が重いなあ。報酬は？」

「返還額の一割」

「承ったでござる」

　翌日の夜、夕食の席で、哲嗣は羽都子に向かって手を差し出した。

「一万円プリーズ」

「盗んでないってさ」

少しの沈黙があった。

それから哲嗣は声を荒らげた。

「あらゆる不可能性を排除した結果、犯人はそいつでしかあり得ないというのに?」

「たった千円に目がくらんで友情を失ったかあ。安物買いの銭失いですよ」

「羽都子。もう一度だけそいつにチャンスをやれ。これが最後。もし盗んだことを認めないなら、もう刑事事件だ。ただちに警察に通報する」

「ええー。私の立場っちゅうもんは?」

「いいからやれ」

「報酬は?」

「返還額の二割」

「承ったでござる」

翌日の夜、夕食の席で、哲嗣は羽都子に向かって手を差し出した。無言だった。何も言わずに手を差し出していた。

羽都子は無言で首を振った。

哲嗣は大きな溜め息を吐いた。

「残念ながら現時点をもって、本件は刑事事件へと移行する」

「えぇー。マジで言ってんの？　そんなことしたら私、スクールカースト最底辺に急速落下だよ」

「羽都子。それが正義というものなんだ。どれだけの犠牲を払っても、正義は貫かねばならないんだ」

「いや、正義とか綺麗事抜かしてっけどさ、結局一万円が惜しいだけじゃん？」

「何とでも言え。俺は今から警察に行ってくる。指紋を調べれば一発だろ」

哲嗣が出ていった後、しばらくして、哲嗣と共に警察がうちへやってきた。専門家らしき人がうちの家族の指紋と風呂場の指紋を採取して帰っていった。その際、羽都子の友達の名前と住所を伝えることも忘れなかった。

翌日の夜、警察がうちへとやってきて捜査の結果を報告した。

「確かに風呂場にはこの家の人のものではない指紋が一つありました」

「やっぱり！」哲嗣は手を叩いた。

「しかし娘さんの友達の指紋と照合した結果、一致しませんでした」

「なんでだよ！」哲嗣はまた手を叩いた。

汐はその指紋の正体を知っている。しかし絶対に明かすことはできない。

日曜日、夫は明け番で家族は三人自宅にいたが、その空気はピリピリしていた。

「絶対に羽都子の友達が犯人だ……」哲嗣はまだ警察の捜査を認められないでいた。

「なんでだよ……」羽都子の声も疲れていた。「普通に考えて謎の指紋の持ち主がうちに侵入したんだろうさ。てか防犯大丈夫?」

「指紋は昔うちに来た誰かのものだろう。今回の事件とは関係ない。やっぱりお前の友達が犯人なんだ。お前の友達は指紋を残さずに俺の一万円を盗んだんだ」

「お母さん。お父さんに何とか言ってやってよ……」

「…………」

汐は何も言えなかった。それよりも思い付いたことがあった。

最近まで信じていたのは、風呂場で椿太郎はうまく夫から隠れ、夫は汐の不倫に気付かなかったという説。だから夫は一万円を盗んだ犯人に気付かなかった。そう考えれば辻褄は合った。

しかしそうではなかったとしたら? 夫は風呂場でしっかりと椿太郎の顔立ちを網膜に焼き付けていて、その上で見ていないふりをしていたのだとしたら?

夫は汐の不倫を糾弾するために、わざと大事《おおごと》にしているのではないか。

早く自白しろと、暗に脅しているのだとしたら。

汐は恐怖で身体が震えた。しかし不倫を告白する勇気もなかった。できるのは、事態が悪化していくのをただ見守ることだけだった。

事件は祝日を挟んだ翌週の火曜日に起きた。汐は学校からの連絡でそのことを知った。教師によると、授業中に哲嗣が教室に乱入し、羽都子の友達に対して一万円を返せと詰め寄ったのだという。

本来なら警察沙汰になってもおかしくないが、生徒の父親ということも考慮して、今回は厳重注意で済ませたということだった。その温情に、汐はただ「すみません」と繰り返すことしかできなかった。

その日、哲嗣は家に帰ってこなかった。メールには「頭を冷やしてくる」とだけ書かれていた。今顔を合わせなくていいのはありがたかったが、代わりに憔悴《しょうすい》する羽都子の面倒を見なくてはならなかった。

「ああ～、私の人生マッシャカシャヤマじゃー」

羽都子はソファーに寝転んで、顔をクッションに埋《うず》めて、ひたすら足をバタバタさせていた。

泣いてこそいないものの、むしろその泣くことさえできないほどの寂寞《せきばく》が痛いほど伝わってきた。

自分のせいで家庭が滅茶苦茶になっている。そのことを、汐はいよいよ直視せざるを得なくなっていた。

ケリを付けねばならない。

＊

「清家くん。あなたが盗んでいないのはわかった。たぶん夫は盗まれてなんかいないのに盗まれたふりをしている。そうして私のことを追い詰めている」

「日那さんの職業は？」

「え？　救急隊員だけど、それが何か」

「深く考えすぎだよ。日那さんは仕事が激務で参っていて、それで一万円という些細なことでも見過ごせなくなってしまったんだ」

「私の思い過ごしだと言うの」

「だって僕は日那さんに見られてないからね」

「ねえ。気になってたんだけど、いったいどうやって隠れたの」

「まあそれはどうでもいいじゃないか」

「結局私はどうすればいいの？」

「一番痛みの少ない方法は、自分が一万円を盗んだと嘘の告白をすることかな」

「それは現場を見ていない無責任な考え。夫は一万円を盗んだ犯人を異様に敵視している。もし今私が名乗り出たら、それこそ不倫がバレるのと変わらないくらいの結果になりかねない」

「ごめんなさい。現場を見ていない無責任な考えで」

「ねえ。やっぱり変よ。だってあなたも盗んでなくて、私も盗んでなくて、羽都子も盗んでなくて、羽都子の友達も盗んでないなら、誰が一万円を盗んだっていうの？」

「それが盗まれたふり説にこだわる理由かい」

「他に答えはあるの？」

「あるよ。まず僕は絶対盗んでいない。きみも絶対盗んでいない。羽都子さんの友達も絶対盗んでない。旦那さんも盗まれたふりじゃない。だったら最後に残るのは一人」

「…………」

汐はしばらく考えて、その考えを振り払うように首を振った。

「やっぱり夫は私の不倫に気付いている。それで追い詰めようとしている」

「じゃあいっそ不倫をバラしちゃうとかね」

僕はブラックジョークのようなつもりで言ったのだけれど、それは藪蛇というものだった。なぜなら汐は僕からその言葉が出てくるのを今か今かと待ちわびていたからだ。

「ねえ。清家くん。私と一緒に夫と会ってくれない」

その顔は真剣そのものだった。その真剣な顔を、くるくる回るミラーボールのカラフルなライトが入れ替わり立ち替わり照らしていくから、僕たちは人間として真剣な話をしているはずなのに、あたかも猛毒を持つカラフルなカエルが鳴嚢《めいのう》を膨らませて鳴いているかのように見えた。

だから僕は、不謹慎だけど笑ってしまった。

「人が真剣な話をしてるのに！」

「まあまあ。落ち着きたまえよ」

「私のこと愛しているんでしょ？」

「うん。愛してる」

「だったら一緒に夫と会って」

「それでどうするの」

「言わなくてもわかるでしょ」

「言わなければわからないよ。だって僕たちは同じ人間だけど、違う人間だからだ」

「わかった。もういい」

汐は立ち上がった。その顔には何らかの決意が滲んでいたが、その何らかの決意について、僕は興味もないし、責任を取る気もない。

僕たちは会話のないままカラオケ店を出て、会話のないまま帰り道を違えた。

兄 3

昔、うちにはリンリという名の猫がいた。マンチカンという品種の脚の短い猫だ。兄はこれをたいそう可愛がっていた。ほとんど溺愛といってもよい。対照的なのは姉で、姉は何とかリンリに好かれようと高級な猫缶を買ってきたりするのだけれど、なぜかリンリは姉が近づくと素早く逃げていくのだった。

そんなリンリがある日、突然姿を消した。家族総出で家中を捜しても見つからなかった。とすると外に出ていったとしか考えられない。リンリは完全な室内住みだったから、外の世界で上手くやっていけるかどうかみんな心配していた。僕は新しく買えばいいじゃんと言ったのだけれど、残念ながら誰の賛同も得られず、それ以来うちから猫は消えた。

僕が今思っているのは、兄が自殺を思い立ったのはこのリンリが消えたときからなのではないかということだ。むろんこれは完全な想像であって、推理でも何でもない。なんとなくそんな予感がするだけ。

というわけで僕は吉祥寺《きちじょうじ》駅にやってきた。家に帰る前に仙波からのＬＩＮＥが届いたのはラッキーだった。そのおかげで無駄足を踏まずに、荻窪から吉祥寺まで近距離の移動で済んだのだった。

仙波は有能な人材なので、兄の元同級生とのネット上での接触に成功し、取材のためのアポを取ったらしい。

仙波の姿はすぐに見つかった。吉祥寺駅の構内で、シャツをズボンに入れてサスペンダーで吊している人物がいたら、それは仙波に違いないのだ。

お互いの姿を確認し合った僕たちは、駅の外に出て、成蹊大学へ向けて歩き始める。

「ごめんね。急な連絡で」

「いやベストタイミングでしたよ。さっきまで荻窪にいたので」

「なんで？」

「人妻と会っていたので」

「ねえ今から私の失礼な推理を披露していい？」

「仙波さん。前から思ってましたけど、相手から肯定が返ってくること前提の質問は質問といいませんよ。命令ですよ」

「ベストタイミングということは、人妻と険悪な雰囲気だったんでしょ」

「僕は図星なので何も言えない」

「あ、それ小説だと地の文っぽい」

「そっちがそういう意地悪するなら僕にも考えありますよ。今から失礼な質問しますからね。だめと言われても失礼な質問しますからね」

「しかし答える義務はないいんだなこれが」

「どうして旦那さんと別居してるんです？」

「そう来るか」

仙波は少し黙っていた。信号待ちに差し掛かって、たぶんちゅんたろうくんが想像しているのとは全く違うけど、と言ってから仙波は切り出した。

「別居って言っても、結婚当初は同居してたわけじゃなく、最初から別居」

「結婚したのに最初から別居なんですか」

「それは夫の価値観の問題」

「つまり仙波さんの価値観の問題ではない」

「夫はこう言っていた。愛情と性欲の対象は違う」

「ほう。なんとなく予想付きましたよ」

「夫が結婚相手に求めるのは、容姿はどうでもいいからとにかく性格のいい人。夫が性行為の相手に求めるのは、性格はどうでもいいからとにかく容姿のいい人」

「面白いですね。というのは第三者の僕だから言える言葉で、仙波さんはそれでいいんですか？」

「私って容姿だめかな？」

「角度の問題です」

「ねえ、それって褒めてんの？　馬鹿にしてんの？　答えろ。答えによっては容赦しない」

「じゃあ答えません」

「はーん。でも残念だったね。ちょっと変わってるけど、私は夫と関係良好なの。別居と聞いて何か期待した？　残念ながらきみの付け入る隙はないよ」

「いえ。安心しましたよ。幸福な家庭だとわかって」

「あら、そうなの。別にきみは私のことどうでもいいのか。自意識過剰だったか」

「そういうわけでもないんですけど」

「じゃあどういうわけ」

「今日会う人ってどんな人ですか」

仙波はこちらを睥睨《へいげい》して、少しの間があってから答えた。

「小池始丞の大学一年生のときの同輩。オーケストラサークルの部員。今は四年生。就職活動はもう終わっていて、後は卒論を書き上げるだけみたい」

「なんで取材が必要なんですか」

「それ核心だよ。よく核心を突けたね。ちゅんたろうくん、ごめん、先に謝っとく」

「謝った後で人を殴ったら減軽されるんですか」

「記憶というものは不確かで、移ろいやすく、可塑性を持っている。まさにアルミホイルのようなもの。一度丸めたアルミホイルは二度と元には戻らない」

「思い出せなかったんですか」

「ディテールがね」

「ああ、なんだ安心した。ディテールなんてどうでもいいんですよ。本筋さえわかれば」

「それは遊びがないよ。本筋だけ追っていくストーリーなんて退屈すぎない？」

「そんなことないですよ。僕、ミステリのネタバレサイトでどんでん返しだけ確認したりするんですけど、かなり楽しいですよ」

「うわ冒瀆《ぼうとく》」

そうやって会話しているうちに、兄の母校、兄が一年と少しだけ在籍していた、成蹊大学のキャンパスが見えてきた。

＊

夏期休暇は終わっていたらしく、キャンパスには人が多くいた。トラスコンガーデンという学生のための休憩スペースが待ち合わせ場所だった。アメリカのトラスコン社の工場を移築したというカフェテリアは、開放的で明るく、学生たちの活気で溢れていた。

僕たちは蜂の巣のような穴の開いた椅子に座って向かい合っている。こちら側には僕と仙波が。あちら側には兄の知り合いの男子学生が。

「清家終典さんはどんな人物でしたか」

仙波が尋ねると、男子学生は昔を懐かしむような遠い目をした。

「好きな歌手は初音ミクで、マクドナルドのハンバーガーが大嫌いで、ラクトアイスはサラダ油の塊とか言っていて、ブルガリの香水を付けていい匂いを漂わせていて、インターネットでエロゲの違法ダウンロードをしている。そんなやつでした」

「何か特徴的なエピソードなどありますか」

「ああ、あります。あいつ免許取れなかったんですよ。教官と揉めたとか何とかで、教習所やめちゃったんです。言っちゃ悪いですが、運転免許なんてそれこそそこらのヤンキーでも金さえ払えば取れちゃうじゃないですか。そんな誰でもできるようなことをできない人がいるということが、僕にとってはこの上なく衝撃でしたね」

「清家終典さんはサークル内ではどのような評価でしたか」

「とにかく遅刻。遅刻が多すぎる。重要なコンサートに遅刻してきたときはさすがにやばいと思いましたね」

「清家終典さんは嫌われてましたか」

「いや、むしろ好かれてましたよ。面白いやつだったから。たぶんRPGなんかでいうところのステータスが極端に尖ってるんでしょうね。あいつ今どうしてるんですか？」

そのとき、たぶん仙波は用意していたであろう何らかの虚偽の説明をしようとしていたはずだったが、

「死にました」僕は言った。「自殺です」

相手の男子学生は一瞬驚いて、それからしょんぼりと俯いた。

「首吊りですか。飛び降りですか。線路への飛び込みですか」

「線路への飛び込みです」

兄の遺体は快速電車に轢《ひ》かれバラバラになっていた。その顔を葬儀会社の人が有料で修復

してくれると提案したとき、僕はお金がもったいないと思ったが、父と母は即決で死に化粧を施すことを選択した。

「それって損害賠償とかすごいことになるんじゃ」

「いや、そこは鉄道会社の温情で請求は来なかったですよ。自殺者の遺族に損害賠償を請求するのは、やはり人間として冷たすぎますからね」

「そうなんですか。いいことを聞けました。今後の参考にします」

男子学生はよくわからないことを言ったが、僕も仙波も聞かなかったことにした。

男子学生の去った後のトラスコンガーデンで、僕と仙波は今度は向かい合って座っていた。

隣接するコンビニで買ってきた飲み物、仙波は淹《い》れたてのコンビニコーヒーを飲み、僕は緑色のボトルのペリエを飲んでいる。

「前回の続きを今から話すわけだけど」

と仙波は切り出した。

「正直、かなり端折《はしょ》った内容になるから覚悟して」

「構いませんよ。シンプルイズベスト。大は小を兼ねない。それが僕の信条ですから」

そうして仙波の説明が始まった。

「話は間宮が自殺したところから始まる。学校の屋上から飛び降りて即死だった。警察は自殺として事件を処理したが小池は納得がいかない。なぜなら間宮は殺す側の人間で、自殺する側の人間ではないからだ。

*

そこから過去の回想。

間宮の悪行が描かれる。麻薬密売。売春。殺人。強姦教唆。間宮はありとあらゆる悪事に関わっており、その一つ一つが悪人たちの人間関係と共に丁寧に描写されていくが、詳細は覚えていないので省略。とにかく、間宮がものすごい悪人であるということがここでは描かれる。

回想が終わって時制は現在に戻る。

小池は自分の手で間宮の死の真相を究明することを決意する。そこから小池の捜査が進んでいって、いろんな人との出会いが描かれるがここら辺はほとんど覚えていないので省略。

話が進むのは、間宮の中学時代の同級生に会ったとき。

間宮の中学の同級生は驚くべきことを言った。間宮は中学時代いじめられていたのだという。間宮は元々神奈川県の中学に通っていたが、わざわざ東京の高校に進学した。それはいじめられていた過去を隠すためだったのではないか、と間宮の同級生は指摘する。

小池は混乱する。あの悪の権化、間宮令矛が昔はいじめられていた。その光景は十一次元時空のように一切の想像を拒んでいた。

さらに同級生は驚くべきことを言う。間宮がいじめられていたのは運悪くターゲットにされたというわけではなく、必然なのだったと。

間宮はたびたび空気の読めない発言をした。たとえば友達同士で『あの曲めっちゃいいよね』などと言っているところに、横から割り込んできて、『いや駄作でしょ』と真面目な顔で言うみたいな。

そういう空気の読めなさがいじめに発展するのは必然だった。しかし間宮は態度を改めようとはしなかった。足を引っかけられて転ばされても、無視されても、机に落書きされても、間宮は頑《かたく》なにその空気の読めなさを貫いた。

間宮の同級生は、その部分だけはぼかして語ったが、どうやらいじめはエスカレートしてレイプにまで発展したらしい。

小池にとって、そういう惨劇は間宮の輪郭と全く像を結ばない。いじめをするのも間宮の側だし、レイプをさせるのも間宮の側だし、人を殺すのも間宮の側だった。

それは高校デビューと言うにはあまりにも劇的すぎる。間宮の変身は、虐げられていた側が虐げる側へと変わるような、そういう人格の変化とは思えなかった。中学時代のいじめられていた間宮と、高校時代のいじめていた間宮、そして自殺した間宮。この三つの間宮はどれも同じ原理で動いているのではないか。それが小池の出した現時点での仮説だった。ただそれが具体的にどのようなものかはまだわからない」

＊

仙波はコンビニコーヒーの紙コップを逆さにして、最後の一滴まで余すことなく味わった。

「ちゅんたろうくん」

「はい」

「私たちが会うのは次が最後」

「はい」

仙波は不満そうな目を向けて、コーヒーの残り香と一緒に沈黙までも味わっている。

「なんか反応が冷たい。もっと寂しそうにしてよ」

「うちの飼い猫がいなくなったとき、僕は新しく買えばいいじゃんと言ったんですよ。そしたら怒られました。僕はこれが未だに納得いってません。お米を切らしたら新しく買うじゃないですか。スマホが壊れたら新しく買うじゃないですか。人と別れたら、新しい人と出会えばいいじゃないですか」

「…………」

仙波は手を組み合わせ、顎の下にくっつけた。首をわずかに傾げ、斜めの視線で僕を見据えている。

「ちゅんたろうくんはお兄さんが死んでどう思った？」

「そうか、死んじゃったのか、と思いました」

「そういうことじゃなくて」

「どういうことですか」

「悲しくないのかってこと」

「悲しくないですよ」

仙波は頭の中から頭痛を取り出すかのようにこめかみを揉んだ。

「それは絶対におかしい」

「そう言われましても」

「私の率直な感想を言おうか？　こいつ早くなんとかしないと……って思ってる」

「でも悲しくないという事実は自分の中で絶対じゃないですか。その悲しくないという事実をねじ曲げて悲しいということにはできないじゃないですか。だとするとできるのは悲しくないという事実に背いて悲しいふりをすることですが、それは本当に正しいのでしょうか。誠実なのでしょうか」

仙波の表情がみるみる険しくなっていく。苛立たしげにテーブルを叩いて、一定のリズムを刻んでいる。

「なんで悲しくないの」

「逆に聞くんですけど、どこか遠い国で知らない人が死んだら悲しみますか。それと同じだと思うのですが」

「でも兄は家族でしょ」

「家族って何なんですか」

「青いね。そんなの私の髪の色が金から黒に変わったときに遥かに過ぎ去った地平だ。家族とは何か。単純明快な結論を出してあげようか」

「是非」

「家族とは人生で唯一選べないもの」

仙波が、一瞬特攻服を着てタバコを吹かしている金髪の不良に見えて、すぐにその幻視は消える。

「それ以外は全て、選ぼうと思えば自分で選ぶことができる」

僕は考えてみる。名前もやろうと思えば改名できる。国籍も選ぼうと思えば選べる。友人も住所も職業も、選ぼうと思えば全部自分で選べる。

「いいか。家族は選べない」

仙波の眉間には皺が寄り、なぜか瞳には薄い水の膜が張られている。

「家族とは自分の身体の一部だ。それがどんなに醜くとも弱くとも受け入れたくなくとも、家族とは自分の身体の一部なんだ」

「だとしたら兄は僕の切った爪で、姉は僕の全身脱毛した毛根でしょうね」

「…………」

コンビニコーヒーの紙コップが飛んできた。僕はそれを顔面で受け止め、コーヒーの香りが空気中に舞い散るのを見ている。

仙波は乱暴に立ち上がり、何も言わずに背中を向けてこの場を去っていった。僕は床に落ちた紙コップを拾い、所定のゴミ箱へと捨てた。

父　4

僕はタクシーに乗って、わくわくしながらそのハイスピードな運転を見ている。とにかく急いでください、父が死にそうなんです、という僕の台詞は覿面に利いた。タクシーは道路を縫うように走り、ドライバーは日常に訪れた非日常を的確な運転によって迎え入れていた。

どうしてこのような状況になったのか。時は授業中に遡る。

僕が二時間目の国語の授業を受けていると、教室がノックされ、教師が入ってきた。教師は僕の名前を呼び、荷物を全て持って廊下に出るようにと指示した。僕が指示に従って荷物をまとめて廊下に出ると、教師は「君のお父さんが倒れたらしい」と言った。職員室で母からの連絡を受けたのだそうだ。搬送先は東京医科大学病院。新宿にあるという。

こうして僕はタクシーを呼んで、父の搬送先まで最速で向かっているというわけだ。

タクシーの中は暇だった。僕は三半規管が弱く酔いやすい方なので、電車の中でさえスマホの操作はしたくない。いわんや自動車の中では無理だ。

仕方ないので、音楽を聴くことにする。ゲスの極み乙女。の『両成敗でいいじゃない』をリピート再生して目を瞑っていると、いつの間にかうとうとしていた。

着きましたよ、と声をかけられて目を覚ました。僕は一万円を超えるタクシー代を支払い、運転手に礼を言って外に出た。

さて、病院の中へと足を踏み入れたのはいいが、父がどこにいるのかさっぱりわからない。入ってすぐのところに総合案内という場所があったので、僕の状況を説明して父の居場所を尋ねた。すると救命救急センターというところにいるらしいので、まずは面会受付をするようにと言われた。

所定の場所で面会受付を済ませた後、家族用の入口から救命救急センターへ入った。数あるベッドのうちの一つに父はいた。母が隣で丸椅子に座って所在なげにしている。母は僕に気付くと、立ち上がってふらふらしながら近寄ってきた。

「弟ちゃん。安心してください。胤也さんは無事でした」

僕は父のベッドの傍らに立った。父は点滴を受けている他は特に重い処置をされていなかった。人工呼吸器だとか心電図だとか、そういうものを想像していた僕にとっては拍子抜けだった。

「親父はなんで倒れたのさ」

僕は父に問いかけたつもりだったが、父は目を瞑り眠っている。代わりに返事は医師からあった。

「アナフィラキシーによるショック症状です」

医師は治療について説明してくれた。曰く、父は呼吸困難になっており、食物アレルギーによるアナフィラキシーショック状態が疑われたため、アドレナリンを投与したところ症状は改善。現在はこうして眠りに就いているという。

「スタバで豆乳ラテを飲んだんですって……」母は信じられないという顔をして、父の寝顔を見つめている。

「そういえば親父は大豆アレルギーだったね」

「どうしてこんなことに……」

そのとき父の瞼がぴくりと動いて、さも億劫そうに目を開けた。

その目玉だけがきょろきょろと動いて、僕たちと医師の姿を確認すると、父は今どういう状況にあるか理解したようだった。

「やっぱりだめだったか」

「なんでこんなことをしたんですか！」母は泣きそうな顔で父の腕に縋《すが》り付いている。

「試してみる価値はあると思った」

父の声はあくまで冷静だった。それは助かることが前提のような言葉。すなわち、母が最も心配していて、だけど口に出すことのできない、兄の二番煎じではないようだった。

父は天井を見つめて、僕たちとは視線を合わせない。

「俺が大豆アレルギーを発症したのは六歳の時。節分の豆を食べたら全身にじんましんが出て、病院で大豆アレルギーの診断を受けた。それ以来一切大豆製品は食べていない。でもあれからもう四十年経った。御鍬は殺された。不幸なことばかり起こった。でも、もしかしたら俺のアレルギーは治ってるかもしれない。それくらいのささやかな幸福があってもいい。そう思って、俺は可能性に賭けてみた」

父は自嘲的に笑った。

「結果はこうだ。御鍬は殺された。俺のアレルギーは治ってない。不幸は続く」

「でも助かったじゃないですか」母は濡れた目を拭った。「十分幸福ですよ」

「もし親父が死んでたら姉貴と一緒に葬式ができるから費用が浮いたかもね」

「お前は変わらないな」父は疲れた顔をしていた。「ある意味、安心したよ。お前は俺が死んでも涙の一つさえ流さないのだろう。それが今ではむしろ心強い」

「調子はどう？」

「まあまあだ」

それから医師と話をして、今日一日は大事を取って入院することになった。症状自体は治まっているので、明日には退院できるとのことだった。

僕と母は救命救急センターを出て、一度病院の総合待合ホールで椅子に座った。

「弟ちゃん。タクシー代いくら」

「二万円」

母は財布から二万円を取り出して僕に渡した。

「わたしはこれから電車で帰りますけど、弟ちゃんはどうします？」

「今から学校に帰ってもほとんど授業受けられないし、ちょうどいい機会だからもう少しここにいるよ」

「そうですか」

それで母とは別れた。僕は総合待合ホールの椅子の上でスマホのＬＩＮＥを起動する。そこには朝届いたメッセージが既読の状態で表示されている。

『メリットがあれば付き合ってくれるんでしょ？　放課後そのメリットを提示するからどこかで会おうよ』

久門真圃からのメッセージ。それに対して僕は返信する。

『新宿で会おう。ゴジラの映画館にいる』

*

映画は『君の膵臓をたべたい』を見た。映画を見終わったとき、膵臓が食べたくなっている自分に気付いた。食欲を刺激する、とてもよい映画だった。

久門は僕が早退したことを知ると自分も早退することにしたらしい。映画を見終わったら教えてとのことだったので、見終わったとメッセージを送ると、ロビーで会うことになった。

久門の姿はすぐに見つかった。あのださすぎる千鳥格子のベストを着ていたからだ。

時刻は十三時半。こうして二人は映画館のロビーで再会した。

久門は口をハム太郎の形にして、勝ち誇ったような笑みを浮かべていた。

「ねえ、これ聞いちゃうとあんたはあたしと付き合うしかなくなるけど、それでも聞いちゃう?」

「もちろん」

「ペットショップまえだ」

久門はそれだけで意味が伝わるとばかりに、言葉を切って沈黙を楽しんでいる。その言葉はどこかで聞いたような気がする。そして記憶の糸が繋がった。

「誘拐犯の命令で十四の犬を買った店か」

「実はね、そこに行ってきて話を聞いたんだ」

久門によると、ペットショップまえだは現在も営業を続けているのだという。もちろん姿形は現代に合わせてアップデートされているが、今では事件当時の店主の息子が店を継いでいるらしい。

「店主に話を聞いたら、事件当時の先代店主はもう他界しちゃってたんだけど、先代が欠かさず付けていた日記があるはずだから、それを見せてもらえることになったの」

久門は鞄から紙切れを取り出してひらひらさせた。

「見たい？」

「もちろん」

「じゃああたしとエッチして」

「いいよ」

久門は訝しげな目をして、ただより高いものはないとでも言いたげに、顔の角度を変えながら舐めるように僕を見回している。

「ずいぶんあっさりＯＫするなあ……あたしのこと好きじゃないんじゃないの？」

「そんなことないよ。結構好きだよ」

「じゃあなんで」

「とりあえずホテルでも行こうか」

「あ、案内ならあたしに任せて。新宿は『龍が如く』で百時間歩き回って熟知してるから」

久門の案内でラブホテルへとやってきた。一応僕たち二人は十八歳以上のため、風営法に引っかからない。とは言え、やはり制服姿でラブホを利用するのは断られる可能性がある。よってスマホで無人のラブホを探すと『XO歌舞伎町』というのが見つかったのでそこにすることにした。

無人のフロントには部屋のパネルが並んでいて、その中から適当に一つ選んでボタンを押すとレシートが発券された。

僕たちはエレベーターで三階に上がり、レシートに書かれている部屋へと入った。中に入るとオートロックがかかって、精算しないと部屋から出られないようになった。部屋の中は暖色の照明で照らされ、オレンジ色に染まっていた。

僕たちはとりあえず荷物を置いてソファーに座った。ソファーは狭かった。密着せざるを得なかった。

「ねえ。ちょうどいい機会だから聞くんだけどさ」

「ななな、何何何」久門は明らかに緊張していた。

「僕が最初に千鳥格子のベストを見たのはいつなんだい」

久門は、ああ、と言って緊張が和らいだようだった。

「それはね……」

*

「あたしはびしょ濡れで校舎の外の隅っこで座って震えていた。

一年生の時の話。その日はしらかば祭で、みんなクラスオリジナルのTシャツを着ていた。あたしのクラスのTシャツはカロリーメイトのロゴをクラスメイトに変えたデザインのTシャツだった。みんなテンションが高かった。でもあたしは最低にテンションが低かった。水をぶっかけられたから。シャボン玉を作るための洗剤液があたしの身体から熱を奪い、ぬめりのある白い泡が布地から染み出ていた。まるで海に住むモンスターが身体が乾かないように皮膚から粘性のある泡を噴き出すみたいで、気持ち悪かった。何がクラスメイトだ。全員敵じゃないか。あたしは下着の透けたカロリーメイトのTシャツをどうすることもできなくて、逃げるように外に出て校舎の隅っこで座って震えていた。

そしたら通りかかる男子がいた。そいつは女子の制服を着て女装していた。たぶんクラスの出し物で女装して踊るんだろうと思った。あたしは惨めな姿を見られたくなくて、きゅっと身体を縮こまらせてそいつが早く通り過ぎてくれるのを待っていたんだけど、そいつはあたしの前で足を止めた。

あたしは自分が何をされているのかわからなかった。気付くとあたしのTシャツは脱がされていた。あたしは上半身下着姿で座っていた。叫ぶとか、暴れるとか、そういう選択肢が思い浮かばないほど混乱して、男のされるがままになっていた。

男はあたしのTシャツをあたしの手に持たせて、自分の千鳥格子のベストを脱ぎ始めた。それからワイシャツも脱いだ。そして今度はそのワイシャツをあたしに着せ、千鳥格子のベストをあたしに着せ、あたしの手からTシャツを奪い取った。Tシャツをねじり、雑巾を絞るようにきつく絞って水気を切ったが、白い泡と水気はしつこく残っていた。男は『まあこんなものか』と言ってその湿った冷たいTシャツを自分の裸の上半身に着せた。

男はあたしを指さした。正確にはあたしに着せられた衣服を指さしていた。

『それあげる。返さなくていいから』

Tシャツは男にとってはサイズが小さく、毛のないおへそが隠し切れていなかった。

『ほんとは男子は女子から制服を借りるんだけどね、誰も僕に制服を貸してくれないから、仕方なく自分で買ったんだ。つまり、それ僕の私物だから、僕が返さなくていいと言ったら返さなくていい』

そのまま男は去っていった。あたしの身体に熱が生まれていた。それは暖かい服装のせいではなく、身体の内側から生み出されていた」

＊

行為が終わるとすぐに僕は服を着た。久門はベッドの中で布団を被ってうだうだしていた。まだ羞恥の気持ちが強いようで、顔の半分が布団で隠されているからくぐもった声になった。

「見たい？　日記」

「もちろん」

久門はふふんと笑って、外側には目だけしか覗いていないのに、その表情はあまりにも淫らだった。

「あたしはエッチしてとは言ったけど、エッチしたら見せるとは言ってないよ」

「そうかい。じゃあ勝手に見させてもらうよ」

僕は床に脱ぎ捨てられた久門の制服のポケットを漁った。中から紙切れを取り出した。白紙だった。

「ふふふ」

久門の笑い声は必要以上に耳の中で反響した。

「見たい？　日記」

「もちろん」

「じゃあ、まずあたしに服従を誓うこと」

「具体的には？」

「一、お昼は一緒に食べる。二、放課後一緒に勉強する。三、エッチは週三回以上。四、大学は二人で一緒に東大に行く。合格するまで永遠に試験を受け続ける。五、二十五歳になったら結婚する。そのときあたしは弁護士。あんたは医者でもコンサルタントでもヒモでも何でもいい。あたしが養ってあげる。六、子供は二人。小学校から私立に行かせる。公立は多様性が豊かすぎるからだめ。七、家は賃貸にする。持ち家なんて資産価値が下がるだけのゴミ。八、銀行預金はあり得ない。資産は全て投資に回す。そして分散投資もあり得ない。これぞというものに一点集中。九、浮気は絶対に許さない。もしそんなことがあったら、そのときはあたしの自殺をもって終結する。以上のことを誓うなら、日記を見せてあげてもいい」

僕は立ち上がり、ベッドの元へと寄った。そしてベッドの上に上がると、久門の上に馬乗りになって逃げられないようにした。

　少しだけ布団を下にずらす。久門のすべすべとした首筋が見えるくらいまで。

「たとえば、電車で痴漢があったとき、痴漢はいけません、やめましょうって言うけどさ、その言葉に何の意味がある？　あるいは電車への飛び込み自殺があって原因がブラック企業のとき、ブラック企業が悪い、ブラック企業をなくそう、って言うけどそれにも意味があると思う？　これはね、システムの問題なんだ。痴漢ができるようになっているのが悪い。飛び込み自殺ができるようになっているのが悪い。世界がそういうシステムになってるのが悪い。だから本気で阻止しようと思うなら、モラルに訴えかけるようなアプローチは的外れ。そうじゃない。システムをこそ変えるべきなんだ。痴漢ができないように監視カメラを厳重に設置する。線路に飛び込めないように強固な柵を設置する」

　僕は久門のすべすべとした首筋に手をかける。力は入れない。ただ包み込むように。

「殺人はいけないことだよね。でもだからやめよう、なんてモラルに訴えかけるのは何の意味もない。なぜならシステム上殺人は可能だからだ。五歳児だってピストルがあれば人を殺せる。誰だって人を殺せる。システムはそうなってるんだ。人を殺すのはいけませんとどれだけ訴えかけても、システムがそうなってる以上、本気の殺人を止めることは誰にもできないんだ」

久門が咳《せ》き込んでいるのを見て、いつの間にか手に力が入っていたことに気付く。僕は、ごめんごめん、と言って力を抜く。久門が荒く呼吸する。

僕は久門の頬を撫でる。しっとりとしていて、手のひらに吸い付くように弾力を返してくる。

「日記を見せてほしいな」

「……冷蔵庫の中」

僕がシャワーを浴びているときに隠したのだろう。僕は言われたとおりに冷蔵庫の中を探り、ドリンクに紛れて入っていた紙切れを取り出した。

日記のコピーだった。そこにはこう書かれていた。

『一九八九年七月二日。

不思議な客が来た。その客は十四の野良犬を連れてきてこう言った。

父親がボケちゃって、百万円で犬を十四買うなんて言ってるんです。だからもしこの店に百万円で犬を十四売ってくれなんていう不審な客が来たら、父親なんで、そのときは代わりにこの野良犬を渡してください。そしてその百万円は後から僕に返してください』

『一九八九年七月四日。

百万円で犬を十四売ってくれと言う客が来た。事前に連絡を受けていたとはいえ、やはり驚いた。言われたとおり、十四の野良犬を渡して、百万円を受け取った。

夜になってから、その父親の息子が店にやってきた。百万円を返してほしいということだったので、素直に百万円を返した。

とはいえ、何か怪しいという気持ちが自分の中にはあった。だからその息子の姿をこっそり写真に収めた。もしかしたら何かの犯罪に関係があるのかもしれない。そのときは警察にこの写真を提出することになるだろう』

日記には写真が貼り付けられていた。そこに写っている人物を僕は知っていた。

子供の頃の清家胤也。

国会図書館にて、「週刊宝石」のバックナンバーで見た二度目の誘拐犯の写真。その二度目の誘拐犯と、この一度目の誘拐犯の顔は同じだった。

「何かわかった？」

久門の声は屈託がなかった。まるで先ほどの静かな修羅場などなかったかのように。

その反応は半ば予想していた。なぜなら、久門は僕と行為に及んでいるときよりも、首を絞められているときの方が、格段に熱っぽい表情をしていたからだ。

「この写真は胤也だ。一度目の誘拐の犯人は胤也だったんだ。胤也は自分が誘拐されたふりをして、ペットショップから百万円を回収し、自分のものとしたんだ」

「なるほど。自作自演。動機は金目当て」

「いや、しかしそのうち九十万円は後から返還されている。と考えると、金目当てではなかったのではないか」

「もしかして二度目の誘拐と同じ動機？　マジ？」

久門は自分が裸であることを忘れて起き上がり、その豊かな膨らみが露わとなった。

「親の愛を確かめるために誘拐されたふりをしたの？」

「一度目が上手くいったからこそ、二度目も上手くいくと思ったのかもしれない」

「でもでもでも！」

久門は全裸であることを忘れて、僕の元まで詰め寄ってきた。

「じゃあ何で十万円を着服したの？　親の愛が確認できたのに、自分はちゃっかり十万円をもらっちゃって、それじゃあ愛の一方通行だよ。自分が親を愛してるならちゃんと全額返すはずだよ」

「綺麗な身体だね」

しばらく久門は硬直して、それから、わあああ、と叫んでベッドに飛び込んで布団にくるまった。

その全身の隠れた布団の中から、外の様子を窺《うかが》うために目だけが覗いた。まるでヤドカりのようだった。

「あたしたち付き合ってるんだよね？」

「それはそう」

「どれはどうなの」

「結婚は一人としかできないけど、付き合うのは何人とでもできる」

唯一布団から覗いていた目が、殻の中へと引っ込んだ。殻の内側からくぐもった声が聞こえてくる。

「別にいいよ。それでも」

それからこう付け足された。

「でも他の人もそれでいいとは限らないんじゃない」

「ていうか僕自身がそれでいいとは思ってない」

「じゃあ何で」

「久門さんは将来何になりたい？　弁護士？」

「そうだけど」

「なれるといいね」

僕は床に散乱している久門の制服を拾ってベッドの上に置いてあげた。久門は布団の中から手だけ出して、捕食するかのようにそれを内部へと引きずり込むと、もぞもぞと動きながら着始める。やがて布団の蛹《さなぎ》は羽化し、ださい千鳥格子の蝶が儚《はかな》い笑みを浮かべて立っている。

母 4

キッチンでフルーツを切ってジップロック・イージージッパーに入れる。それができたら準備完了。

今日は金曜日。僕はこれから学校をサボり、東京地検に行って判決書を閲覧する。

風邪で遅刻すると学校に連絡を入れ、外に出て明るい日差しを浴び、自転車のペダルを踏み込んだ。

＊

御影石に刻まれた『検察庁』の文字を横目に、警備員に呼び止められるも訪問理由を説明して内部へ入ることを許され、金属探知機、X線による手荷物検査、ボディチェックの三段関門を正面突破し、エレベーターで三階の記録担当係へと向かった。

記録担当係の窓口を訪れると、前の事務官と同じ人だった。

「判決書の閲覧を希望していた清家と申しますが」

「はい。判決書の準備ができております。本人確認のため、身分証明書と戸籍謄本の提示をお願いします」

僕は持ってくるよう言われていた、身分証明書のマイナンバーカード、戸籍謄本、百五十円の収入印紙を鞄から取り出して渡した。

それで本人確認は済んだようだった。事務官は立ち上がり、かなり迂回する経路で窓口内部からこちら側にやってきた。

「それでは閲覧室に案内します」

僕たちはエレベーターに乗った。事務官は四階のボタンを押した。

「ごめんなさいね。ここが夜もやっていたらあなたも学校をサボらずに済んだのに」

「いい職場じゃないですか。定時で帰れるんでしょう」

「皮肉ですか？」

「違います。将来僕もこういうところに勤めたいと思っただけです」

「歓迎しますよ。何年後かにあなたがここにやってきて、私をびっくりさせてください」

四階に着くといくつものガラス張りの部屋があった。弁護士のような人がテレビ電話をしている。被告人との接見だろうか。その声がかなりうるさくて外まで丸聞こえだった。

案内されたのはガラス張りの部屋のうちの一つ。机には既に書類が用意されていた。僕は中に入って椅子に座り、その薄っぺらい紙切れに目を通した。

『主文　被告人を懲役二ヶ月に処する』

判決書はたった二枚だった。その二枚に僕の知りたいことの全てが余すところなく記載されていた。僕はスマホのカメラで判決文を撮影した。止められるかもしれないと思ったが、問題はなかったようで、事務官は外から僕を見つめるだけだった。

僕はガラス張りの部屋の外に出た。事務官は温かい目を向けていた。

「知りたかったことはわかりましたか？」

「いえ」

「あら。そうでしたか。お力になれずすみません」

「いえ。そういう意味ではなく」

「どういう意味で」

「知りたくないことがわかってしまった、ということです」

事務官は口を噤んだ。口に手を当て、しまったという表情をしている。対して僕はにやりと笑い、その相手の引け目に付け込んだ質問を浴びせる。

「優しい嘘と残酷な真実。どちらを選びます？」

事務官は表情を引き締めた。

「残酷な真実に決まってます」

気持ちがいいほどの即答だった。だから僕も気持ちよく返すことができる。

「ここが僕の将来の職場になるかもしれません」

事務官は表情を崩した。皮膚を微量の愛でコーティングしたような、薄い笑みだった。

*

学校に着いたのは十三時十五分。ちょうど昼休みの真っ只中だった。あまり時間がないので、教室に入ってすぐにフルーツを食べ始めた。

「また仮病？」隣の席の比留間が話しかけてきた。

「酷い言い様だね。また仮病？　って。またってなんだい。またって。まるで僕が仮病常習犯みたいじゃないか」

「で、仮病なの？」

「仮病はこれで人生二度目だよ」

「よかった。心配してたんだよ。風邪で魘（うな）されてるんじゃないかって」

「清家。放課後一緒に勉強しような」

後ろから肩を叩いてきたのは山田。同時に比留間の表情が陰る。その陰りを知ってか知らずか、山田は比留間の肩も叩いた。僕と比留間の間で、山田という天秤が揺れているイメージ。

「比留間も一緒に勉強する？」山田は何食わぬ顔で言う。

比留間の中でとてつもない葛藤が渦巻いていることはその表情から容易に読み取れた。比留間はたっぷり黙った後、

「……する」

静かな、それでいて強い声で答えた。

放課後になって、生徒たちは帰宅していった。僕たちは自習のため教室に残った。他にも教室で自習する生徒が多くいた。加えて教室ではなく二階の自習スペースで自習する人もいるわけだから、さすが受験生といったところだろう。

僕と山田と比留間は席に座って各々が独自に自習していた。会話はなかった。第一に、会話をすれば集中したい他の自習者に迷惑がかかるし、第二に、僕たちの周囲にはもやもやと

した気まずい空気が漂っていて、仮に会話しないと死ぬというデスゲームの最中であっても会話せずに死を選んだだろう。というのはさすがに言い過ぎかもしれない。

並び順は黒板を前にして僕が中央、比留間が左、山田が右。これは比留間と僕が自分の席に座って、山田が空いた席に座ったという形だ。

「うわあ」

と言う声が響いた。その素っ頓狂な声は静かな教室で生徒たちの注目を集めるほどには大きかった。

山田が鼻を押さえていた。上を向いてポケットをまさぐり、ティッシュを取り出すと素早く丸めて鼻の中に押し込んだ。手に血が付いていた。鼻に押し込まれたティッシュは不格好で、萎《しお》れた花が咲いているようだった。

「大丈夫？　鼻血？」比留間が心配そうな声で言った。

「手洗ってくる」山田は比留間に顔を向けずに、教室の外へ出て行った。

教室に再び静寂が戻ってくる。

「ねえ清家」比留間は声を殺して言った。「ちょっと一緒に来てくれる」

「どこに」

「sanwa」

「なぜ」

「ベーコンを買いに行く」

「なにゆえ」

「鼻血が出たときはベーコンを鼻に詰めるといいんだよ。そんな目しないで。ふざけてないから。これはアメリカの論文にも掲載されているれっきとした治療法なんだよ」

「そうなんだ。じゃあいってらっしゃい」

「清家も来るの」

「急に二人共いなくなったら山田さんがびっくりするよ」

「びっくりすると鼻血が止まるかもしれない」

「それはしゃっくりだよ」

というわけで、結局僕は押し切られる形で近所のsanwaにやってきた。一階がスーパーマーケットで、二階に専門店があり、地下には百円ショップと駐車場のある店である。

スーパーマーケットのハム・ソーセージのコーナーで、僕たちは無数にあるベーコンの種類とにらめっこしている。

「どれにする？」比留間はベーコンを手に取っては戻し、賞味期限やら値段やらを吟味している。

「ねえ。佐藤さん」

「比留間です」

「きみの善意を疑うわけじゃないんだけどさ、一応聞いておきたいんだ」

「一番お得なのはスーパー自家製のベーコンだよね。売れ残ったアメリカ産豚バラ肉を店で燻製《くんせい》にしたやつ」

「もし街中で鼻にベーコンを詰めている人がいたらどう思う？」

「馬鹿なのかなって思う」

「うん。そうだよね。やっぱりベーコンは鼻に詰めるより焼いて食べた方がいいと思うんだけど」

「ねえ清家」

比留間はベーコンを手に取って眺めている。その視線が僕を向くことはない。

「前に好きな女性のタイプを聞いたじゃん」

「そうだっけ」

「そのとき清家はなんて答えたか覚えてる？」

「人妻」

僕は全く覚えてはいないが、そう言ったに違いないということだけは確信が持てた。

「だから好きでもない相手と結婚したのに」

床に何かの落ちる音がした。それは比留間が売り物のベーコンを後ろに放り投げたときの音なのだった。

比留間がこちらを向いた。

「わたしじゃだめ？」

比留間の目は潤んでいた。僕はそんなことよりも床に落ちている売り物のベーコンのことが気になっていた。

「わたし人妻だよ？」

「勘違いさせたなら申し訳ないけど、別に僕は人妻なら誰でもいいというわけじゃないんだ」

通りかかった誰かが落ちている売り物のベーコンを拾った。

「僕が好きなのは幸せな家庭を崩壊させること。そのための手段として人妻を選ぶ。その点、きみは好きでもない相手と結婚して幸せな家庭じゃないわけだから、選ぶには値しないよね」

僕は突然蹲《うずくま》った。横から手が伸びてきて、落ちていたベーコンが陳列棚に戻された。そのベーコンを戻した人物を見て僕は悟った。落ちていたベーコンを拾った人物は山田で、山田が後ろから僕の尻を全力で蹴り上げたのだと。

　山田は比留間を抱きしめていた。比留間のすすり泣く声が響いていた。

　二人は言葉を交わすことなく全てわかり合っていた。しばらくして二人で僕のことを一度だけ睨むと、そのまま並んで去っていった。

＊

　家に帰ると、母がリビングでマヌカハニーを食べていた。僕に気付くと、口に入ったスプーンを念入りに舐め取り、それから言った。

「お姉ちゃんの遺体が返ってきました。明日お葬式をあげます」

「何時？」

「一時です」

「明日模試なんだよね。間に合わなかったら僕抜きでやってよ」

「そんな……四時くらいに変更しましょうか」

「まあ変更できるならそうしてもらえると」

「わかりました。あと胤也さんも退院しました」

「今はどこに？」

「会社です」

「じゃあちょうどいいや。お袋に話がある」

母は身構えていた。ここじゃあれだから場所を変えよう、と僕が言うと、その構えはさらに強まった。

二人は僕の部屋で向かい合った。僕の部屋にはバランスボールしかないので、僕がそれに座ってしまうと、母は棒立ちで何もない部屋の何の匂いもない空気を吸うしかなくなる。

「お袋は十七歳のとき交通事故で死んだ。そう新聞には書かれていた」

「…………」

母の表情に怯えが表れている。どこまで知っているのか、という心の声と暴走する心臓の鼓動が、そんなものは聞こえないはずなのに、あたかも前衛音楽のような調べを僕の耳元で奏でる。

「しかし現実にはお袋は生きている。つまり新聞記事は誤報だったわけだ。ではどうして誤報は起こってしまったのか。それは車の左側が大破して、車の右側が無傷だったからだ。記者は、左の助手席の夕綺が死んで、右の運転席の輝男が助かったと思ってしまった」

母はただ立ち尽くしている。その目が何かの気晴らしを探して蠢《うごめ》いているが、見るべき物のない僕の部屋では、結局僕の顔を見るしかなくなる。

「そういう意味で、新聞記者にも同情すべき点がある。与えられた情報だけで論理的に考えれば、夕綺が死んで輝男が助かったという結論になるからだ。しかし現実は違う。ではどのような状況になれば、左側が大破して右側が無傷なのに、夕綺が生き残って輝男が死ぬのか」

母の喉が動くのが見えた。その飲み込んだ唾液が胃の中に落ちて胃液の海に波紋を広げる、その瞬間を見計らって僕は突き付けた。

「無国籍料理」

母は大きく瞬きした。

「お袋は外国製のものが好きだよね。だから車も外車だったんだ。外車は左ハンドル。運転席が左で助手席が右。だから右側が無傷で夕綺は生き残って、左側が大破して輝男が死んだんだ」

「その通りです……」

母の顔にはあからさまな安堵が浮かんでいた。僕は勢いを付けて立ち上がって、弾んだバランスボールをその手で押さえた。

「でもおかしいと思わない？　外国製品のせいで父親が死んだら、ふつうは外国製品を嫌いになるよね」

母の顔から安堵が消えた。再び前衛音楽の調べが奏でられる。どこまで知っているのかという心の声と暴れ出す心臓の鼓動。

「でもお袋は現在において外国製品を好んでいる。つまり、事故のときの車は外車ではなかった。右ハンドルの日本車だった」

母の表情がどんどんこわばっていく。身体はどんどん縮こまっていく。僕はバランスボールを軽く叩いて、そのバウンドする音をカウントダウンのようにし、この張り詰めた空気を楽しんでいる。

「さて、前提は定まった。事故を起こしたのは右ハンドルの日本車。左側は大破し、右側は無傷。夕綺は生き残り、輝男は死んだ。このことが意味する事実は一つしかない」

僕はスマホを取り出して、そこに保存されている写真を眺めた。

「被告人を懲役二ヶ月に処する」

僕はにやにや笑って、この世界で最高に楽しい沈黙を全身で味わっている。母の身体にはもう抵抗する力は残っていない。脱力し、一つ溜め息を吐き出すと、怯えは諦めに変わっている。

「どうやって調べたんですか」

「検察庁に行ってきた」

「そうですか」

僕はスマホで撮影した判決書を眺め、その要点を整理する。

「罪状は道路交通法違反。つまり無免許運転だね。その日、十七歳の無免許のお袋は輝男を助手席に乗せて車を運転していた。その途中で大量の覆面パトカーとすれ違った。そのけたたましいサイレンの音がお袋の正常な思考を奪った、その結果、ハンドル操作を誤り、車はガードレールに衝突し、輝男は死亡した。判決によると、これは業務上過失致死罪には該当しなかった。争点となったのは無免許運転にどれほどの罰を与えるかということだった。とはいえやはり人が一人死んでいるという事実は重い。よって一年以下の懲役または三十万円以下の罰金、という無免許運転の罰則の中ではかなり重い、懲役二ヶ月の実刑判決が下された」

僕は再びバランスボールに座った。母は手持ち無沙汰で突っ立っていた。

「交通刑務所は楽しかった？」

「ごめんなさい。今まで黙っていて」

「いやいや、いいんだよ別に。お袋が過去に事故を起こしてようがそんなことはどうでもいいんだ。謝ることなんてない」

「それでもごめんなさい」

「あんまり謝りすぎると謝罪の価値が薄れていくと思わないかな。こんなどうでもいいことで謝っていたら、この次はもっと謝らないといけなくなる」

母は固まった。それから絞り出すように言った。

「この次……？」

「話を戻すけど、そもそも世紀の誤報はどうして起きたのか。それはその地域で別の大きな事件が起こっていたからなんだよね。記者たちはそちらにかかりきりで、小さな交通事故の取材を軽視した結果、誤報が生まれた。ではその交通事故と同日に起きていた大きな事件とは一体何だったのだろうか」

一度諦め、受け入れたはずなのに、再度母の表情には怯えが混じっている。でも僕は怯えさせたいわけじゃない。ただ真実を追い求めたいだけなんだ。

「誘拐事件」

母の身体がぶるっと震えた。寒くもなく暑くもない。そんな快適な部屋で、母は最悪に居心地悪そうにして立っている。

「中学生が誘拐された事件。警察は犯人を追い詰めたが、逮捕はできなかった。なぜなら犯人は中学生で少年法により罪に問えなかったから。動機は友人の親子関係を修復するため。

誘拐によって父が息子への愛を取り戻すと思ったんだろうね。まあそれは無駄骨に終わったわけだけど、その誘拐犯の名前が」

僕はたっぷり間《ま》を溜めて、

「清家胤也」

母はひゅっと風を切るように息を吸った。それから気管に唾液でも入ったのか激しく咳き込んだ。

「話をまとめよう。お袋はパトカーのサイレンのせいで事故を起こした。そのパトカーがやってくる原因となったのは清家胤也による誘拐である。つまり、お袋の父を間接的に殺したのは清家胤也であると言える」

母の咳がぴたりと止んだ。それから完全に硬直し、ジョジョの奇妙な冒険というマンガに出てくる登場人物のように、人間の不自然な一瞬を切り取ったポーズで固定されている。

「お袋にとって胤也は仇のようなものだった。それなのにお袋はその仇と結婚した。これはどう考えてもおかしい。この謎を解く手掛かりは、お袋の年の離れた妹さんから贈られてきたDNA検査キットにある」

微笑が漏れていた。それは母の口から込み上げるようにして出てきていた。想像はしていたが実証はされていなかった真理。追い詰められた人間は最後に笑う。笑うしかなくなる。

「僕はおばを問い詰めた。そしたら答えてくれたよ。DNA検査キットを贈るのはお袋の命令だったんだって。おばはお袋に何か弱みを握られていて、言われるがままにDNA検査キットをプレゼントするしかなかったんだって」

うちの家庭を崩壊させるレモンのイラスト、梶井基次郎の『檸檬』の爆弾。

「あのDNA検査キットのせいで僕たち家族は危機に陥った。でも何とか乗り越えた。しかしその危機はお袋が意図的に起こしたものだった。ではどうしてお袋は自分からDNA検査キットを贈らせたのか。そのせいで自分の不貞が明らかになるのに。僕は考えた。答えは一つしかない」

母は穏やかな顔をしている。たぶん、ビルの屋上から飛び降りるとき、人はこのような表情をするのだろう。

「本題に入ろう。この家には悪魔がいる。それが兄の残した遺言。ではこの家に潜む悪魔とは一体誰なのか。そいつは今僕の目の前にいる」

母は一度後ろを振り向いた。そして悪魔として指摘された人物が自分しかいないことを受け入れると、腰に手を当てた。

「僕の推理を言うよ。それによって別にどうにかなることを期待しているわけじゃない。ただ僕は真実を明らかにしたいだけだ。だからこの話が終わったら、僕たちはいつも通りの日常に戻る。非日常は今だけ。うちは幸福な家庭なんだからさ」

僕は立ち上がった。バランスボールに手を乗せ、少し体重をかけた。

「復讐のため、自分の父親を殺した相手と結婚した。浮気して夫との間にできたのではない子を産み、それを自ら明かすことで家庭を崩壊させようとした。復讐のために」

母は腰に当てていた手を下ろした。それから大きく頭を下げて、大きく頭を上げた。

「その通りです」

弟 4

それから僕たちの親子関係は少しぎこちなくなった。確執とまではいかない。ただ整備不良の歯車が足りないオイルのために軋《きし》んでいるような、その程度の不和。ただし、それは表面上の不和であって、その見えない部分の根っこがどれだけ蝕まれているかは、それこそ本人の僕たちにさえわからない。

だからその報告は口から直接聞かされたのではなく、ＬＩＮＥのメッセージを通じて聞かされた。

母は葬儀の時間帯を十六時にずらすように葬儀会社の人に電話した。しかし南多摩斎場の火葬は午後二時半までしか行われていないのだという。そのため、僕が模試を諦めるか葬儀の日程を変えるかになった。僕は模試を諦めようと思ったのだけれど、母は無闇な忖度《そんたく》をして、葬儀を月曜日に変更した。その日は秋分の日の振替休日だから、問題はない。

こうして姉の葬儀は九月二十四日、午後一時に執《と》り行われることになった。

僕は寝室でベッドに仰向けになりながらスマホを見ている。葬儀の日程を連絡する文章を打ち込んでいる。姉のバンドメンバーに送るために。

指の動きとは別の独立した思考として、同時に兄の遺言のことも考えている。

この家には悪魔がいる。

悪魔は誰なのか？　今まで僕を突き動かしてきたこの問いにも今では答えが出ている。母が悪魔だった。兄はそれを知って日記に書いた。その日記を姉は切り取った。一つの大きな謎は解かれ、残る謎は二つだけ。

姉を殺したのは誰なのか。

兄の自殺の理由は何なのか。

このように僕は頭の中では家庭のことを考え、指先では葬儀の連絡文を打ち込んでいたものだから、そこにさらにＬＩＮＥが届いたら、それはもう僕の処理能力はパンクする。

ひとまず、バンドメンバーの中谷に葬儀の連絡を送って、それからＬＩＮＥのメッセージを読んだ。

人妻、墨田汐からのメッセージだった。

「明日会えませんか」

「明日は模試だから無理」

「じゃあ明後日」

「明後日は模試だから無理」

「じゃあ明々後日」

「明々後日は葬儀だから無理」

それで汐からの返信は止まった。正直、もう汐とは会いたくなかった。汐の家庭を引っ掻き回した時点で、僕の役目は終わっているからだ。

そんな僕の思惑とは裏腹に、汐は強硬手段に打って出た。そのことを僕は翌日知ることになる。

＊

模試が終わったのは十五時過ぎだった。

僕は早く帰るために急いで教室を出ようとしたのだけれど、後ろから髪の毛を引っ張られた。

「一つ、忠告」

山田の声だった。僕は振り向かずに髪を引っ張られるがまま、背中を仰《の》け反《ぞ》らせて立っている。

「あんたいつか刺されるよ」

「そういう自分に都合のいい架空の悪人を仕立て上げるのは好まないな。素直にきみが刺したいと言えばいいじゃないか」

「あたしは本気で心配してるんだけど」

「わざわざ僕なんかのために心配してくれるのかい。ありがとう。自分が保健所で殺処分される猫になった気分だよ。全身にみんなからの心配を浴びて、けれど誰にも助けてもらえずに死んでいくんだ」

「刺されてから後悔しても遅いんだからね」

山田はもう一度大きく僕の髪を引っ張って、僕は後ろに倒れないように踏ん張って、その相反する力によって僕の髪は何本も抜けた。

「おい鬼畜」

山田は僕の横を通り抜けて、

「また明日な」

僕は髪の減った後頭部を擦って、痛みを和らげる。

ちなみに比留間は今日は欠席。

昇降口で靴を履き替え、外に出ると校門の前に車が止まっていた。そこから一人の女が姿を現した。サングラスとマスクで顔を隠していたが、僕の目の前まで歩いてくると正体を現した。

墨田汐だった。

サングラスとマスクを手に持ち、僕のことを見て鬼気迫る顔をしている。

「どうしてここがわかった？」

「あの制服を見ればこの高校だってわかります」

「で？　娘さんが入学するときのための下見かい？」

「乗って」

汐は軽自動車を指さした。その命令には有無を言わせぬ響きがあった。

汐が助手席のドアを開いてエスコートする。流されるまま僕は助手席に乗せられ、二人きりのドライブが始まる。

「家はどこ。送るから」

「個人情報知られたくないなあ。モノレールの松《まつ》が谷《や》駅まで送ってくれたらそれでいいよ」

「そう」

沈黙が立ちこめた。その汐の鬼気迫る表情も気になるが、それよりも今僕が一番気になっているのは高校の駐輪場に残してきた自転車のことだった。

「やっぱり学校に戻ってくれない？　自転車を取りに行きたいんだよね」

「離婚しました」

車は戻ってくれる気配を見せない。このまま地獄まで連れていかれるような気がした。

「そうか。それは大変だったね」

「夫とは別れました。清家くん。私のこと愛してるのよね」

「うん。僕はだいたいのものは愛してるよ。唯一愛していないものはペコリーノチーズくらいかな」

「結婚してください」

「…………」

僕は隣の顔を見るのが怖かった。でも勇気を出して見てみた。

汐は笑っていた。信号待ちで止まって、汐がこちらを向くと視線が交わった。

「さっき、大変だったね、って言ったでしょ。全然大変じゃなかったよ。あっという間だったよ。後はあなたが婚姻届にサインするだけ。それもあっという間」

「結婚はできない」

信号は青になっていた。しかし車は発進しなかった。後ろでクラクションが鳴った。それでもこの車が発進することはない。

「なんで？」

「僕は人妻が好きなんだ。人妻じゃなくなったきみに価値はない」

クラクションは止んだ。他の車が後ろから追い抜いていく。汐の笑みも既に消えている。

「なんで人妻が好きなの？」

「下がらなければ上がれないから」

「どういう意味？」

「僕は雨になりたいんだ」

「雨？」

「そう。空から降るやつ」

「どうして雨になりたいの？」

「雨降って地固まる、ということわざがある。雨が降ると一度地面はぐちゃぐちゃになる。

けれど雨が止んだ後、かえって地面は固くなる」

「雨は地面をぐちゃぐちゃにする……」

「そう。そうやって僕は他人の家庭をぐちゃぐちゃにする。でもそれは乗り越えるべき試練なんだ。その試練を乗り越えたとき、家族は前よりも結束を強める。雨降って地固まる」

「雨降って地固まる……」

「だからきみのすべきことは僕と結婚することではない。夫とよりを戻すことだ。それがドラマなんだ。物語は一度下がってピンチになる。けれどピンチを乗り越えて前よりも上に上がる。雨降って地固まる。僕はそのための雨になりたい」

「…………」

車はしばらく道路の真ん中で止まり続けていた。赤と青の信号の切り替えを何度か繰り返したが、汐は運転を完全に放棄して僕の顔を見ていた。

「もし雨が止まなかったら？」

「止まない雨はない」

「止まない雨はない、とか言ったら殺すよ。ってもう手遅れだったね」

「…………」

「冗談。本当に殺そうと思ったら殺すよなんて言わない。爆破予告とかたいていでたらめでしょ？　本気で爆破するなら何も言わずにただ粛々と爆破する」

「僕、自転車を取りに行きたいんだけど」

「勝手にしろ」

汐はハンドルの中央を拳で叩いた。クラクションが鳴り響いた。

「ではお言葉に甘えて」

僕は助手席のドアを開けて車道に躍り出た。赤信号なので車とぶつかることはない。前方の横断歩道に進路を移して、歩道に辿り着いた後、信号は青になった。

汐の車は発進し、それを見届けると、僕は踵《きびす》を返して高校へと戻っていく。

姉　4

日曜日は模試の続きだった。ＬＩＮＥが届いたのは昼食のフルーツを食べているときだった。

「三時になったら電車に飛び込みます。場所は八王子駅」

比留間からのメッセージだった。僕は隣の席を見遣る。比留間は今日も学校を欠席していた。主人が不在の机の上には、誰もしまってくれない模試の用紙が無造作に置かれていた。

僕はバナナを咀嚼しながら、ゆっくりと考える。三時に八王子駅に行くためには模試を中断しなければならない。それはスマートではない。ゆえに僕はこのような返信を送る。

「ごめん。模試だからさ。きみの臨終を見届けることはできないや」

昼食後、僕は気持ちを切り替えて模試に臨んだ。澄み切った心で落ち着いて問題を解くことができた。

模試が終わったのは三時過ぎだった。僕はせめてもの手向《たむ》けとして、比留間の机の上の誰もしまってくれないテスト用紙を机の中にしまってあげた。

「優しいとこあんじゃないの」

その言葉とは裏腹に、山田の目は唾棄《だき》すべきものを見る目だった。

「なんかね、電車に飛び込んだって」

「は？　誰が？」

「佐藤さんが」

「それは比留間のこと？」

「三時に八王子駅で電車に飛び込んだらしいよ」

山田は呆然とした表情をして、素早くスマホを取り出して操作した。目玉がスロットマシーンのように激しく動き回っている。

やがてスマホから顔を上げ、僕の方を見て訝しげな目を向ける。

「そんなニュースはどこにも載ってないんだけど」

「ツイッターの目撃証言とかは？」

「それも見たけどそんなものはない」

「なんだ狂言か」

「ねえ。ちゃんと説明して。詳しく、具体的に、わかりやすく。そしたら殴らないであげるから」

僕はＬＩＮＥに届いたメッセージのことを説明した。

山田の顔はみるみる険しくなっていった。

「なんで助けに行かなかったの」

「模試があるから」

山田は拳を振り上げて、しかしその拳が僕に向かって振り下ろされることはなく、勢いを失ってだらんと下に垂れた。

「殴らないの？」

「評価が既に最低だから、あんたに何かを期待することはない」

「一応比留間さんに連絡取ってみた方がいいよ。それは僕の領分ではなく、友人であるきみの仕事だ」

「あのさ」

山田はスマホを操作している。比留間に連絡を取っているようだ。

「今、あんたは比留間のことを比留間と呼んだ。いつも呼んでいる旧姓の佐藤ではなく比留間と呼んだ。ここから導き出される結論は、あんたは意外と動揺していて、助けに行かなかったことを後悔している」

「そうか。そうなのかもしれない。僕は意外と動揺していて、助けに行かなかったことを後悔しているのかもしれない」

「比留間からの伝言。自分で言うのは恥ずかしいからあたしの口から代わりに言ってとのこと」

山田は比留間からの伝言を述べた。

「『あなたのことが好きでした』」

教室がざわついた。え、告白？　今告白しなかった？　山田が清家に告白したよね、マジで？　マジかよ、返事は？　返事はどうなの？

山田は慌てて否定した。ちが、ちがうって、これは伝言で……。否定すればするほど教室は過熱していった。そして聴衆たちは山田だけではなく、僕の返答をも期待していた。よって僕は期待に応えるべく、こう言った。

「続きがあるんだろ？」

山田は必死の否定を一旦止め、僕の方を見て、うん、と言って続けた。

「『でもそれは過去の話です。あなたは駆けつけてくれなかった。あなたはわたしが死んでも何とも思わない。でも夫は違う。夫は大事な商談をキャンセルして駆けつけてくれた。わたしを抱きしめて泣いてくれた。だからわたしは夫を選びます。夫と二人で幸せになります。あなたのことは忘れようと思います。さようなら』」

山田は言い終えたとき、にやにや笑っていた。

「振られちゃったね。ねえ今どんな気持ち？　超優良物件に捨てられてあんたのプライドは形を保っていられる？」

山田のにやにや笑いが僕にも伝染しているのが自覚できた。

「彼女、よくわかってるじゃないか」

山田は一瞬、腑に落ちない顔をした。

その顔色が変わった。何かに気付いたように目を見開いて、口に手を当てて呆然としている。

「まさか」

「是非二人で幸せな家庭を築いてもらいたいものだね」

「まさか、そこまでして」

呆然とする山田を置き去りにして、僕は帰宅するために歩き出す。

振り返る。

「おい山田」

僕は軽く手を振った。

「また明後日な」

山田は呆然としたまま、糸で操られているかのように、かくかくした動作で機械的に手を振っていた。

*

翌日、九月二十四日、月曜日。秋分の日の振替休日。

僕は母の運転するメルセデス・ベンツに乗り込んで、後部座席でイヤホンを装着する。家族三人を乗せた車が発進し、葬儀場へ向けて出発する。やや時間が押しているため、車はスピードを上げがちだった。僕は米津玄師の『アイネクライネ』を聴きながら、もしこの車が事故ったら面白いのにと思った。

　南多摩斎場に到着したのは十二時四十分だった。駐車場に車を止め、館内に入ってロビーを訪れると、葬儀会社の人が待っていてくれた。その人の案内で二階の控室へと向かう。控室には既に人がいた。たくさんではない。せいぜい十数人だ。僕が知っているのはバンドメンバーの人たちだけで、他にいるのは姉の友人とかだろうか。

　長い机が二列あって、ムカデの足のように大量の椅子が置かれている。僕と母と父は空いているスペースに座って、それでも椅子の空きはまだまだあった。

「御鍬さんのご家族様ですか？」

　その女はテーブルに身を乗り出して、テーブルのあちら側からこちら側の僕たちを覗き込むように見ていた。父がそうですと答えると、その女はぱっと顔を輝かせた。

「私、これが初めてのお葬式なんです。恥ずかしながら私の親族は誰も死んだことがなくて。その初めてのお葬式が御鍬さんのためのものだなんてとても光栄です。初めてのお葬式なので至らぬ点があるかもしれませんが、何卒よろしくお願いします」

　女はテーブルに乗り出していた身を引っ込め、深々とお辞儀した。髪は長く潤いに欠け、脱色に失敗した感じの痛ましい金髪だった。

その女が喋っている間だけは空間に音が流れていたが、女が喋り終わって自分の席に戻ってしまうと、再び辺りには沈黙が立ちこめる。

十三時になり、葬儀会社の人が迎えに来た。僕たちは吹き抜けとなった渡り廊下を通って、火葬棟の告別ホールを訪れた。

祭壇とは呼べない申し訳程度の簡素な壇上に遺影が飾られ、中央に棺《ひつぎ》がある。それだけだ。誰もが同じような言葉を思い浮かべていて、しかし口に出すことは絶対にない。

粗末。

大輪の供花でもあれば話は違っただろう。しかし現実問題ここに大輪の供花はない。これは一番安い葬儀プランなのだから。ここはただの火葬棟のホール。ちゃんとした式場を使うにはたぶん追加料金がかかる。

「もしかして会場間違えてませんか？」

金髪の女が葬儀会社の人に詰め寄っていたが、葬儀会社の人は苦い顔をして否定するしかなかった。

遺影の姉の写真はユーチューブのアイコンの画像と同一だった。かなりちゃんとしたスタジオでプロフィール用に撮影した写真だから、本物の数倍増しで整っている。指をピストルの形にして顎に当てている姿。目は不敵に笑っている。

遺影を見て、母は涙ぐんでいる。父も険しい表情をしている。やはりこのような場ではこのような感傷に浸るのが正しいのだと思って、僕は必死に姉との思い出を探った。

何とか一つだけ思い出した記憶は、幼少の頃、夏祭りでの出来事だった。

＊

虫が鳴いている。甘い匂いが漂っている。電飾が彩り、人混みの喧噪と煙が立ちこめている。僕と姉はしゃがみ込んでいた。浴衣の上から生ぬるい風が撫でた。辺りには夜が満ちていた。姉は花火の先端を地面に近づけてじっと見つめている。

「なにしてるの？」

僕が問うと、姉はにっこり笑った。

「ありさんやいてるの」

姉は花火の先端を指さして見せた。

蟻《あり》が花火に焼かれ、ちりちりと縮んでから動かなくなる。

「楽しいか？」父が横から声をかけた。

「たのしい」姉は目を輝かせている。

「まあ、楽しいならいいんだけど」父は若干引いている。「本来はこう、音とか光とかを楽しむものなんだが」

「おなかすいたよ」姉は父を見た。

「何食べたい？」父は聞く。

「たこやき」

「じゃあ一緒に買いに行くか」

「わたしはいまいそがしい」

姉は五本ほどの花火を束ねて火力を強化している。

「じゃあ買ってくるからちょっと待ってろ」

父と兄は一緒にたこ焼きを買いに行った。たこ焼きの出店は人気のようで行列ができていた。僕と姉は二人で花火をしていた。一人の老婆がこちらにやってきた。

「おや、子供だけだと危ないよ」

姉は無視して花火で蟻を焼いていた。僕も知らない人とは関わってはいけないと教育されていたので無視していた。

「何か食べたいものはないかい？」

僕はちらりと屋台の出店を見て、

「あめがたべたい」

と言った。

老婆は、そうかいそうかい、と言って飴を買って戻ってきた。

二本の棒付き飴が、それぞれ僕と姉に差し出される。僕はそれを受け取った。姉は受け取らなかった。僕は飴を食べてみせる。老婆はそれを見て喜んだ様子で、姉にも飴を受け取らせようとする。姉は受け取らない。老婆は押し付けるようにして飴を受け取らせようとする。

足音が響いていた。

次の瞬間、老婆はその場から吹っ飛んで、それからはあっという間だった。辺りが騒然として、パトカーのサイレンが響いて、父が手錠をかけられて警察に連行されていった。

僕と兄と姉と母は警察の応接室で説明を受けた。

「胤也さんは傷害の容疑で勾留されています」

母は愕然としている。

「どうして胤也さんが……」

「供述によりますと、娘さんが被害者から飴を受け取りそうになっていたため、阻止するために押し倒したとのことです」

母は困惑している。

「意味がよく理解できないのですが」

「何でも娘さんはアレルギーだそうで」

母は息を呑んだ。

「その飴ってピーナッツの飴ですか」

「はい」

面会室で父と対面した。本来なら数日経たないと面会できないらしかったが、事案が軽微で事実関係の争いがないため、特別に面会を許されたのだった。透明なアクリル板に放射状の穴が開いていた。面会は一度に三人までということで、子供であっても例外ではないため、じゃんけんに負けた兄は一人で外で待つことになった。父は向こう側で達観した顔をしていた。

「元気ですか」母は言った。

父はそれには答えず、

「みんなは元気か？」

と聞いてきた。

「はい」母は言った。

「終典は？　御鍬は？　椿太郎は？　みんな元気か？」

僕たちが頷くと、父は安堵した表情をする。

「胤也さん」

母はその安堵した父の表情が不服そうだ。厳しい目をして、しかし一方で泣き出しそうでもある。

「さすがにやりすぎですよ」

そのときの父の目。

「やりすぎ？」父の声は怒りを帯びている。「どこが？」

「いえ、あの」母は狼狽《うろた》える。

「どこがやりすぎかって聞いてんの」

そのあまりの剣幕に母は答えられない。

父はこちらを睨んでいる。今までに見たことのない、敵意の籠もった目で。

「殺されるところだったんだぞ」

「それはそうです……」

「俺は自分のやったことに何らの罪悪感を抱いていない。どころか賞賛されるべきだとさえ思っている」

父の口調が激しくなり、その速度も上がる。

「全然やりすぎじゃない。むしろ足りない。もっと残酷に心臓を引っこ抜いて目の前で握り潰してやりたかった」

父の目は怒りに燃えている。歯を食いしばって、歯茎が露出している。その怒りが少しずつ萎んでいって、最後には疲れた表情になる。

「まあ、俺のことは心配するな」

弁護士に頼んで何とかするから、と父は言った。

僕はアクリル板の穴を見ている。放射状の穴。

僕は花火を見ている。放射状の光。

警察署の外に出たとき、ちょうど花火が上がっていた。夜空に大輪の花が咲いていた。僕たちは地上でその音と光を全身に浴びていた。母は姉を抱き締めた。よかった、本当によかった、と言って涙ぐんでいる。

夏の花火。ピーナッツ飴。

それが僕と姉との、数少ない思い出。

＊

葬儀会社の人の指示で、一同は棺の周りに集まった。棺の中の姉は白装束を着せられていた。相変わらず銀紙でも噛んだような顔をしていた。全員に二、三本の花が配られ、一本ずつ棺の中へと納められていく。

全員が献花を終えると、棺の中は花でいっぱいになった。その光景はあたかもおとぎ話めいていて、キスで目覚めるお姫様を想像させられる。

思い出の品物を棺に入れることができます、と葬儀会社の人は言った。ただし、金属製などの燃えないものは入れられないという。

花の中に埋もれている姉は、その色彩だけで調和が取れており、それ以上何かを入れるとたちまち均衡が崩れてしまいそうな気がした。そのような感覚は僕だけのものではなく万人に共通のものだったようで、誰も棺に何かを入れようとはしなかった。

例外が一人だけいた。

金髪の女はホタテの貝殻を手に持っていた。

「これ、御鍬さんから頂いたホタテなんです。とっても美味しかったんです」

金髪の女はホタテの貝殻を棺へと納めた。色とりどりの花の中で一箇所だけ、褪せた色合いが冴え渡っていた。

そのホタテの貝殻を見ていると僕はおかしくなってきて、笑いを堪えるのに必死だった。

みんながお別れの言葉を述べた後、棺の蓋が閉じられた。そして姉を飲み込んだ棺は火葬用の炉へと運ばれていった。

葬儀会社の人によると、遺体を焼き終わるまで一時間二十分ほどかかるという。

みんな炉前のホールで手持ち無沙汰にしていた。僕はちょうどいい機会だと思った。

この家に潜む悪魔は明らかになった。次は姉を殺した犯人を明らかにする番だ。

犯人は間違いなくバンドメンバーの中にいる。なぜなら死体発見時、現場には鍵がかかっていた。しかし御鍬の鍵はスタジオの中にあった。つまり犯人は殺害後に現場に鍵を掛けて出ていったことになる。それができるのは鍵を持っているバンドメンバーの五人だけ。つまり犯人はバンドメンバーの誰か。

僕はひとかたまりになっているバンドメンバーの集団に突っ込んでいった。

「すみません。死亡推定時刻の、九月十日月曜日午後一時から午後三時の間における、皆さんのアリバイを確認させてもらえませんか？」

反応はまちまちだった。露骨に不機嫌な顔をしたのは中谷彩友歌。怯えるような表情をするのは下條最。遠い目をするのは関口智貴。興味深そうな顔をするのは塚本純造。記憶を辿るような目をしたのは前田柳。

「アリバイを確認しても意味ないと思う」中谷は不機嫌そうに言った。

「つまり、全員にアリバイがあると」

僕はそう推測したのだが、

「逆」

と中谷は言った。

それから全員のアリバイを確認したところ、興味深い事実が明らかとなった。

全員にアリバイがなかったのだ。

中谷は午後二時に友人と会っている。場所は現場から徒歩三十分程度の中央大学。これだと死亡推定時刻の最も早い時間、午後一時に殺せば時間が三十分余る。三十分あれば磔には事足りる。よってアリバイはない。

下條は午後二時二十分に自宅に帰って家族と会っている。場所は神奈川県相模原市で、現場から電車と徒歩で四十分程度。午後一時に殺した場合時間が四十分余るから、被害者を磔にした後で自宅に帰ってくる時間は優にある。よってアリバイは成立しない。

関口は午後二時にバイト先に到着している。場所は八王子東急《とうきゅう》スクエアのサイゼリヤで、現場から電車で三十分程度。午後一時に殺せば余る時間は三十分。殺害後でも問題なくバイト先に到着する。よってアリバイは成立しない。

塚本は午後二時に彼女と会っている。場所は現場から徒歩三十分程度の中央大学。中谷と同じで、アリバイは成立しない。

前田は午後二時二十分に楽器店を訪れている。場所は島村楽器《しまむらがっき》八王子店で、現場から電車と徒歩で四十分程度。午後一時に殺しても四十分の猶予があるため、これもアリバイは成立しない。

話を聞き終わって、僕は考えている。

推理する上では、全員にアリバイがある方が楽だっただろう。全員にアリバイがあるなら、たった一人そのアリバイを崩すことができればその人物が消去法的に犯人となる。

しかし全員にアリバイがないということは、決定的な物証がない限り他の人物も犯人たり得るわけで、だからこそ警察の捜査も難航しているのかもしれない。

ちょうど僕がみんなからアリバイを聞き終わったところで、一人の人物が近寄ってきた。会話に参加するタイミングをずっと見計らっていたようにも見えた。

父が僕の後ろから顔を出した。バンドメンバーたちの表情に緊張が混じる。

「もしかしたら、あなたたちはもう知っているのかもしれないが」

と言って父は切り出した。

「スポンサーの件だがね、名目上は私が出資していることになっていたが、実は出資していたのは御鍬だったんだよ」

メンバーたちの表情に驚きが走った。

「だからもし、あなたたちがまだスポンサーの継続を望むのであれば、御鍬の遺産から捻出することはできる」

「お願いします！」前田は即答した。

「おい失礼だろ」関口は肘で小突いた。「大丈夫です。これ以上迷惑をかけるわけにはいきません」

「もらえるものはもらった方が」下條が控えめに主張したが、関口に睨まれて、慌てて両手の軍手を振った。「まあ言ってみただけ」

「それにしてもスポンサーが実は御鍬さんだったとは」塚本は唸っている。

「御鍬……」中谷の目に涙が滲んだ。

姉の献身が明らかとなり、バンドメンバーたちの間には寂寥《せきりょう》と追憶が漂っていた。

それからしばらく姉の思い出を語らった後、火葬が終わって骨が運ばれてきた。ホタテの貝殻も高温では燃えるらしい。白い骨。姉の残骸。僕たちは順番に箸で骨を拾って、隣の人に箸渡しして、骨壺に納めていく。

こうして最安葬儀プランは滞りなく執り行われた。僕たちは骨壺を車に乗せて帰路に就いている。

「南大沢警察署に寄ってくれ」

と父が言った。母は怪訝そうに尋ねた。

「何かあるんですか」

「警察からまた事情聴取されるようでな」

「そうですか。早く犯人を見つけてもらいたいものですね」

南大沢警察署に到着して、父を降ろして車は再び出発した。

家に帰ってきた僕と母は、まず骨壺をサイドボードの上に置いた。遺影と共に飾って、姉の好きだったパイン缶を供えて、ひとまずの供養とした。

そして午後六時、衝撃の瞬間が訪れる。

そのとき、僕は寝室でベッドに寝そべり、土日の模試の自己採点をしていた。ドアをノックする音がして、切迫した声が響き渡った。

「弟ちゃん、大変です。下に来てください」

母のノックはやや強くなりがちで、僕はその不快な音源を早く静めるためにも、素早く布団から抜け出してドアを開いた。

「何があったのさ」

「テレビで……」

とにかく、テレビを見てください、と母は言った。それで僕たちは下のリビングに行って、点いているテレビの画面を視界に入れることになる。

テレビには父の姿が映っていた。マスコミの取材を受け、娘が亡くなったことを悲しそうに話している場面が無音で再生され、キャスターがニュースの詳細を述べている。

「清家胤也容疑者は犯行を自供していますが、動機などについては黙秘を続けているとのことです」

それでニュースは別のものに変わった。母は立ち尽くしたまま呆然としており、何か聞いても答えてくれそうになかったので、僕はスマホを操作してニュースを検索した。見たかったニュースは探すまでもなく一番上に表示されていた。

八王子大学生殺人事件の犯人を逮捕。

清家御鍬さんを殺したのは父親で、犯行を自供しているが動機などについては黙秘している。

僕は、ふうむ、と唸った。

兄 4

僕はもっと詳しい情報を求めてネットの海をさまよったが、結局、父は娘を殺したことを自供した、他のことについては黙秘、以上の情報を見つけることはできなかった。

僕は激しく混乱していた。表情こそ平静だが、頭の中はそれこそ無数のひよこが飛び回っているようなピヨピヨの状態だった。

悪魔は母ではなかったのか？

父が悪魔だったのか？

というより、どうして父が犯人なのか。犯人は鍵を持っているバンドメンバー以外あり得ないはずではなかったか。そもそも動機は何なのか。

僕にできることは何度もネット上の記事を閲覧することだけだった。しかしどれだけスマホをいじくっても、父が娘殺害を自供した、他は完全黙秘、以外の情報は存在しない。

となると、一番手っ取り早く真実に辿り着くルートは何か。僕は脳漿《のうしょう》を振り絞って考え、やがて一つの結論に至る。

仮に父が悪魔なのだとしたら、『この家には悪魔がいる』という遺言を残した兄の自殺の謎を解くことこそが、父の謎を解き明かすことにも繋がるのではないか。

僕は編集者の仙波にＬＩＮＥを送った。「今時間ありますか？」と聞くと、速攻で返事があった。

「ない」

「その割には返事が早いですね」

「今忙しいの」

「休日のはずですが」

「ねえ、聞いてくれる？　担当の作家がさぁ」

仙波は忙しいと言いながら、その愚痴を延々とこぼし始めた。作家が締切を守らない。作家が書けないと言っている。作家がどうでもいいディテールにこだわって先へ進まない。

「留置場の面会室にアクリル板があるでしょ？　あれに指紋が付いているか、指紋が付いてないか、それがわからないと先へ進めないって言うの。どうでもいいと思わない？　いずれにせよ、私はせっかくの休日だっていうのに、見学を受け付けている警察署を探して手当たり次第連絡を取っているわけよ。わかる？　この辛さが」

「じゃあ一緒に行きましょうか」

「？」

「ちょうど留置場の面会室に行こうと思ってたところなんですよ」

「????」

「父が留置されてましてね」

＊

翌日、午後四時に南大沢駅で待ち合わせた。仙波の姿はすぐに見つかった。ズボンにシャツを入れてサスペンダーを着けている人物は、遠くからでもなかなか強烈だ。

仙波は僕を見て、まず冷たい視線を寄越した。

「なんで手ぶらなの」

「何か必要でしたか?」

「当たり前でしょ。お父さん勾留されてるんでしょ? だったら着るもの差し入れしないと」

「それは思い付きませんでした」

というわけで僕たちは警察署に向かう前に近くの三井《みつい》アウトレットパークに寄った。そこのブルックスブラザーズという店でボクサーショーツを七枚、パジャマを三着購入して、父への差し入れを用意した。計四万円強だった。

警察署に着いて、まず総合案内で面会に来た旨を告げた。すると休日は面会を受け付けていないという。

「はあ？　ちゅんたろうくん。それくらい事前に調べられなかったの？」

「調べましたよ」

「はあ？　お前何言ってんのかわかっとんのか？」

「ちなみに逮捕後七十二時間は弁護士以外面会禁止です」

「はあああ？」

「どうしてもあなたに会いたくて」

仙波はぷるぷると拳を震わせて、一杯食わされた屈辱を何とか消化しようとしている。

「私、帰っていい？」

「せめて差し入れが終わるまでは待っていただけませんか」

「差し入れはできるの？」

「弁護士なら面会も差し入れも可能です。そして既に手配してます。そろそろここに到着するのではないでしょうか」

「準備がいいんだか悪いんだか」

仙波は呆れたように一笑した。

僕たちは待合所の椅子に座って弁護士を待っていた。弁護士はすぐにやってきた。簡単な挨拶を済ませた後、僕から差し入れの衣服を受け取り、きびきびした動作で父の元へと旅立っていった。

僕たちは二人きりになる。

「で、兄の小説の最後を聞かせてほしいのですが」

「大好きな歌が終わるのが嫌だから、曲がフィナーレを迎える前に聴くのをやめるの」

「歌ではなく小説ですが」

仙波は興を削がれた顔をした。

「三日後なら面会できるんでしょ？　じゃまた会いましょ。私忙しいの」

さっぱりとした顔をして、仙波は立ち上がった。

「そういえば紙コップぶつけてごめんね。きみにもきみの事情があった。あんなかあいそうな境遇だと知っていれば、紙コップはぶつけなかった」

「いや、ぶつけるべきだと思いますよ。現に僕は父が逮捕されてわくわくしている」

「そういう強がり。いい？　悲しいときは泣いていいんだよ」

「それはそうです。悲しいときは泣きます。でも悲しくないときには泣きません」

「あっそ。じゃあ三日後、木曜日、午後四時にここに集合。じゃあね」

仙波はそう言って後腐れなく帰っていった。しばらくして入れ替わりで弁護士が帰ってきた。弁護士はネット上の情報以上の情報は持ち帰ってこなかった。すなわち、父は姉を殺したことを自供していて、それ以外の動機などについては完全に黙秘している。

僕は弁護士法人エースの弁護士に礼を言い、緊急即日接見費用の六万円を支払った。仮にこの先本格的に弁護を依頼するようならば、この六万円が着手金から差し引かれるため、実質無料なのだという。上手いビジネスだ。

*

翌日、僕は普通に高校に登校した。教室に入り、席に座って英語の参考書を読んでいると、山田が心配そうな顔をしてやってきた。いつもの敵意の籠もった目とは全く違う、しおらしく儚げな目。

「清家。大丈夫なの？」

「上がるための下げはむしろ歓迎すべきだからね」

「意味わかんない。けど大丈夫そう。てかなんで大丈夫なの？　そんな状態に追い込まれてるのに」

「ある人はこう言った。家族は選べない。家族とは自分の肉体の一部なのだと。でも髪を切っても爪を切っても痛みはないと僕は反論する」

「…………」

山田は何を言っていいかわからなくて、結局何も言えなかったようだ。代わりに隣の席の比留間が答えた。

「同意はできないな。でもそれで清家が救われるなら、それでもいいんじゃないの」

クラスメイトの何人かは僕の置かれている境遇を知っているようで、ちらちら僕の方を見てきたが、話しかけるまでには至っていなかった。これが日々の人徳というやつである。

授業は土日の模試の答えの解説だった。ここのところ忙しかったせいで自己採点は途中までしかできていなかったが、休み時間を駆使して自己採点すると、結果は得点率八十八パーセントだった。まだまだ足りない。もっと洗練させる必要がある。

昼休みはいつものようにフルーツを食べた。パイナップル、りんご、ぶどう。

放課後になって家に帰ってくると、家の周りをマスコミの車両が囲んでいた。マイクを持ったレポーターが数人、「今お時間よろしいですか」と問いかけてくる。

僕に向けられた無数のマイクが、突き付けられた男根のように見えておかしくてしょうがなかった。

僕は笑いを嚙み殺しながら答えた。

「立ち話もなんですから、中に入ってください」

リビングに十数名の記者たちとカメラマンを待たせて、僕は冷蔵庫からペリエを取り出して優雅に飲んだ。舌の上で弾ける炭酸が心地よかった。

スマホを見たとき、母からのＬＩＮＥが届いているのに気付いた。

「多摩中央病院に入院することになりました」

文章はそれだけだった。見舞いに来いという催促もなければ、病状の説明もない。だからこそ、見舞いに来てほしいという気持ちが何よりも伝わってきたし、病状はストレスによる鬱病だと言われるまでもなくわかる。

しかし僕にはやることがあった。父が逮捕されたと聞いたとき、ひらめいたこと。幸運にもここには無数の記者がいて、僕の代わりに検証する能力を持っている。

リビングに戻ってきて、記者たちと向かい合った。僕はその光景にいたく感動した。今日、今までの人生で初めて、我が家の大きすぎるＬ字型ソファーが埋まった。

僕は一つだけ空いていた、というより僕のために空けられていた丸い椅子に座って、脚を組んだ。

「交換条件があります」

と僕は切り出した。記者たちは鋭い目で僕を見ていて、おそらく金銭をたかる面倒くさい奴だと想像しているのだろう。

「僕はうちの家族のことについて聞かれたことを何でも答えます。その代わり調べてほしい人物がいます。僕はその人物とどうしても会わなければならない。皆さんの取材力でその人物の居場所を突き止めてください。それが取材に答える交換条件です」

その人物とは誰ですか、と記者の一人が言った。

僕は答えた。

「清家胤也の実の母親」

*

翌日も普通に高校に通った。授業は模試の解説の続きを受け、昼休みにはバナナとキウイと桃を食べ、山田と比留間の哀れむような視線を浴びながら帰宅した。

記者たちは有能すぎるほど有能で、たった一日で胤也の実の母親を探し出してきた。僕はその連絡を受け、即座に横浜へと向かった。京王多摩センター駅から電車に乗って橋本《はしもと》駅で横浜線に乗り換える。

電車に乗っている途中、スマホに見知らぬ番号から電話がかかってきた。僕は優先席に座りながら電話に出た。警察からの電話だった。父の逮捕理由について家族に説明する義務があるとのことで、夜の十時にうちに来てもらうように約束した。

だいたいトータル一時間半ほどかけて、電車は横浜駅へと到着した。そこからタクシーに乗って住所を告げて、僕は胤也の実の母の家を訪れた。マンションのインターフォンを鳴らし、胤也の息子だと名乗った。「私には関係ない。帰ってくれ」と言われたが、僕にはどうしても胤也の実の母親から受け取らねばならないものがあった。

一万円を払うと言うと、胤也の実の母親は途端に態度を変え、僕を家の中へと招き入れた。そして僕は欲しかったものを受け取り、再び一時間半ほどかけて自宅に帰ってきた。

＊

午後十時を二十分ほど過ぎて、警察はうちにやってきた。リビングのL字型ソファーに座って向かい合った。僕はペリエの入ったグラスを差し出したが、二人の警察官は手を付けなかった。代わりに、この度はご愁傷様でした、という何の足しにもならない言葉が返ってきた。

「犯人は個室の鍵を持っている人物。すなわちバンドメンバー五人のうちの誰かでしかあり得ないと思っていたのですが」

僕が急かすと、警察官の顔もスイッチが入ったように引き締まった。

「現場スタジオの貸切契約を結んだのは胤也さんでしたよね」

「はい。それは表面上の契約で、実際の費用は姉が払っていましたが」

「その契約の際、胤也さんは一本の鍵を受け取っています」

「スタジオの個室の鍵ですか」

「胤也さんはその一本の鍵を鍵屋で複製して、バンドメンバーに配りました」

「つまり胤也も現場の鍵を持っていると」

「そういうことです」

これで一つ目の謎は解けた。胤也も鍵を持っているなら容疑者としての資格がある。

「でも他のバンドメンバーにもアリバイはありませんでしたよね。どうして父が犯人だと断定できたのですか」

「絨毯です」

僕は記憶を巡らせる。事件の数日前、確か現場には絨毯が敷かれ、すぐに取り払われた経緯があった。

　その僕の記憶を裏付けるように警察官も同じことを述べて、

「木目や汚れによって見えにくくはありましたが、現場の正方形のスタジオのフローリングには二つの穴が開いていました」

「二つの穴？」

「それは正方形の対称軸に開いていました。正方形を二つの同じ長方形に二等分するような対称軸です」

「位置は？」

「乳首の位置です」

　おい、と隣の警察官が小突いて、乳首と言った側の警察官は笑いを嚙み殺しながら言い直した。

「サイコロの六の目の真ん中の二つの目を想像してください」

「ああはい。だいたいわかりました」

「この穴は何の穴だと思いますか。この穴の位置と十字架の釘の刺さっていた位置は一致しました」

「十字架を貫通してできた穴ですか。つまり、犯人が十字架を床に置いて死体を磔にしたとき、釘が貫通して床に穴が開いた」

「その通りです。そして話は絨毯に戻ります。この十字架と床には同じ位置に穴が開いていました。そして絨毯にも、十字架と床と同じ位置に穴が開いていました」

「つまり、磔のとき現場には絨毯が敷かれていた？」

「我々もそのように考えました。さて、これで明らかとなったのは、磔のとき犯人は床に絨毯を敷いたということです。理由はわかりませんが」

「理由はわからないんですか」

「ええ。ですが重要なのはそこではありません。我々は実際に現場に絨毯を敷いてみました。現場にはドラムセットやギターなどが置かれ、絨毯を敷くためにはそれらを一度全て外に出さねばなりません。そして全ての荷物を外に出した後、絨毯を敷き、十字架を絨毯の上に置いて磔にする。その後、絨毯を取り払って、再び荷物を全て中に戻す。ここまでで一時間かかりました。これは最速の話です。いいですか。現場に絨毯を敷くためには最速で一時間かかるんです。ここで容疑者たちのアリバイを見てみましょう」

警察官は説明してくれる。

仮に死亡推定時刻の最も早い午後一時に殺したとする。

中谷は午後二時に友人と会っている。場所は現場から三十分。猶予時間は三十分。これでは一時間かけて絨毯を敷けない。よってアリバイがある。

下條は午後二時二十分に自宅に帰って家族と会っている。場所は現場から四十分。猶予時間は四十分。これでは一時間かけて絨毯を敷けない。よってアリバイがある。

関口は午後二時にバイト先に到着している。場所は現場から電車で三十分。猶予時間は三十分。これでは一時間かけて絨毯を敷けない。よってアリバイがある。

塚本は午後二時に彼女と会っている。場所は現場から三十分。猶予時間は三十分。これでは一時間かけて絨毯を敷けない。よってアリバイがある。

前田は午後二時二十分に楽器店を訪れている。場所は現場から四十分。猶予時間は四十分。これでは一時間かけて絨毯を敷けない。よってアリバイがある。

そして最後に残るのは、山でトレランしていたという、全くアリバイのない清家胤也。

「つまり、犯行が可能なのは胤也さんしかいないのです」

「なるほど」

何より自供しているのだから、犯人なのは間違いないのだろう。

だとすると、問題なのは。

「動機は何ですか」

「お父さんは犯行を自白しましたが、それ以外については全て黙秘しています」

それで警察官の説明は終わってしまいそうだったが、せっかく警察から直接話を聞けるチャンスなので、僕は何か情報は得られないかと思って尋ねてみる。

「答えられないならいいんですが、何か現場で不審な点はありませんでしたか」

警察官の二人は顔を見合わせて、どうやら答えてもいいと判断したらしい。

「遺体は磔にされていました。その両手に釘を打たれていたのですが、どうも妙なのです」

「とは」

「遺体の右手と十字架の右側は、金槌で釘を打たれたような傷の付き方でした。しかし遺体の左手と十字架の左側は、錐《きり》のようなもので穴を開けた後、そこに釘を差し込んだような傷の付き方だったのです」

「どうして右と左で違う穴の開け方をしたのでしょうか」

「今のところ不明です」

これで警察官の説明は本当に終わりだった。僕は警察官にお土産を渡した。それは先ほど胤也の実の母から受け取った、捜査上重要なものだった。警察官が帰っていった後、僕は早く父に会いたくて仕方なかった。

動機は何なのか。

どうして姉を殺さなくてはならなかったのか。

悪魔は父なのか。

だから僕はうきうきして、仙波にＬＩＮＥを送った。

「やっぱり明日の面会は午前九時にしましょう。ネットで調べたところ、午後四時だと間に合わない可能性があるので」

返信はすぐにあった。

「学校は？」

「仕事は？」

それで僕たちの会話は終わった。つまり、お互い様というわけだ。

＊

午前九時に南大沢駅で待ち合わせた。例によって仙波はジーンズの内側にカットソーシャツの裾をたくしこんでいた。

「指紋、付いてますかね」

「それがリアリティなんだって。別にどうでもいいのにね」

警察署に着いて、まず総合案内で面会に来た旨を告げた。留置管理課という場所で申し込みをする必要があるとのことで、職員に場所を教えてもらって僕たちは留置管理課までやってきた。そこで被留置者面会簿というものに記入する。被留置者との関係は、僕はもちろん家族だが、仙波は適当に友人ということにしておいて、問題は面会理由である。

被留置者の健康状態。家族等の安否。仕事関係。要望聴取。被留置者に対する留置業務管理者の処置その他留置者が受けた処遇に関する調査等。その他。

という六つの選択肢があるが、うまいこと事件の真相究明という選択肢が抜け落ちている。仕方ないのでその他を選び、括弧の中に『犯行動機の聴取』と記載して、留置管理課に提出した。

それと被留置者金品出納簿というものに記入して捺印し、三万円を差し入れた。これでグレードの高い弁当を食べられるはずだ。

僕はマイナンバーカードを提示し、仙波は免許証を提示し、二人ともスマホを職員に預け、これにて手続きは完了した。

面会室へ入ると、一人の警察官がこちら側で見張っていた。そしてあちら側には父が座っていた。

父は僕たちのことを一瞥《いちべつ》することもなく、目玉の一つさえ動かすこともなく、ただじっと自分の足下を見つめていた。その顔に生気はなく、青白い霊体のようだ。

僕たちはアクリル板の前のパイプ椅子に腰掛けた。仙波はアクリル板の指紋を探しているようだったが、僕の見たところ指紋は見つからない。

「親父。元気か？」

父は覇気のない声で、ああ、と一言答えた。徹底的にこちらと視線を合わせようとしない。

「なんで殺したのさ」

親父は答えない。視線を合わせることもない。沈黙が流れた。それはしばらく続いた。永遠とも思えるような沈黙が続いていた。見張りの警察官が「あと五分です」と言う声だけが、沈黙の中で小さくきらめいていた。

「言いたくないなら言わなくてもいいんだけど」

と言って僕は強く見つめた。最後のチャンスだと思った。

「言いたいなら、言った方がいいんじゃないの」

父は唇を噛み締めていた。その口がそっと開いた。

「御鍬のためなんだ」

小さな声だった。けれど爆発するような勢いがあった。歯磨き粉の最後の一滴を無理やりチューブから捻り出したような、それが勢い余って洗面台の上に無残に落ちたような、そんな声だった。

やがて入室から二十分が経過し、面会時間は終了となった。

僕と仙波は待合スペースの椅子に隣り合って座っている。

「残念だったね。何も得るものがなくて」

「御鍬のため……御鍬のためなんだ……」

「かあいそうだね。そういうかあいそうな子見てると同情しちゃう。曲が終わるのは寂しいけど、小説の最後、話そうか？」

僕はまず頭を抱えた。それから呼吸を止め、再度口を動かした。

「そういうことだったのか」

「え、なに」

僕は頭を抱えたまま横を振り向いた。

「すみません。小説の最後も聞きたいですが、今は先にやらなければならないことがあります」

僕はスマホを取り出した。昨日かかってきた警察官の電話番号にかけ直す。

「もしもし。事件の全容が見えたので、今からその検証作業を手伝ってもらえませんか」

姉　5

事件現場、ドラキースタジオに関係者が集められた。バンドメンバーの五人、関口、下條、塚本、中谷、前田。警察官三名。スタジオの管理人、吉里。あとは僕。

最後に一人の屈強な警察官が十字架を運んできて、それで全員だった。一階の休憩スペースに計十一名の関係者が集い、僕以外の全員が同じような表情を浮かべている。すなわち困惑。それとほのかな期待。

椅子が足りないため、座っているのはバンドメンバーと管理人だけで、僕と警察官は立ちっぱなしだった。

壁には新しいポスターが貼ってあって、十字架のマークとクルーシオクルシメがボーカル追悼ライブを行うという内容が書かれている。隅っこに置いてある段ボール箱は相変わらず堆《うずたか》く積み上げられていて、受付の奥にはコード類が蛇のようにラックに巻き付いている。

「事件の謎が解けました」

と僕は切り出した。みんなの目は期待と懐疑が半々だった。

「まず現状をまとめましょう。現在、被害者の父親、胤也が容疑者として取り調べを受けています。犯行については自白しましたが、動機については黙秘を続けています。胤也が犯人である証拠は絨毯の穴です。犯行当時、理由は不明ですが犯人は現場に絨毯を敷きました。絨毯を敷くためには最短でも一時間かかります。そのため胤也以外の鍵の所有者にはアリバイが生まれ、消去法的に胤也が犯人となりました」

僕は警察官の方を向いた。

「では警察の方に聞きたいのですが、警察署からここにその十字架を持ってくるのは何度目ですか」

全員の視線が十字架を持っている屈強な男に向けられる。そこにあるのは姉が磔にされていた十字架だ。

「初めてだと思います」

「ではどうして十字架の穴の位置と床の穴の位置が一致するとわかったのですか」

「十字架の二つの穴の距離をメジャーで測りました。現場の床に開いた二つの穴の距離もメジャーで測りました。そうしたところ、二つの距離が一致しました」

警察官の顔には、これで問題ないだろう、という強気の表情が浮かんでいる。

「百聞は一見に如かずというやつですね。試しに現場の床に十字架を置いてみてください」

僕たちは地下へと続く階段を下りていった。現場の個室スタジオはストッパーによって扉が開け放たれていた。内部の楽器類は既に廊下に出され、部屋の中は空っぽだった。

　全員が現場の個室に入る。中は空っぽなので割とスペースには余裕がある。正方形の対称軸上に蛍光テープで二つの×印が付けられている。僕は乳首という言葉を思い出して、まさにその通りだと思った。

「では十字架を置いてみてください」

　屈強な警察官は十字架を横にして、床に置いた。×印と合わせるべく十字架を下へと下げていく。

　壁にぶつかる音。

　十字架の脚の先端が壁にぶつかっていた。

　全員が驚愕していた。

　十字架の穴と床の穴は一致しない。床の穴のわずかに上方で十字架の穴は止まっている。十字架の脚が壁にぶつかるせいで、それ以上、下に十字架を下げられないのだ。

　警察官は十字架を逆向きにして、同じことを試そうとした。結果は同じだった。十字架の足の先端が逆側の壁でつかえ、十字架の穴と床の穴が一致しない。

「百六十五センチ」

　僕の声で、みんなが振り向いた。

「十字架の腕の高さは百六十五センチあるんです。なぜわかるかというと、父の身長と同じだから覚えてたんです。考えてみてください。この部屋は三百センチかける三百センチの正方形です。床の穴はそれを二分する線上にあるので壁から百五十センチの位置となります。百五十センチの高さの場所に百六十五センチの高さのものが入りますか？」

一応補足すると、ここで言う高さとは床に対して平行方向の高さを指す。

沈黙が満ちていた。それを破ったのは屈強な警察官だった。

「これは一体……」

「答えは簡単です。床の穴も絨毯の穴も、この十字架によってできた穴ではないんです。絨毯を敷くのに一時間かかるというアリバイは、完全に無意味なものになったんです」

「いや、でもこういうことが考えられないか」

警察官は必死に考えている。

「犯人は十字架をこの部屋に対して斜めに置いて片方の釘を打った」

警察官は十字架を斜めに置いて、片方の十字架の穴と床の穴を合わせた。

「片方だけなら問題なくこの位置に穴が開くはずだ」警察官は立ち上がった。「それからこうやって」

警察官は十字架を蹴った。

「犯人は十字架に足をぶつけて、十字架の位置がずれる」

十字架の位置がずれている。警察官は手で十字架を動かして、もう片方の穴を床の穴と一致させた。

「これなら十字架の穴と床の穴が一致しないケースもあり得るんじゃないか」

「あり得ません」

僕は即答した。

「あなたの言ったとおり、十字架を斜めに置いて片方の釘を打ったとします。その、その場合、釘が床に刺さってますよね」

警察官は、あ、と言った。

「仮にそのように十字架の片方が釘で固定されている状態で足をぶつけたとしますと、十字架は釘を軸にして回転する動きしかできないと思われます」

僕は付け足した。

「同様に十字架を斜めに置いて片方の釘を打った後、十字架を持ち上げてから、逆向きに斜めに置いてもう片方の釘を打つ、ということは可能ではあります。しかしそこには何らの合理性がないので、可能性からは除外しても構わないでしょう」

僕は十字架を元の位置に戻した。十字架の穴と床の穴は一致しない。

「よって床の穴はこの十字架の穴ではないのです」

「じゃあ一体何の穴なんだ……」警察官は縋るような目で見ている。

「十字架に磔にしたときの穴です」

全員が呆然としていた。最初に正気を取り戻したのは塚本だった。

「いや、あなたが言ったんじゃないですか。床の穴は十字架の穴じゃないって」

「そんなこと言ってませんよ。いいですか。一言一句思い出してください」

塚本は記憶を辿るようにメガネに手を当てて、鋭い目をして、

「『床の穴も絨毯の穴も、この十字架によってできた穴ではない』」

「その通り。このことから導き出される唯一の結論」

僕は周囲を見渡した。その相手を追い詰めていく過程が無性に楽しかった。

「十字架はもう一つあったのです」

聴衆の息を呑む声。

「磔はもう一人いたのです」

後はもう、僕の独演会のようになった。

＊

「ではもう一人の磔はいつ行われたのでしょうか。

それを解き明かす手掛かりは絨毯です。

絨毯にも十字架と床と同じ位置に二つの穴が開いていました。つまりもう一つの磔が行われたとき、現場には絨毯が敷かれていたということになります。

事件前、絨毯が敷かれていたのはいつだったでしょうか。

それは九月六日から九月八日の三日間です。

ではその時期の人の出入りを見てみましょう。管理人さんのノートが残っています。

9／3（月）清家、関口
9／4（火）前田（ゴキブリ）
9／5（水）清家、前田
9／6（木）清家、関口、下條、前田、中谷、塚本（絨毯）
9／7（金）清家、下條

9／8（土）清家、関口、中谷、前田、下條（絨毯）
9／9（日）前田

九月六日は全員で絨毯を敷きました。仮にこの日に磔が行われたとすると、被害者以外全員が共犯者ということになります。そんなことがあり得るでしょうか。

その場合、少なくとも磔の被害者は真実を告げるでしょう。それがないということは、被害者は死んでいるということになります。すなわち、磔にされたのは姉ということになります。

しかし、それはあり得ません。

姉のユーチューブの最後の投稿動画を見てください。

撮影日は九月九日です。姉の姿が映っています。手のひらに注目してください。その手には傷一つありません。つまり姉は磔にはされていないということになります。

よって六日磔説は否定されます。同様の理由で八日磔説も否定されます。

さて、残ったのは一つだけです。

九月七日。

その日の人の出入りはどうなっていますか」

＊

全員の視線が一人に向けられる。

「下條さん。あなたのその軍手の内側を見せてください」

下條は手を胸の前に掲げて、ゆっくりと軍手を外した。両の手のひらの真ん中に大きな絆創膏が貼られていた。

「なんか勘違いしてませんか」

下條のその声は落ち着いていた。

「確かにおれは十字架に磔にされました。でもそれだけです。なぜ黙ってたかというと、恥ずかしかったからです」

下條は僕に向き直った。世界に僕と下條の二人きりのような気がした。

「結局、その推理って磔にされた人を特定できるだけですよね」

下條の表情が一瞬嘲笑に満ちて、

「で？」

と言った。

その嘲笑は一瞬だけのことで、すぐに穏やかな表情が戻ってくる。

「犯人は誰なんですか？」

僕はもう笑みを押し隠すことができない。下條の姿が、藻搔けば藻搔くほど蜘蛛の糸に絡まる蝶に見えて仕方なかった。

「姉の遺体には一つ不審な点がありました。磔の際、右手は普通に釘で打たれていました。しかし左手はそうではありませんでした」

下條の眉がぴくりと動いた。

再び、僕の独演会のようになる。

*

「姉の左手と十字架の左側は、錐のようなもので穴を開けられていました。その上から釘で留められていたのです。

さて、どうして犯人はこのようなことをしたのでしょうか。

一つの仮説があります。

それは犯人は何らかの理由で釘を打てなくなったというものです。

釘が打てなくとも磔は成し遂げねばならなかった。そのために犯人は錐で穴を開けて、その上から釘で留めたのです。

では犯人はどうして釘を打てなくなったのでしょうか。

右側は釘を打てています。ということは犯人は右側を釘で打った後、左側に移るときに釘を打てなくなったのだと思われます。

これにはどういう状況が考えられるでしょうか。

たとえば、
犯人が、
手に怪我をしていたとしたら。

犯人は金槌で右側の釘を打った後、手が痛くて続けられなくなったのです。被害者を殺害するときに強く首を絞めたことも関係しているでしょう。そこで倉庫から錐を取ってきて磔の左側に穴を開け、釘を上から押し込んだのです」

＊

噴き出す音がした。それは下條の口から放たれていた。

「それだけでは証拠にならないでしょう」

下條は鼻で笑っている。

「たとえば、そうですね。犯人は右側を釘で打っているとき、間違って釘を押さえている方の指を金槌で打っちゃったんですよ。よくありますよね。そういうこと。それで痛くて金槌を打てなくなったので、錐を使って穴を開けたんですよ」

「それはあり得ません」

「どうしてあり得ないんですか」

「守護霊」

下條は「は？」という顔をした。その顔が一瞬で何かに気付いたような表情に変わり、大きく開いた口から、声にならない悲鳴が吐き出される。

「あなたたちのバンドには守護霊がいるそうですね。それは鹿の形をしたオブジェで、その実態はラジオペンチと台座のセットです」

僕は鏡の前に置いてある鹿のオブジェを指さした。

「仮に釘を押さえている指を金槌で打ったとしましょう。その場合、わざわざ倉庫に錐を取りに行くよりも、同じ部屋にあるラジオペンチを使って釘を押さえた方が合理的だと思いませんか」

「でも」下條の声には焦りが生まれている。「犯人が知らなかった可能性も」

「守護霊はバンドのマスコット的存在です。みんな当然知ってます」

僕がバンドメンバーたちに同意を求めると、下條以外はみんな頷いた。

「ちなみにこれは父から娘へのプレゼントなので、容疑者の一人、清家胤也もこのラジオペンチを知っていた、とは付け加えておきましょう」

「でも」下條の表情にもう余裕はない。「偶然、あらかじめ部屋に錐が置かれていた可能性も」

「あり得ないね」

僕が切って捨てると、下條はもう動揺を隠さなかった。

「証拠を言ってみろ……」

「事件前、最後に部屋を使った人は誰でしたか」

僕は再度管理人のノートのコピーを広げる。みんなが見ているのを確認してから、

「それは前田さんです」

と言った。

前田がぴくりと反応する。

「前田さん。もしあなたがスタジオで錐を見つけたらどうしますか」

「速攻で捨てる」前田は身震いした。

意味がわからないという顔をする下條に向けて、僕は説明してあげる。

「彼は先端恐怖症なんです」

前田はこわごわ頷いた。

「前田さんは尖ったものに尋常ではない恐怖を覚えます。よって、もし事件前に偶然スタジオに錐が置かれていたら間違いなく前田さんが捨てます」

「でも」もう下條の声は懇願になっていた。「犯人が犯行当日、殺害前に錐を倉庫から持ってきた可能性も」

「だったらどうして磔の右側は金槌で打ったんですか」

「でも」

僕はにっこり笑って続きを待った。

続きはなかった。

下條は天井を見上げて、視線を下ろした。

ふっと息の漏れる音。

「まあいいですよ。元々捕まるつもりでしたし」

その顔は晴れ晴れとしていた。

「おれが殺しました」

母　5

九月十日、事件当日。その日、下條と御鍬はスタジオで会う約束をしていた。

御鍬はスタジオを訪れた。個室の中には下條がいた。

下條はテーブルの上の封筒を指さして言った。

関口が手紙を残している。自分は関口に連絡役を頼まれた。

御鍬はアンプの上に座って手紙を読み始めた。その配置は、下條に背中を向けるように巧妙に仕組まれていた。

下條は隠していたロープで後ろから御鍬の首を絞めた。御鍬は激しく抵抗し、下條も全力で首を絞めた。御鍬が動かなくなったことを確認すると、下條は個室を出て行った。

下條は倉庫から用意していた十字架を持ってきた。当日にあらかじめ作っておいたものだった。前回の十字架は加害者がのこぎりで切断してバッグに隠して持ち帰る必要があったが、今回はそんな必要はない。

下條は床に十字架を寝かせ、上に御鍬の遺体を重ねた。それから床まで貫通しないように意識して、金槌で遺体の右手に釘を打った。しかし治りかけていた手の傷が開き、痛みでそれ以上金槌を打てなくなった。

下條は倉庫から錐を持ってくることにした。それを使って遺体の左手と十字架の左側に穴を開けた。その上から釘を差し込んで磔を完成させた。

十字架は鏡の前に立てかけられた。磔の遺体が下條を見咎めていた。下條はドアを施錠して現場を足早に去った。

なぜ一度目の床の穴の距離と二度目の十字架の穴の距離が一致したのかというと、下條は無意識のうちに自分のやられたことを再現していたからだった。

釘を打つとき、下條は自分がやられたのと同じ位置に十字架を寝かせた。そのとき既に床に開いていた二つの穴に気付いた。十字架の腕の高さが違うため、穴の位置を完全に一致させることはできない。それでもできる限り一致させようとして、既に開いていた二つの穴を上へと平行移動させた位置に釘を打った。そのため一度目の磔と二度目の磔は穴の距離が一致し、かつ二度目の磔では釘が床を貫通しなかったため、一度目の磔の穴が二度目の磔の穴だと誤認された。

釘を貫通させないのは下條の意図したところだった。一度目の磔のとき、加害者は貫通した釘のせいで十字架を持ち上げられなくなったのだ。十字架を壁に立てかけるという一点に

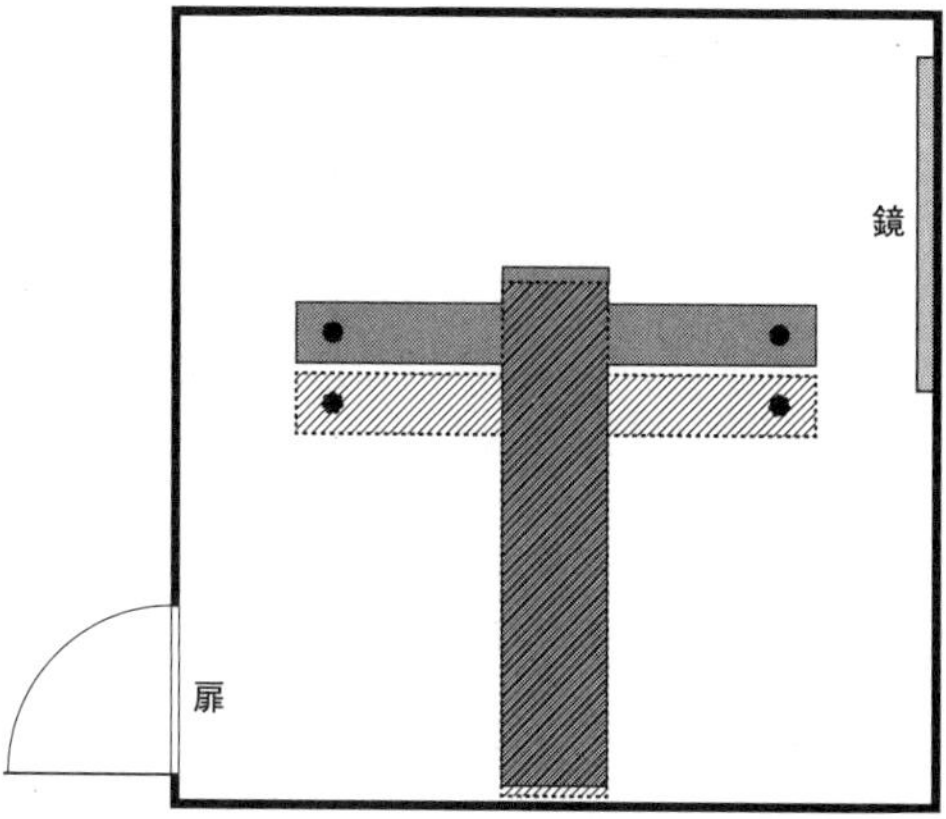

床の十字架の位置
＝下條が磔にされた時　＝御鍬が磔にされた時

おいて、下條は加害者を上回る復讐を遂げたと言えよう。

下條の受けていたいじめは、もはやいじめというレベルではなかった。下條の心に殺意が芽生えたのは、生きたまま磔にされたときだったが、それ以前にも、ペットの猫の死肉を生のまま食べさせられたり、肛門に点火したロケット花火を入れられたり、とにかく酷いとしか言いようのない虐待を受けていた。

きっかけは下條による御鍬の盗撮が発覚したことだったが、それすらも実は御鍬の策略だったらしい。

「悪魔だな」

と警察官は言った。

現在、夜の十時。僕は自宅のリビングで

警察官から捜査の報告を受けている。なぜだろう。僕は被害者の遺族のはずなのに、なぜか厳しい批判の目に晒されている。

「悪いのはどっちだと思う？」

警察官は僕が答えられないのを見て、何か勘違いしたようだった。厳しい目つきを強め、顔に迫真の表情を浮かべている。

「清家御鍬と下條最。悪いのはどっちだ？」

「ケーキとラーメン、美味しいのはどっちでしょうね」

警察官は舌打ちして、脅すような顔をした。

「そうやって他人事か。これから風当たりが厳しくなるぞ」

「それでも、ただ一つだけ確実に言えることがあります」

「ほう。なんだね」

「僕は悪くないということです」

警察官はみるみる表情を崩した。爆笑して膝を叩いていた。

その顔が一瞬で厳しい批判の目に変わる。別の映画のフィルムを無理やりセロハンテープでくっつけたかのように。

「お前と話しているとおかしくなりそうだ」

警察官はそう言い残して、帰っていった。

＊

事件の概略がニュースで広まると、世論は下條に同情的だった。逆に姉の評価は地に落ちた。ツイッターは姉に対する誹謗中傷で溢れ、姉のユーチューブの投稿動画には加速度的に低評価が増えていった。

今回の事件の姉に関するツイートの中で、十万リツイートされたものがある。それは姉が小さなネットメディアのインタビューに答えたときの記事の抜粋。

「犬とか猫って殺すと罪に問われるじゃないですか。でもおさかなって殺しても罪に問われないんですよね。生きたまま捌いても、できるだけ苦しめて殺しても、おさかななら無問題なんですよ。だから私はおさかなが好きなんです」

元記事では文章の最後に申し訳程度に冗談だと付け加えられていたが、事件が公になった今、この発言は全くの冗談とは受け取られていなかった。

僕がソファーに寝転んでスマホを弄っていると、夜の十一時だというのに自宅のチャイムが鳴った。インターフォンのカメラを見るとマスコミの取材だった。僕は事件解決でまだ興奮冷めやらぬという感じだったので、愛想のいい笑みを浮かべて玄関のドアを開いた。

一本のマイクが突き付けられた。やはり僕はこのマイクが男根の象徴に思えてならない。さながら僕は、正義という名の凌辱を受けている被害者だ。

マスコミのレポーターは玄関の中には入らず、ドアの向こうから鼻息を荒くしてマイクを突き付けている。

「弟さんですよね。今どんなお気持ちですか」

「姉はピーナッツアレルギーだったんですね」

マイクがぐんぐんと近づけられ、僕は歯が当たらないように自分でマイクを摑む。

「ずっと昔、夏祭りのとき、姉が間違ってピーナッツを食べそうになったことがありました。結局姉は食べなかったんですが、もしそのとき姉がピーナッツを食べて死んでいれば今回の事件は起こらなかったわけです。だから僕の今の気持ちは、あのとき姉が死んでいればよかったのになあ、というものです」

「…………」

レポーターとカメラマンは顔を見合わせて不味そうな顔をしている。それから精一杯の作り笑いを浮かべて、取材協力ありがとうございました、と言って去っていった。

＊

翌日、僕は教室で好奇の視線に晒されていた。しかし誰からも話しかけられない。やはり日々の人徳のたまものである。

後ろから肩を叩かれた。両方を同時に。

振り向くと、山田と比留間が僕の肩に片方ずつ手を載せていた。二人は肩から手を離すと、僕の前方にやってきて神妙な顔付きをした。

「辛かったな」山田は一人で勝手に頷いている。

「わたしたちでよければ力になるから」比留間はか細い声で言った。

「じゃあ僕の家族になってよ」

「え、ええええっ」比留間は急に元気になった。「それってそれってそれって」

「プロポーズしてんの？」山田は粘度が高く冷めた目をしている。

僕は肯定も否定もせず、

「家族が僕一人になっちゃうんだ」

「お父さんは？」山田は言った。

「お母さんは？」比留間が言った。

僕は儚く笑った。それがどんなに受け入れがたいものであったとしても、あり得ない可能性を排除して最後に残ったものは、それが真実である。

「これからいなくなる」僕は答えた。

二人はそれ以上は聞かなかった。

僕は今日、父と母を失いに行く。

＊

学校は早退して自転車を漕いでいる。本当なら学校をサボって朝から面会に行きたかったのだが、病院によると面会は午後一時以降だという。そのためやむを得ず学校に顔を出したのだった。自転車を漕いで生ぬるい風を浴びながら、僕は割と真面目に、比留間琉姫か山田深紅を妻《めと》に娶るという選択について考えている。

多摩中央病院に到着し、その駐輪場に自転車を止めた。草木が多かった。石造りのプランターからは、よくわからない植物がはみ出るほど繁茂していた。

スマホの通知が来ていたので見ると久門からのＬＩＮＥだった。動画が貼られていた。そここにはこうコメントされていた。

「誘拐事件の続報。もし役に立ったなら結婚してください」

動画はニュース映像の切り取りだった。映っているのは楠本旭だった。どうしてわかるのかというと、楠本旭さんという名前がテロップに書かれていたからだ。当然顔は全く知らない。胤也の二度目の誘拐のとき虚偽誘拐された中学生楠本朋昌、その父親が楠本旭である。それは最新のニュースではなく、父が逮捕された時点でのインタビューだった。父の関係者として楠本旭が取材されたようだった。

僕はそのニュース映像を見て感嘆した。これからやるべきことにおいて非常に役に立ったのだ。こうして婚約者候補に久門真圃も追加された。

僕はスマホをポケットにしまい、自転車を施錠する。

病院の正面玄関には特徴的な水色の屋根が設けられていた。この水色の屋根に何の意味があるのかはわからないが、きっと何かの意味があるのだろう。印象としては、洗練された都会の病院ではなく、素朴な田舎の病院といった感じ。どちらがいいかという話ではなく、どちらにもそれぞれのよさがある。

中に入ると、そこは二階だった。坂道の途中に造られているため、そのような構造になっているらしかった。母はA館の2病棟に入院しているとのことだったので、僕は病院の入って右手へと向かって進んでいった。

2病棟は三階なので三階に行きたいのだが、階段が見つからない。ナースステーションで尋ねると、2病棟は閉鎖病棟なのでナースステーションの内側からしか入れないのだという。

僕は面会票に記入して、ナースステーションの内側に通された。階段を上った先もナースステーションの内側だった。そこでうがいと手洗いをさせられた後、職員からの説明を受ける。面会は三十分ほどで済ませよとのこと。帰るときはナースステーションをノックするように。

こうして僕はナースステーションの外側に出ることになる。僕が外に出た後、すぐに施錠された。そこは閉鎖病棟だった。開けたスペースで入院患者が椅子に座っている。お茶を飲んだり、談笑していたりする。

初めてその光景を目の当たりにして、受けた率直な印象はある種の異界というものだった。とはいえ、精神を病んだ人間が鉄格子の内側に閉じ込められている恐ろしい場所、というのとは全然違う。

そこにいる人たちは見た感じ普通の人間と変わりはない。しかし、敢えて誤解を恐れずに表現するとしたら、人間のはずなのだけれど、何かが少しだけ違う。ふわふわと浮遊し、嘘や悪意の対極にいる純粋な存在。それは天使とでも表現すべきもの。

そんな天使たちの群れの中で、母は完全に馴染んでいた。母含む数名の女性が楽しそうに談笑していた。ここは女性専用の病棟のようで、男の僕はかなり目立っていた。だから母はすぐに僕に気付いた。母は仲間に別れを告げて、僕の元へと駆け寄ってきた。

「弟ちゃん。心配かけてごめんなさい」

「別に構わないさ。どこか二人きりで話せる場所ある？」

「でしたら面会室を開けてもらいましょう」

母はナースステーションの小窓を開けて、面会室を使いたい旨を申し出た。看護師がやってきて、面会室の鍵を開けてくれた。僕たちはその中に入って向かい合って座り、二人きりとなった。

「調子はどう？」

「お薬が効いたみたいで、かなり調子はいいです」

「そうかい。それはよかった。そのせっかくよくなった調子をまた悪くしなくてはならないのが心苦しいよ」

「…………」

母は用心深い顔で僕を見据えていた。そこに怯えはない。いつもだったら苦しそうに顔をこわばらせているはずなのに、それがないのは薬が効いているからだろうか。

「結婚は復讐だったんだよね」

「はい」

「父親が死んだ交通事故の原因を作った清家胤也への復讐。そのために結婚し、浮気相手の子を産んで胤也への復讐とした」

「はい」

「でもそれだとおかしくないかな。だって御鍬は胤也の子だ。きみは胤也の子を産んじゃったんだ。復讐するはずなのに」

「そういうこともあります」

「もう一つ、おかしいことがある」

母が僕から目を逸らすことはない。そこには一分《ぶ》の弱さもない。

「お袋は十七歳のとき無免許で車を運転し、事故を起こし、助手席の父親は死んだ。なあ、ふつうに考えてみようよ。父親の立場になってさ。僕は父親になったことはない。でも想像することはできる。ふつう止めないか？　無免許の娘が車を運転しようとしたら止めるんじゃないか？　百歩譲って無免許を放任していたとしても、一緒に車に乗るなら自分で運転すればよくないか？　一緒の車に乗るのに、どうしてわざわざ無免許の娘に車を運転させたんだ？」

「そういうこともあります」

「答えは一つしかない。父親は車を運転できない状況にあった」

「違います」

「僕の推理を披露する。助手席の父親は事故で死んだのではない。最初から死んでいた。もっと踏み込んだこと言っていいかい？　きみは父親を殺した。その死体を処分するために助手席に乗せて車を無免許で運転してどこかへ向かっていた。だからこそパトカーのサイレンで極度の動揺を覚えた。父親が生きているならその時点で停車して運転を代わればいい。どうしてそうしなかったんだい？」

「証拠はあるんですか」

「ある。それはある政治家の証言。曰く、『事故以前、夕綺はお父さんの車を勝手に使ってることがバレてこっぴどく叱られたのに、お父さんはどうして助手席に……』とのこと」

「それだけでは証拠としては弱いと思います」

「けど証拠とか関係ないよ。だって事件はもう時効だからね。殺人事件の時効が撤廃されたのは二〇一〇年。一九八九年の殺人は二〇〇四年に時効を迎えている。だからこれは証拠とかそういう話じゃないんだ」

「じゃあなんなんですか」

「僕は真実を明らかにしたい。それだけさ」

「やめてください」

「きみは事故の原因となった清家胤也と結婚した。しかしそれは復讐とは正反対の動機だった。なぜなら事故のおかげで殺人が隠匿されたからだ。きみが殺した父親は交通事故で死んだことになった。本来十数年の懲役を受けるはずが、懲役二ヶ月で済んだ。これはもう交通事故の原因を作った人物に対して、感謝を通り越して愛情の域にまで到達するのも当然だよね」

「もうやめてください」

「さて、ここからは僕のわからないことに答えてほしい。まず一つ目。どうして父親を殺したのか」

母は目を瞑った。胸に手を当てて深呼吸した。手を下ろし、目を開けた。

「騒音です」

「なるほど」

「たかが騒音ごときと思ったでしょう。でも実際に騒音の被害に遭ってみればわかります。あれは正常な思考を失わせる。必要以上にうるさいあくびが、必要以上にうるさいドアの開け閉めが、必要以上にうるさい独り言が、わたしの正常な思考を奪って、殺人へと駆り立てたのです」

「ふうん。なんだかつまんない真相だね。でもそれが真相なら仕方ない。もしかしたら本当はもっと違う動機があったのかもしれないけれど、それはきみが語らない限り僕の与《あずか》り知るところではない。よって僕はその真相らしきものを受け入れるしかない」

「もうこれでいいでしょう？」

「二つ目。きみは胤也に救われた。それなのにどうして浮気し、浮気相手の子を産んだ？」

「…………」

母はしばらく黙っていた。その口が厳かに開いたのは、やはり心のどこかで誰かに聞いてほしかったからなのかもしれなかった。

「脅されたんです」

母の顔には後悔の色だけが滲んでいた。

「交通事故を起こしたとき、救急隊員がわたしと父を救助しました。そのとき、救急隊員は父が交通事故以前に死んでいることに気付いてしまいました。しかし救急隊員は警察に通報しませんでした。その代わりにわたしを脅して性的関係を迫りました。わたしに断るという選択肢はありませんでした。だからわたしはそれだけが、その胤也さんへの裏切りだけが、耐えられなかったのです」

「だからわざとDNA検査キットを年の離れた妹さんに贈らせて、贖罪《しょくざい》を図った?」

「その通りです。わたしは罪を一人で抱えることに耐えられなかった。あれはわたしの罪の告白でした。でも胤也さんはわたしを棄《す》てなかった。だからその優しさに甘えてしまった」

「殺人には罪の意識はないのに、浮気には罪の意識があるんだね。面白いね」

「もういいでしょう? わたしは全部話しました。これ以上話すことはありません」

「ところがそうじゃないんだ。実はきみは壮大な勘違いをしている。それこそ、致命的というまでのね」

「……何ですか」

「きみは自分を救ってくれた相手と結婚したと思い込んでいる」

母は何かを言いかけた。けれど結局何も言えなかったその言葉が口の中で暴れて、その顔は爆発寸前の、放射状に拡散された最後のきらめきのようなものさえ漂わせていた。

「残念だけどね、きみが結婚したのはきみを救ってくれた人物ではない」

「そんなはずは!」

机の叩かれる音が鳴った。母は机に身を乗り出して、必死に僕の否定の言葉を待っている。

「残酷な真実と、優しい嘘、どちらを選ぶ?」

母は歯ぎしりしていた。泣きそうな顔をして、それでも震える口はこう告げていた。

「残酷な……真実……」

「よかろう」

僕は満面の笑みで答える。

「少し長くなるけど、全部説明しよう。胤也の物語を」

父　5

東京都八王子市鹿島《かしま》●番地●。そこにそびえ立つのが僕の自宅。その難攻不落の城塞は、いつだって僕たちを守ってきた。でもたぶん、それは外側からの攻撃には滅法強くとも、内側からの腐食に対しては完全に無力。僕たちは外側の強さに甘えて、そういう内側からの腐食について何一つ考えてこなかった。兄が死ぬ前、姉が死ぬ前に、そういうことについてもっといっぱい真剣に考えてこなければならなかったのだ。

家は無人だった。僕はリビングで待っていた。やがてドアの開く音がして、釈放された父が家に帰ってきた。

「留置場は楽しかったかい？」

「散々だった」

親父はL字型ソファーの向こう側に座った。僕の視線と父の視線はちょうど直角になる位置関係だった。

「自分で選んだ道じゃないか」

「それも全て無駄になった。お前のおかげでな」

「親父が嘘の自白をした理由。それは娘を悪魔にしないためということでいいかい？」

「取調室で絨毯によるアリバイを聞かされ、お前が犯人だろうと詰め寄られたとき、俺はすぐに気付いた。十字架の腕の高さは百六十五センチ。百五十センチの場所に穴が開くはずはない」

「さすが親父だね。頭がいい。そうやって人一人殺しても捕まることなくのうのうと逃げおおせたわけだ」

父は首だけ動かして僕を見た。それから久しぶりの我が家を満喫するように、リラックスした様子で背もたれに腕を回した。

「なんだって？」

「親父は二度誘拐事件に関わっている。一度目は被害者として。二度目は犯人として」

「どこで調べた」

「老人ホームにじいさんがいるだろ。あれはファンタグレープを飲むと脳が刺激されて正常な思考を取り戻すんだ」

親父は鼻で笑い、口にこそ出さないが、そんな馬鹿なことがあるか、と視線で明瞭に語りかけている。

「さて、親父の誘拐事件に関していくつかおかしなことがある。それらを論理的に考えたとき、ある一つの真実が見えてくるんだ」

「俺が人を殺したって？　馬鹿馬鹿しい。俺は確かに二度の誘拐に関わった。でもそれだけだ」

「ペットショップまえだ」

「なんだそれは」

「ああそうか。親父の視点では被害者だから知らないことになってるのか。よくそこまで頭が回るね。でも僕は知ってるんだ。一度目の誘拐は清家胤也が被害者と見せかけて、実は自作自演の狂言誘拐だった。動機は親の愛を確かめるため？　泣かせるね」

「そうか。知ってるのか」

「しかしここでおかしなことがある。一度目の誘拐のとき、親父は解放されたふりをして家に帰ってきた。じいさんはたいそう安心し、その日、親父とじいさんはずっと一緒にいた。ところが、だ。その親父とじいさんが一緒にいるはずの時間帯に、ペットショップまえだを訪れたものがいた。誘拐犯だ。そいつは百万円を回収し、その際、店員にカメラで隠し撮りをされている。さて、ここで矛盾が発生する。誘拐犯はじいさんと家にいたはずなのに、同時刻に誘拐犯はペットショップを訪れている。いったいどういうことなんだ？」

親父は大きく伸びをして、腕を下ろす。

「さて、その謎を突き詰めていくとさらに奇妙な事実に行き当たる。清家胤也は二度目の誘拐のとき、警察に捕まっている。この警察が絡むという状況は重要でね、いくら狡猾な親父でも、警察を騙すことはできない。よって二度の誘拐において、警察が絡んでいる部分に嘘偽りはないと言える。具体的には週刊誌の写真。『週刊宝石』の取材班によって、清家胤也は小学校の卒業アルバムから顔写真を引っ張り出されている。その写真が清家胤也であることに間違いはない。もしそれが清家胤也でなければ、間違われた人物が訴えを起こす、あるいは警察からの注意が入り記事が訂正されるなどする。それがないということは、週刊誌の写真は間違いなく清家胤也であると言える」

「意味がよくわからないな」

「一度目の誘拐と二度目の誘拐。その両方に一枚ずつ写真が存在している。ペットショップの店主が誘拐犯を撮影した写真。週刊誌の記者が取材で手に入れた清家胤也の写真。この二人の人物は同じ顔をしていた。つまり同一人物。この事実により、ペットショップに百万円を受け取りに行った人物は清家胤也であることが導かれる。さて、ここで矛盾が発生する。一度目の誘拐のとき、清家胤也はペットショップに百万円を受け取りに行った。その同時刻、じいさんは清家胤也ではない誰かと一緒にいた。なあ。清家胤也が百万円を受け取りに行っている間、じいさんと一緒にいた人物はいったい誰なんだ？」

「誰なんだと言われてもな。知らないとしか言いようがない。そもそもなんでじいさんは別人であることに気付かなかった？　ふつう気付くだろ」

「僕がじいさんに会いに行ったとき、じいさんは僕と隣の女子を見間違えた」

「目が悪いってか？　それでも声で別人だとわかるし、目が悪いつったって近づけば別人だと気付くだろ」

「そうやって話を逸らす寸法かい？　まあいいよ付き合ったげる。じいさんは目は悪くない。僕の肩口の見えにくい糸くずに気付いたからね」

「だったら別人が家にいたら気付くだろ」

「答えは一つしかない。それは相貌失認《そうぼうしつにん》。人の顔の判別が付かなくなる障害さ。じいさんは先天性の相貌失認で、人の顔の判別が付かなかったと思われる」

「それでも声でわかるだろ」

「逆に言えば、声が似ていたからこそ入れ替わることができた」

僕がその核心的な語句を述べると、父はリラックスしていた姿勢を改め、膝を揺すって苛立たしそうにした。

「じいさんは一時期、清家胤也ではない人物と一緒に生活していた。ではそのとき清家胤也はどうやって生活していたのか？　身代金の百万円はのちに九十万円が返還された。十万円が返還されなかった理由。それは生活費として消えたからだ。この事実も入れ替わりが行われたという事実を補強している」

「何を言っているのかさっぱりわからない」

「では本題に入ろう。今ここにいるのは清家胤也なのか？　それとも清家胤也ではないのか？」

父の膝の動きが止まった。両手で膝を摑んで、爪が食い込むほど力を入れて、膝が揺れるのを強制的に押しとどめている。

「警察が関与している部分に騙しの入る余地はないと言った。その前提に基づき、ペットショップで百万円を回収した人物と、二度目の誘拐の犯人が清家胤也であることに間違いはない」

ところで、と僕は言った。

「親父はアレルギーに罹患していたよね。卵アレルギーだっけ？」

「大豆アレルギーだ」

「そのことを念頭に置いて事実を見ていこう。二度目の誘拐後、清家胤也は当時の法律では十六歳未満で罪に問われないため、厳重注意を受けただけで帰ってきた。その日、じいさんは慰めようとして清家胤也と中華料理屋に行った。そこで何を食べたと思う？」

「知らねえよ」

「麻婆豆腐だよ。じいさんが頼んだいろいろなメニューの中には麻婆豆腐も含まれていた。おかしいよね。親父は大豆アレルギーだから豆腐は食べられないよね。なのに清家胤也は麻婆豆腐を食べた」

「頼んだだけで食べなかったかもしれないだろ」

「そんなことする？　親父は姉貴がピーナッツを食べさせられそうになったとき犯人を吹っ飛ばして止めたよね。それくらいアレルギーって重大なものなのに、食べないからって頼んだりする？」

「頼んだだけで食べなかったんだよ。ああ思い出した。中華料理屋で麻婆豆腐が置いてあったわ」

「ふふ。往生際が悪いね。でも最後まで聞くんだよ。最後までしっかり見届けてあげるからね。清家胤也は麻婆豆腐を食べた。しかし親父は麻婆豆腐を食べられない。よって親父は清家胤也ではない」

「じゃあ誰だって言うんだよ」

「二度目の誘拐のとき、清家胤也は動機に関してこう述べた。友人が誘拐されれば友人の親子関係が修復されると思った。でもおかしくない？　友人、すなわち楠本朋昌はそのとき既に家出していて親子関係なんて気にしていない状況だった。とすると、清家胤也の狂言誘拐には何かもっと深い思惑があったと考えた方がいい」

「ねえよ。俺はただ友人を助けるために狂言誘拐しただけだ」

「そもそもの地点へと話を戻そう。清家胤也と共犯者は一時期入れ替わっていた。じゃあその理由は？　どうして入れ替わったんだ？」

「入れ替わってねえって」

「その入れ替わりの理由は簡単に推測できる。一度目の誘拐は親の愛を確かめるための自作自演だった。じゃあ入れ替わりも同じ理由だ。親の愛を試すため、入れ替わって気付くかどうか確かめてみたんだ」

「そんなわけないだろ」

「で、清家胤也は家を出てどこかで一人で暮らしてたんだろうけど、まあ中学生には厳しい生活だよね。家に帰りたくなるよね。そうして共犯者に持ちかけた。入れ替わりは終わりだと。親の愛は確かめられなかったが、それでも仕方ないと。さて、ここでもし共犯者が入れ替わり生活を気に入っていて、元に戻ることを拒んだとしたらどうする？」

「…………」

「清家胤也は困ってしまった。自分の家に帰れないからだ。しかし入れ替わりの事実を明かすことはできない。百万円を奪ったことがバレてしまうからだ。何とかして自分の家に帰る方法はないものか。そうして二度目の誘拐は発動する」

「…………」

「二度目の誘拐は友人の親子関係のためなんかじゃない。いや、もしかしたらそういう意味合いもあったのかもしれなかったが、一番の目的は家に帰ることだった。誘拐犯として捕まり、警察が関与すれば、自分が清家胤也であることが証明される。清家胤也は自分の家へ、共犯者は共犯者の家へ、強制的に帰ることになる。こうして清家胤也は自宅に帰ってきた。共犯者も自宅へと帰らされた。そう。共犯者も」

「…………」

「共犯者の親子関係は最悪だった。共犯者、楠本朋昌は父親の旭から虐待を受けていた。そんなとき、朋昌は幸せだった清家家での生活を思い出す。少しの間の入れ替わりだったが、あのときは偽物とはいえ、確かに親の愛情を受けていたのだ。もう一度清家家で暮らしたい。

ではどうすればいいか。朋昌は考え、そしてその計画を実行に移した」

「…………」

「殺したんでしょ？」

「…………」

「お前は楠本朋昌なんだろ？　清家胤也を殺して成り代わったんだろ？」

父は必死に膝の震えを押しとどめていた。表情は完全にこわばり、やっとのことでその口から出てきた言葉は、黙った分だけエネルギーが溜まるということもなく、ただ一瞬だけ苦痛から逃れるための、水泳の息継ぎみたいな声だった。

「……証拠は」

「いいや。証拠なんて関係ないね。だってこれは時効を迎えてるんだから。証拠があろうがなかろうが、親父は罪に問われることもない。だから証拠とかそういう次元の話ではないんだ」

「じゃあなんなんだよ」

「僕は真実を明らかにしたいだけ。そこには悪意も善意もない。ただの興味本位さ」

「あっそう。それでも証拠がないんなら話はそこまでだ」

「清家胤也の実の母親が横浜に住んでいる」

父の反応が明らかに鋭くなった。呼吸も、瞬きも、そして心臓の鼓動も。

「それがどうした」

「捜査に関係があると嘘吐いて、その清家胤也の実の母親のDNAを警察に調べてもらった。では問題です。清家胤也の実の母親ときみとの間には血縁関係があったでしょうか？」

堪えきれない笑みのこぼれる音がした。それは父の口から発せられていた。

「あいつだけは許せなかった」

父は顔をくしゃくしゃにして笑っている。ふつう、笑顔には気持ちのいい雰囲気が滲み出るものだが、その笑みは悪辣《あくらつ》で、不純で、そこには気持ちのよさなど微塵も存在しなかった。

「あいつは友人の親子関係を修復したかったと言った。だが実際に起きたことはどうだ。俺の親父は身代金を払う素振りを何一つ見せず、ちょうどいいからあんなやつ殺してくれ、と言った。何が親子関係を修復するだ。ふざけるな。あいつが余計なことをしなければ、もしかしたらまだ希望はあったかもしれなかった。そうだ。俺はスラム街で暮らしながら、そんな希望をまだ持っていたんだ。あいつがそのわずかな希望さえ打ち砕くまではな」

「うん。お涙頂戴だね。ところで、きみが姉の件で逮捕されたとき、きみの親父さんがテレビに映っていたよ。マスコミの取材でね。昔、清家胤也に息子を誘拐された親として」

「……それがどうした」

「見せてあげるよ。これを見ればきみもちょっとは考えを改めるはずさ。でもその前に聞かせてほしいことがある。動画を見た後だときみは正常じゃいられないはずだからね」

「さっさと動画を見せろ」

「じゃあ最後に聞こうかな。一つ気になってることがあるんだけど、どうして姉貴の葬儀は最安プランを選んだの？　親父は清家胤也に成り代わる前も成り代わった後も、血の繋がらない家庭で育ったからこそ、血の繋がりには固執していると思ったんだけど、それなのに兄貴の葬儀は最高のものを選び、姉貴の葬儀は最低のものを選んだ」

父は皮肉めいた笑みを浮かべた。

「死んだやつにどう思われようと知ったことじゃない。お前の言うとおりだ。俺はお前と終典のことなんてどうでもよかった。血が繋がっていないってことは、所詮ただの赤の他人だ。俺は御鍬のことだけを考えていた。お前や終典にどう思われても構わないが、御鍬にだけはよい父親だと思われたかった。だから御鍬が生きているときの終典の葬儀は最高のものを選んだ。御鍬に素晴らしい父親だと思われたかったからだ」

「なるほど。御鍬が死んじゃったら、よく思われたいと思う対象がいなくなるからということね。納得した」

僕がうんうんと頷いていると、父がぽつりと漏らした。

「御鍬の代わりにお前が死ねばよかったんだ」

僕は何も言わずににっこり笑って、その暴言への回答とした。

「じゃあ約束の動画を見せてあげるね」

父の忍び笑いが響いた。

「なあ。まさかその動画ってのは、虐待していた父親は実は息子を愛してました、なんていう陳腐な感動ポルノじゃないだろうな？」

僕の瞼がぴくりと動いた。

「あいつは稀代《きたい》の嘘吐きだ。カメラの前じゃいくらでも嘘八百並べ立てるだろうよ」

僕はスマホをタップして動画を再生させた。それをひっくり返して父の側へと向けた。

ニュースの映像が流れている。楠本旭がカメラに映っている。

「『暗黒の戦士のレクイエム』って曲あんだろ。清家胤也作曲のやつ。今でもカラオケで大人気らしいけど。あれ、実は俺が四十年くらい前に作ったオリジナルソングなんだぜ。いやいやいや、別に盗作だと訴えようとかじゃない。そもそも証拠もねえし。だから怒ってるんじゃなくて、俺が言いたいのはすごいってこと。あの曲は俺が四十年前に作った曲とメロディラインの展開が完全に一致してたのよ。さすがに歌詞は違ったけど。それでもこんな奇跡があるか？　俺は国民的作曲家と全く同じ曲を作っていたんだぜ？　すげー嬉しいよな。で、俺は印税分けてもらえないの？　ああもらえない。そりゃ残念。アッハッハ」

　動画の再生が止まる。父は手で目を隠している。そのまま立ち上がり、まるでトイレを我慢しているかのように急いでリビングを出て行った。それからドアの開閉音が響き、車のエンジン音が鳴り響き、だんだんと小さくなっていく。ついには聞こえなくなる。

　僕は立ち上がり、サイドボードの上を見た。そこには姉の骨壺とパイン缶が置いてあるが、目当てのものはそれではない。

　森の仲間たちの管弦楽団、というような立体的な膨らみを持つ絵の描かれている写真立てに、一枚の写真が飾られている。

　父、母、兄、姉、僕の五人が写っている。僕が七歳くらいの頃だろうか。温泉でも行ったときの浴衣姿で、みんな笑顔でピースサインしている。そのみんなのピースサインがあまりに眩しくて、僕は目を細めた。

　そこに写っているのは幸せな家族。

　それがたとえ偽りの幸せだったとしても。

　そのとき、その瞬間だけは、確かに幸せだったのだ。

兄　5

仙波からのＬＩＮＥは唐突に届いた。ひとりぼっちのリビングで、スマホの通知音が寂しく鳴り響いた。

「六時から帝国《ていこく》ホテルで授賞式があるから来て。エレベーターで待ってる」

ネットで調べると、江戸川乱歩《えどがわらんぽ》賞という小説の新人賞の授賞式が今日行われるらしい。

この誘いはありがたかった。心も身体も気晴らしを欲していた。僕は自宅を出て、自転車で小田急多摩センター駅に向かい、電車に乗った。

帝国ホテルに向かう電車の中で空いていた優先席に座って、僕は兄の遺言について考えている。

『この家には悪魔がいる』

結局、悪魔とは誰のことを指していたのだろうか。

父も悪魔だった。母も悪魔だった。姉も悪魔だった。そしてその悪魔を見て笑いを堪えている僕もたぶん悪魔なのだろう。

兄はいったい誰のことを指して悪魔と称したのか。書き方からして、家族全員が悪魔だとは思っていなかった節がある。それだと『この家には悪魔しかいない』というような書き方になるはずだからだ。

兄は何を考えていたのか。誰を告発していたのか。

一方、推測できることもある。それは姉が兄の日記を切り取った理由だ。姉は兄の日記を見て、自分に言及されていると思ったのだ。その悪魔の本性を見抜いていた慧眼《けいがん》に敬意を表して、あるいは倒錯した快楽を覚えて、姉は兄の遺言を大事に身につけた。戒めとして。

新百合ヶ丘《しんゆりがおか》駅で乗り換えて、再び空いていた優先席に座った。日比谷《ひびや》駅で降りて、徒歩で帝国ホテルへと向かった。

エントランスにはたくさんの黒い車が止まっていた。『IMPERIAL　HOTEL』と書かれた入口をくぐると、メインロビーは黄金色にきらめいていた。薔薇のようなシャンデリアが真下の装花を照らしている。仙波はエレベーターホールにいた。最初は誰かわからなかった。いつものようにシャツをズボンに入れているのではなく、薔薇のような赤いドレスを着ていたからだ。

「よいお召し物ですね。いくらしました？」

「そういうことは聞くもんじゃないです」仙波は嬉しそうに笑っていた。

「レンタル一日一万円とかでしょうか」

「舐めんな。これくらい自分で買えるわ」仙波は露骨に不機嫌になった。

僕たちはエレベーターに乗った。三階で降りて、富士の間へと足を踏み入れた。

ステージ上には金の屏風が張られていた。いくつものテーブルが並べられていた。会場は広く、立食形式になっていて、既に多くの人が集まっていた。

仙波は隅っこの方で小さく丸まっていた。僕もそのあり方を真似して、隅っこで丸まってできるだけ存在感を殺していた。

「知り合いに挨拶とかしないんですか」

「ほら、私は純文の方だから。畑違い」

「じゃあなんで今日ここに来たんですか」

「そんなもん決まってるでしょう」

仙波は下卑た笑みを浮かべた。

「タダ飯食うためよ」

「僕を呼んだ理由は？」

仙波は作り物の下卑た笑みをやめて、真面目な顔をした。

「いい？　私タッパー持ってきたから、ちゅんたろうくんそれにごちそうを詰める係。高校生なら許されるっしょ」

僕は曖昧に笑って、仙波の優しさを受け止めている。でもそれは僕には不必要なものだ。

「同情も慰めもいりませんよ。僕の家庭のことを気にしてるんなら無駄な配慮です」

「悲しいときは泣く。でも悲しくないときは泣かない。だっけ？」

「いろんなことがあって慌ただしかったですけど、正直、僕にとっては全部エキサイティングでした」

「エキサイティング」

仙波はその言葉を噛み締めるようにして、

「上がるためには下がらねばならない。そういうこと？」

「よく覚えていてくれましたね」

「上がる保証はあるの？　下がったまま終わる可能性は？」

その問いかけはクリティカルだった。とはいえ、そんなこと僕はいつだって考えてきた。

「お金って、国家破綻とかで紙切れになっても最悪ゼロ円じゃないですか。マイナスはないんですよ。人生もそういうことじゃないですか。下限はゼロ。しかし上限は無限大」

「今ちゅんたろうくんの人生は何円？」

「ゼロ円でしょうね」

ステージの方が慌ただしくなってきて、授賞式が始まった。司会は道尾《みちお》秀介《しゅうすけ》だった。今《こん》野敏《のびん》の挨拶があって、講談社《こうだんしゃ》社長とフジテレビ社長の祝辞が述べられた。その次は賞品贈呈。正賞の江戸川乱歩像と副賞の賞金一千万円が受賞者へ贈られた。でも僕からしてみれば、正賞が一千万円で副賞が江戸川乱歩像なんじゃないかと思う。それから選考委員を代表して辻《つじ》村深月《むらみづき》が選評を述べた。その次には受賞者スピーチが述べられた。下町の本屋で育ったとのことで、スピーチが終わると花束が贈呈された。最後に東野圭吾《ひがしのけいご》の乾杯の音頭でパーティーが始まった。

　僕と仙波はまずローストビーフの列に並んだ。味はさすが一流ホテルといったところだった。次に蕎麦《そば》を食べた。蕎麦というこまごまとした差の付きにくそうな食材ですら、一流ホテルの味は格が違った。僕たちは会話もなくただ黙々と腹を満たし、それが済んでから会場の隅っこに戻ってきた。

「タッパーにごちそうを詰めなくていいんですか？」

「それはちゅんたろうくんの仕事」

「じゃあタッパーくださいよ」

「いんや。私のせいで食べたいのに食べれなくなった人が出たらかあいそうだから、終わり際に余ってるやつを回収するの」

「なんか無駄なプライドって感じですね」

「んだところ」

「そろそろ本題に入りませんか」

「そうだね。帝国ホテル。フィナーレを飾るにはふさわしい」

他の人々は食べたり、会話したり、名刺交換したり、この場でまめまめしく働いていたが、僕たちだけは作業を手伝わずにサボっている不良学生のような感じだった。

「場面は縄を煮るところから始まる」

仙波は語り始めた。

「麻縄をそのまま使うのはよくない、というネット上の記事を見て、間宮令矛は麻縄をなめすことにした。まずは煮沸《しゃふつ》。大鍋に麻縄を入れて火にかけると、沸騰するにつれて水が汚く濁っていく。水を替えてまた沸騰させる。それを水が透明になるまで行う。本来そこまでする必要はないが、間宮は几帳面な性格だった。次は脱水。まずは柔軟剤を溶かした水の中に一晩縄を浸す。それから洗濯機の脱水機能で縄を脱水する。洗濯機から取り出すとき、水を吸った縄の重みが手にじわりとのしかかる。次は乾燥。よじれた縄をほぐしつつ、日の当たらない場所で陰干しする。麻の埃臭いような臭いが部屋中に漂い、間宮は換気扇を最大出力にする。次は油塗り。ネットで購入した馬油を軍手に塗りたくり、その軍手で麻縄をしごいていく。しごき終わる頃にはミニサイズの馬油の瓶は空になっていた。最後に毛羽焼き。この段階で麻縄はかなり毛羽立っている。物干しに吊した麻縄へ向かって、キャンプ用ガスバーナーの炎を浴びせる。さっと炙っていくと、毛羽が焼けてちりちりと燃えていく音がする。焦げない程度まで縄を焼き、軍手でしごいて毛羽を落としたらなめしは完了。買った当初のちくちくした麻縄は、すべらかな縄へと生まれ変わっている」

受賞者の周りには人だかりができている。僕たちはそれを他人事のように眺めている。

「そこで間宮は忘れていた作業を思い出す。それは縄尻結び。縄の端っこは何の処理もされていないとそこからほつれていってしまう。よって縄尻を結ぶ。エイトノットという登山のロープワークで8の字に結ぶと、縄尻が固く締まり、そこからほつれることはなくなる。こうして完璧な麻縄ができあがる。何に使うのかは言わなくてもわかるよね。そうSMプレイ。間宮がSで小池がM。二人はその日、初めてSMプレイを行う。その様がコミカルに描かれる。間宮は小池を亀甲縛りにしようとするのだが、全然上手くいかない。最終的には適当にぐるぐる巻きにして、見るに堪えない汚らしい縛りプレイで何とか射精させる。小池始丞はマゾだった。だから自身を虐げてくれる存在を求めていて、そこに極悪人の間宮は適任だったのだ」

たくさんの人々が動き回る様子は、まるでカラフルなキャンディーの入った瓶を掻き混ぜているようで、見ていて飽きることがない。

「二人のSMプレイは何度も繰り返された。ある日、間宮はこう言った。『殴られて嬉しい人が殴られるのは本当のMなの？』。小池はその哲学的な質問に答えることはできなかった。殴られて嬉しいから殴られるのだろう。殴られて嬉しくないのに殴られたらMではない。しかし間宮の言っていることはそういうことではないはずだ。しかしどういうことなのかはうまく理解できない。その数日後、間宮は屋上から飛び降りて頓死した。小池はこの間宮の言葉を思い出している。『殴られて嬉しい人が殴られるのは本当のMなの？』。こうして小池は真相らしきものに辿り着いた。中学時代のいじめられていた間宮、高校時代の虐げる間宮、そして屋上から飛び降りた間宮の実像が、一つに繋がった」

仙波は一度こちらを盗み見た。僕のわくわくを隠すことのできない、遠足前夜の子供のような笑顔を視界に映すと、哀れむような目をして再び蠢く人々へと視線を戻した。

「問題は真のMとは何かということに集約される。殴られて嬉しい人が殴られるのがMなのか？　これはSの側から考えるととてもわかりやすい。殴られて嬉しい人を殴るのはSだろうか？　これは直感的に違うとわかる。殴られて嫌がる人を殴る。痛がって苦しむ人を殴る。これが本質としてのSだろう。Mにも同じことが言える。殴られて嬉しい人が殴られる、これは真のMではない。殴られて嬉しい人が殴ってもらえない。これこそ真のMなのではないか。快楽を得られないことに対して快楽を得る。その禅問答。これが間宮の言っていた哲学の意味なのだ。ゆえにSMプレイというのは本質的に矛盾を孕《はら》んでいる。Sが求めているのはMではない。痛がって苦しむ人だ。Mが求めているのはSではない。殴ってくれない人だ。よってSとMは結ばれない。このことを念頭に置いて間宮について分析しよう。間宮は中学時代いじめられていた。間宮は高校時代数多《あまた》の人を傷つけた。間宮は最後自殺した。ここで問おう。間宮はSなのかMなのか？　ちゅんたろうくんももうわかってると思う。間宮はMだった。中学時代は殴られて嬉しいからわざと殴られてきた。しかし本質に気付いてしまった。殴られて嬉しい人が殴られるのは真のMではない。殴られて嬉しい人が殴ってもらえないのが真のMなのだ。その究極の虚無。間宮は真のMを追究した。それは見かけ上のSとなった。殴ってもらいたいからこそ、殴られないように先に殴る。自分が痛みを感じる代償行為として、他人に痛みを与える。全ては真のMの追究のため。間宮は絶対に傷つけられない人間であろうとし、その結果最低の巨悪となった。その行き着く先は陳腐だが当然の帰結だった。すなわち死。死という究極の虚無。そして間宮は自殺した。虚無と化した間宮は、殴ってもらいたいのに永遠に殴ってもらえることはない。小池はその真相に辿り着いて、そして自問した。自分は真のMになれるのかと」

僕の脳裏に兄の姿がよぎる。その姿は、触れると壊れてしまいそうな繊細な飴細工のようで。

「小池は考えに考えて答えを出した。自分には無理だ。自分は真のMにはなれない。殴られたい。殴ってもらいたい。殴られて嬉しい人が殴られる。そういう偽物のMにしかなれない。そういう意味で、間宮と小池はまさにベストパートナーだった。本物のMと偽物のM。それは表面上はSとMであり、むしろ世間一般のSMプレイよりも精神の深い部分で繋がっていた。しかし間宮はもういない。究極の虚無を求めて自殺してしまった。小池は最良の相手を失った。その痛み。しかし間宮を失った痛みは快楽ではなかった。痛みは快楽。快楽は痛み。なのにどうしてこの痛みはこんなにも痛いんだ？　いつしか痛みと快楽の境界が曖昧になっていた。痛みってなんだ？　快楽ってなんだ？　大好きな人が死んだら気持ちいいはずではないのか？　それが偽物のMとしての自分なのではないのか？　真のM。偽のM。痛みが快楽、快楽は痛み。小池は出口のない迷路をさまよっているかのようだった。それでも小池にできることは一つしかない。それは間宮の代わりを探すこと。しかし代わりなんて見つからなかった。小池に残された選択肢は一つだけだった。それは間宮を理解すること。間宮に近づくこと。間宮の後を継ぐこと。しかし小池は心が優しすぎた。他人を虐げる巨悪にはなれなかった。よって一足飛びに間宮を理解するしかない。すなわち死。究極の虚無。その決意をしたとき、小池は心が満ち足りていることに気付いた。果たして死は快楽なのか痛みなのか、快楽という名の痛みなのか、痛みという名の快楽なのか。朝、西八王子駅、通勤特快が通過する頃合いを見計らって、小池は」

そこから先は語られなかった。語る必要はなかった。

仙波は言い終えて、神妙な顔付きをしていた。その神妙な顔付きで三つのタッパーを差し出してきた。僕は苦笑しながら受け取った。

「これが文学宝石新人賞を二次通過した小池始丞の『エキゾチック』の全て。どう？　役に立った？」

「ええ。遺言の真相がわかりました」

「遺言って何だっけ」

「『この家には悪魔がいる』」

「怖。誰が悪魔だったの？」

「悪魔がいるじゃなかったんですよ。悪魔がいるだったんですよ」

「はい？」

口頭では伝わらないので、僕は言い換えた。

「悪魔が居住しているという意味ではない。悪魔が必要であるという意味だったんだ」

仙波は大きく口を開けて、大きく頷いている。

「悪魔が居るではなく、悪魔が要るってことね！」

「兄貴は悪魔を求めていた。自分を虐げてくれる間宮の代わりを」

「でもその家には悪魔はいなかった」

「いたんですけどね」

「え」

何と皮肉なことだろう。兄は悪魔を求めていた。この家に悪魔がいないと思って死を選んだ。

悪魔しかいなかったのに。

父も母も姉も弟も、みんな悪魔だったのに。

「もしかして死に損？」

「そうなります」

僕たちは黙りこくっていた。不意に腹の底から笑いが込み上げてきた。僕はタッパーの蓋を開いて一歩踏み出した後、空想上のスカートを翻すように振り返った。

「ごちそう、詰め込んできますね」

仙波は一瞬悲しそうな顔をして、それから作り笑いを浮かべた。世界の隅っこで光を浴びられない薔薇が、精一杯咲こうとしているように見えた。

パーティーが終わって、関係者は二次会に向かうようだった。関係者ではない僕たちはここでお別れだ。

「ちゅんたろうくん。楽しかった？」

「ええ。最高に」

僕と仙波は金色のメインロビーで向かい合っている。周りの人の流れを見ていると、僕は今すぐにでもここを立ち去らねばならないような気持ちになる。まるで川の中州だ。増水すれば帰れなくなる。それなのに僕はぐずぐずと立ち止まっている。天井の薔薇のシャンデリア。地上の薔薇のドレス。

仙波は名残惜しそうな顔をして、手を背中で組んで戯れのように揺れた。

「私たち、もう二度と会うことはないのかな」

「会おうと思えばいつでも会えますよ。会おうと思わないだけで」

「言い方」

「この後ホテルでも行きます？」

「あほ。ここがホテルじゃ」

「それもそうですね」

「最後に一つ、先輩から言っておく」

仙波は改まった態度で、目を細めて僕を見据えた。

「きみはたぶん、傷付かないんじゃなく、痛みを感じてないだけだと思う」

「いや、ちゃんと感じてますよ」

「じゃあどうして」

「上がるための下げは、そうですね、たとえるなら予防接種の注射みたいなもんですよ。一時的に痛くても、結局は自分のためになる」

「痛いときは痛いって言っていいんだよ」

「痛いって言って痛いのがなくなるなら言いますよ」

「痛いって言いなさい」

「あなたが言えと言わなければ僕は言っていました。でもそうやって強要されると言う気が失せました」

仙波は呆れたように溜め息を漏らした。その目には諦観が漂っていた。

「なんか予感がする。確信に近い予感。それは私たちはいつかどこかで運命的に再会するというもの」

それが僕たちの別れの言葉になった。仙波はタクシー乗り場でタクシーに乗って帰っていった。僕は徒歩で新宿駅まで向かう。お金が惜しいのではなく、運動のために。

夜道を歩いていると、僕の真横で車が停まった。僕は警戒した。同時に期待もしていた。黄色のミニバンだった。どこでもいいから未知の場所へ連れていってほしかった。ここがどん底なら、それより下へは向かえない。上に向かうしかない。

助手席のウインドウが開いて、サングラスとマスクの男が顔を覗かせた。その時点で僕の警戒は高まったし、同時に期待も高まった。

「すみません。インタールルード梅竹ってどこかわかります？」

「ああ。インタールード梅竹ですか。全く知りません」

「プリントアウトした地図があるんですけど、ちょっと見てもらえません？」

「ええ。いいですよ」

僕は快く答えた。一生目的地に辿り着けないでたらめなルートを教えるつもりだった。

助手席のドアが開いて、男が降りてきた。手には丸まった紙の筒を持っていた。

僕と男は向かい合った。男は紙の筒を開いて僕に手渡してきた。僕はその紙を受け取って目を通した。

男の手が僕の首元に伸びてきたことは覚えている。

それと青白い火花のようなものが散ったことも。

その後のことは何もわからない。意識が途切れたからだ。

＊

激しい振動で目を覚ました。すぐには目を開けられなかった。身体がだるく、風邪を引いたような悪寒がした。まず知覚したのは口元に張られているガムテープ。叫び声を上げられなくするためのものだろう。元々叫ぶ気はないので、それは別にいいのだが、このガムテープ、剝がすときにものすごく痛いのが難点である。

僕は霞む目を開いて周りを見渡した。車の後部座席だった。車は荒れた砂利道を走行していた。運転席と助手席に誰かが座っている。後部座席は僕ともう一人の誰か。そして僕の手足は縛られ、動きを封じられている。

とりあえず僕は拘束を解くべく身体をよじってみた。たぶん、芋虫の求愛ダンスみたいな見た目になっていた。

「五郎《ごろう》さん。お目覚めのようですよ」僕の隣の男が言った。

助手席の男が振り向いて視線を寄越してきた。意地の悪い笑みを浮かべて、こう宣告した。

「おまえはこれから死ぬんやで」

僕はわくわくした。

「ちょっと五郎！　お母さん聞いてないわよそんなこと！」

運転席の女性が金切り声を上げた。

「死ぬって何よ！　どういうつもりよ！」

「うっせえばばあ！　てめえは俺の言うことに黙って従ってりゃいいんだよ」

「ごめんなさいやめて！」

助手席の男が手を振り上げると運転席の女性は身を縮こまらせて謝った。車が事故を起こしそうなほど蛇行していた。

車が正常な走行を取り戻すと共に、車内に静けさも戻る。

「でも五郎。死ぬってどういうこと……」

「大丈夫や。実行はあいつら。俺たちが捕まることはあらへん」

「本気なの……」

「うっせえな。あんたも殺したろか」

「ひどい！　お母さんあんたをそんな子に育てた覚えはないわよ！」

男はげらげらと笑った。

「現実を見ろどあほ。俺がこんなふうに育ったのは全部あんたの責任やろが。あんたがきちんとした教育を俺に受けさせとけば、俺はいまごろ政治家とかになってたで」

「わたしに責任を押しつけないで！　しょうがないでしょ！　わたしは悪くない。全部お父さんが悪いのよ。わたしは被害者よ」

「黙れ殺すぞ」

「ごめんなさいやめて！」

車が蛇行して大きく揺れる。女性の泣きじゃくる声が響き始めた。

「あの〜」

僕の隣の男がおずおずと手を上げた。

「本気で殺すんすか」

「ああン？　おじけづいたんか」

「いやそういうわけじゃ……ありませんけど……」

「そか。一瞬ビビったわ。おじけづいたとか吐《ぬ》かしやがったらおまえまで殺さなあかんところやった」

車内は冷房が効いていて冷えていた。車はパワフルなエンジンで砂利道をぐんぐんと進んでいく。

「五郎……。お母さんもう運転やめていいかしら……」

「だぼが。あんたが運転やめたら誰が運転するんや」

「あんたが自分ですればいいでしょ……」

「できんから言ってんにゃろ。んなこともわからんのか。だぼ、だぼ。このだぼ」

運転席の女性はストレスを凝縮するように、獣の威嚇じみた唸り声を上げた。

最後には爆発した。

「だぼはあんたやろが！　なんで金さえ払えば誰でも手に入れられるはずの運転免許を手に入れられなかったんや！　お母さん恥ずかしいわよ！　ああ恥ずかしい！」

「しゃあないやろ」

助手席の男は弁解するように小さく呟いた。

「教官がクズやったんや。あいつが怒鳴るせいで運転に集中せられへん」

「ああもう……あんたなんか産まなければよかった……」

車内はギスギスした空気に包まれていた。声の出せない僕は、ただ風邪のような悪寒と痺れるような手足の痛みに耐えながら、ひっそりと呼吸することしかできない。

やがて目的地に到着したようで車は停止した。廃墟のような建物だった。森の奥深くの誰も訪れることのない建物。確かに殺すのにはうってつけなのだろう。

僕はトランクに積んであった担架に乗せられ、男二人によって運ばれていった。建物の中はわずかに明るかった。やがて投げ捨てられるように担架から降ろされた。僕は身をよじって何とか上体を起こし、辺りを見渡した。キャンプ用のランタンが複数床に置かれ、怪しい宗教の儀式のようになっていた。明るさが足りず建物の全容は見えないが、打ち捨てられた工場といったところか。

「じゃあな、俺らの仕事はここまでや。あとは任せたで」

男はそう言い残して去っていった。床のランタンが、既に工場の中にいた複数人の顔を下から照らしている。そのどの表情も、ハロウィンのカボチャの顔のような、不気味さと愛くるしさを併せ持っていた。

既に工場にいた人々は、僕の周りを囲むようにランタンを移動させた。そしてその人たち自身も僕を囲んだ。僕は悪魔に捧げられる生け贄のようになっていた。

僕以外全員女性だった。いずれも四十代から五十代と思しき女性だった。そのカボチャのような不気味で愛くるしい顔を見て、僕はここに連れてこられた理由を理解した。

「清家くん。久しぶりね」

人妻、墨田汐は僕の目の前にしゃがみ込み、僕の口元のガムテープを思い切り剝がした。

服の裂けるような音が鳴り響き、激痛と共に僕の言論の自由が取り戻される。

「どうしてここに連れてこられたかわかる？」

「わからないね。だって日本は一夫一妻制だからさ。きみたちの全員が僕と結婚することはできないんだ。極めて初歩的なことを教えてあげようか？　きみたちは全員敵同士のはずだ。なのにどうして仲良く僕を殺そうなんて話になったんだろうね」

汐は笑っていた。他の人妻たちも同じように笑みを浮かべていた。僕は拘束されていて彼女たちは自由。その圧倒的なアドバンテージは、僕の多少の揺さぶりでは動じることもない。

「あなたに捨てられて絶望していた。でも仲間がいた。ネット社会は本当に素晴らしいわね。ちょっとしたコメントが奇跡を生み、被害者は結集した。だから私たちは前へと進む。過去を乗り越えて」

そのカボチャのような笑みの数を数えると、全部で十四種類。これは今まで僕が出会い系アプリで出会った人妻の数と一致する。

「すぐには殺さないよ。できる限り痛めつけてから」

まずは脇腹にキックが炸裂した。女性の力ではあるが、全力のキックはさすがに応える。僕は口から呻き声を漏らし、その場に丸くなる。

殴る、蹴るの暴行が始まる。僕は身体を縮こまらせてその嵐が止むのをただ待っている。

一度、嵐が止む。女性たちは興奮で息を切らして、僕から少し距離を取る。ランタンの光が汐の手を照らしていた。銀色の刃が鈍くきらめき、暗闇の中で異彩を放っていた。それを機に、他の人妻たちも次々と武器を取り出した。金槌、のこぎり、アイスピック、ゴルフクラブ、その他いろいろ。一際目立つのは、撮影用のカメラを掲げている人。ネットにアップしたら炎上間違いなしだ。

「何がペリエだ!」

汐の咆哮が轟《とどろ》いた。

「飲んだら腹壊したわ!」

「ああ。あれは硬水だからね。ミネラルが多いんだ。日本の軟水に慣れている人が急に硬水を飲み過ぎると、なんか浸透圧だかの関係でお腹が緩くなる場合があるらしいね」

「せいぜい余裕こいてろ。お前はこれから死ぬ。命乞いしなくていいのか?」

「うん。じゃあせっかくなんでさせてもらおうかな。もし僕を殺したらきみたちは殺人犯となって逮捕される。それはよい選択とは言えないんじゃないかな」

「そんなことは織り込み済みだからこそ、ここにこうして集まったということがわからないの?」

「わからないね。たとえばもしここで僕が、助けてくれたらその人と結婚すると言ったとき、きみたちは結束を保っていられるかな」

沈黙があった。それは時間にして一秒にも満たないわずかなものだったが、確実におのおのの心の揺らぎを反映していて、表情の変わるはずのないカボチャの笑みに細かな亀裂が走っていた。

「私たちの結束はその程度では揺らがない」

そうでしょ？　と汐は問いかける。もちろん、そうよ、当たり前でしょ、と答えが返ってくる。薄暗い工場の中で、その声は空虚に反響して呪文のようだ。

「そっちこそ、いつまで正気を保っていられるかな。清家くん」

汐はビニール袋を取り出した。コンビニでもらえるような、持ち手の付いた白色のビニール袋だ。その目が嗜虐《しぎやく》的な色を帯びる。汐はゆっくりとこちらに歩いてきて、そっと僕の頭にビニール袋を被せ、持ち手の部分をきゅっと結んで簡潔な拷問器具を完成させた。たぶん僕の見た目はてるてる坊主みたくなっているだろう。それは不本意だった。僕は空を晴れさせたいのではなく、雨を降らせたいのだから。

僕の視界には半透明の白い世界しか映らない。だんだんと息が苦しくなってくる。酸素が足りない。ひゅうひゅうと肩で息をして、心では死んでもいいと思っているのに、身体は生きようと必死で、何とか苦痛から逃れようと床をのたうち回っている。

上から組み敷かれた。丁寧に結び目が外され、乱暴にビニール袋が取り去られる、その丁寧と乱暴のギャップ。

僕は大きく息を吸って、工場の埃臭く油臭い空気を胸一杯に吸い込んだ。どうせなら吸い込むのは大自然の新鮮な空気がよかったが、贅沢は言っていられない。

「次はない。遺言なら聞いてあげる」

汐の目は本気だった。だから僕も本気で答えた。

「きみと二人できみの家にいるとき、旦那さんが帰ってきてお風呂場に隠れたよね」

「そのせいでうちの家庭は……」

「ねえ。どうして旦那さんは僕の姿を見たのに見て見ぬふりしたんだと思う？」

汐の本気の目が少し緩んだ。表面上は平静を保っているが、頭の中では高速で思索を巡らせている。

「うまく隠れたんじゃなかったの？」

「いいや。きみの旦那さんは僕のことをばっちり見ていた。それなのに何もないと言った」

「じゃあやっぱり夫は私を追い詰めようとして」

「違う」

「違う？」

「僕は物音を立てたよね。そのとき浴槽の中に入っているあるものを見てしまったんだ」

「あるもの？」

「なんだかわかる？」

汐の本気の目はかなり薄れていた。その不安は他の人妻たちにも伝染し、落ち着かない空気が蔓延していた。

「死体だよ」

僕が言うと、汐は目の縁をぴくぴくと痙攣させ、黙って続きを待っている。それは何を言うべきかわからない人の、相手が語るのを待つしかない心境。

「僕は旦那さんの殺した死体を見つけてしまった。さて、そのとき浮気相手を見つけた旦那さんはどうすればいい？　浮気相手を警察に突き出せば殺人が発覚してしまう。だから旦那さんは僕を見て見ぬふりした。浮気を黙る代わりに殺人を黙れ。そういう交換条件。しかしそれは一時的な協定に過ぎなかった。きみの旦那さんはその後どうした？　一万円を盗まれたと言って警察沙汰にしたよね。あれは僕を陥れる計略だったんだ。僕の指紋を発見させ、殺人犯に仕立て上げようとした。うまくいかなかったけどね」

汐の全身は震えている。寒くもないのに、寒さに凍えるように。

「そんなわけ……」

「きみは殺人犯と離婚できたんだ。よかったと思わない？」

そんなの嘘に決まってる！　後ろの人妻からの援護で、汐は正気を取り戻した。

「そうよ。そんなわけがない。危うく騙されるところだった……」

汐は再度ビニール袋を手に持った。それから手でぱんぱんと弾いてその弾力を確かめると、そっと僕の頭に被せ、結び目をきゅっと縛る。

「さよなら。わたしもあなたもこれで終わり。全て終わり」

僕の視界は半透明の白い世界で満たされている。ランタンのぼんやりした明かりに照らされて、悪魔に捧げられる生け贄となった僕。しかしそれはおかしくはないだろうか。なぜなら僕はたぶん悪魔の側で、悪魔を悪魔に捧げても、それって生け贄にはならない。

酸素が薄くなってくる。僕が必死に息を吸い込むと、ビニール袋の生地が唇に張り付いて呼吸を邪魔してくる。僕は最後に炭酸水が飲みたいと思った。きんきんに冷えたペリエが飲みたい。緑色のボトル。強すぎず弱すぎない炭酸。炭酸の泡が舌の上で弾け、保護区で採取された天然水のはずなのに、どこかフルーティーな味わいの錯覚さえもたらす。それがペリエ。最高の飲み物。

意識が薄れていく。その薄れゆく意識の中で、サイレンの幻聴が聞こえてきた。最初はか細い音。だんだんと音量を増していく。周囲が騒がしくなる。どうしよう！　やばくない！

逃げないと！　そんなパニックが薄れゆく意識の中で確かに聞こえて、そのうち大きくなったサイレンの音と逃走する車のエンジン音が響いて最大級に騒がしくなり、僕はもうすぐ死ぬ、その死の一歩手前で高らかに笑っている。

上がるためには下がらねばならない。どん底まで下がりきった僕はもう上がるのみだ。父と母が僕を助けに来てくれて、それで家族は再び絆を取り戻し、幸せな家庭が戻ってくる。

そんな夢を見て、僕は意識を失った。

*

目覚めると、まだ工場の中にいた。頭のビニール袋は外され、僕は暗い天井を眺めていた。手と足の拘束も外され、僕は自由になった身体で鷹揚に起き上がった。

「おう。起きたか」

その声は父の声でも母の声でもなかった。

目の前にいたのは一度だけ会ったことのある男だった。

墨田哲嗣。墨田汐の元夫。

「警察は？」僕は聞いた。

「さっきのは録音のサイレン。後で隠し撮りした証拠の映像を提出する。あいつらは逮捕されるだろう」

「あなたはどうして僕を助けに」

「こんな心理テストを知ってるか」

哲嗣は唐突に語り始めた。

「夫を亡くした未亡人が、葬式で好みの男性を見かける。数日後、未亡人は自分の子供を殺した。なぜか」

「葬式で男性と再会するため」

有名な心理テストだった。俗にサイコパス診断などと謳《うた》われるもの。

哲嗣はにやにやと笑っている。

「なあ。風呂場で死体っていうのはさすがに酷くないか？　勝手に俺を殺人犯にしないでくれる？」

「それは確かにすみません。窮地から逃れるための策でした」

「で、なんで俺が風呂場で妻の不倫相手を見逃して、一万円を盗まれたなんて嘘を吐いたかわかる？」

そのとき僕の脳内でシナプスが繋がった。酸欠による生命の危機が神経を研ぎ澄ましていたのかもしれない。

「もしかして三十年前も救急隊員をやっていました?」

哲嗣は顔をくしゃくしゃにして笑った。

「ああ。渋谷でね」

妹 1

土曜日の授業は欠席し、警察署で被害者として捜査に協力した。それだけで一日が潰れた。

哲嗣は風呂場で妻の不倫相手を見つけたとき驚いた。写真で見たことがあったからだ。昔、脅迫して性的関係を迫った相手のインスタグラムには私生活が無防備にも垂れ流されている。血の繋がった息子。なぜかその確信があった。父親だと明かした上で息子と話したかった。しかし妻のいる前ではそれを明かせない。だから見逃してチャンスを待った。哲嗣は息子と再会するために一万円を盗まれたふりをした。状況的には椿太郎が犯人でしかあり得ない。警察によって椿太郎が窃盗犯として捕まればもう一度会えるのではないか。会うことさえできれば自分が父親だと明かすチャンスがあるのではないか。その方向性は失敗したが、妻が椿太郎のリンチを企てていることに気付いた哲嗣は、それを利用して息子と再会することを企んだ。

僕としては、あともう少しだけ早く助けに来てくれればよかったのに、という憾《うら》みはあるが、他はおおむね納得である。

哲嗣と話をする時間は結構あったが、なぜかその内容はほとんど覚えていない。唯一心に残っているのは次のようなやり取りだった。

「あいつ今でも蜂蜜食ってる？」

「ああ。マヌカハニーですか」

「知ってるか。あの蜂蜜、金属のスプーンだと変色するから木のスプーンじゃなきゃならない」

「でも金属のスプーンで食べてましたよ」

「そういうとこだよ。俺は木のスプーンで食う。あいつは金属のスプーンで食う。お前はどっちのスプーンを選ぶ？」

「プラスチックですね」

さて、今日は日曜日。母は閉鎖病棟に入院中、父はホテル暮らし、ゆえに僕はこの広い家の中で一人きりだ。

僕はL字型ソファーの角に座って斜めを向いている。そういう中立の立場でいたかった。

玄関のチャイムが鳴った。インターフォンのカメラを覗くと、中学生くらいの女子が立っていた。

「どちら様ですか」

「拙者、墨田羽都子と申す者でござる」

その言葉だけで、僕がドアを開けるには十分だった。

ドアを開けると、羽都子が何らかのポーズを決めた。僕は芸人とかアニメとかに詳しくないのでそのポーズが何なのかはわからなかったが、木を抱きしめようとしたのだがその木肌の感触が嫌で身体の接する部分を浮かせて最低限抱擁の体裁だけは保った、みたいなポーズだった。

羽都子は背が高かった。僕と同じくらいあった。緑と白の水玉模様のワンピースを着て、中学生にしては肩がはだけすぎの露出度の高い格好をしている。

「何の用かな？」

「お兄ちゃん、でいいんですかね？」

羽都子は勝手に三和土《たたき》に入ってきて靴を脱いで勝手にリビングに入ってきた。僕が止める間はなかったし、そもそも止める気はなかった。

羽都子はL字型ソファーに座って足をバタバタさせた。

「喉渇いたー」

「ビールしかないけど」

「じゃあそれでいいですよ」

「冗談だよ。炭酸水でいい？」

「何でもいいですが口の開いてないやつで頼みます。薬とか盛られたら嫌なので」

僕はペリエのペットボトルを二本持ってきた。羽都子は慎重にキャップを回して未開封だと確かめると、豪快に飲み始めた。

ペットボトルが口から離れて、乱暴にテーブルの上に置かれた。

「拙者をこの家に住まわせてもらいたく候」

口調は真剣なのかふざけているのかわからないが、少なくともその目は真剣だった。

「家出？」

「両親の離婚後、母上と一緒に暮らしてたんですけど母上逮捕されちゃって。でも父上は私の中学生活終わったナリ〜、の戦犯だし一緒に暮らしたくないし、父上に何とかしろってLINE送ったら、ここへ行けってここの住所を教えられて」

「うん。じゃあ僕はきみを拒む門となろう。きみはその試練を乗り越え、父親と和解して、ハッピーエンドへと向かうのだ」

「父上じゃダメなんですよね」

「そうかな。僕は父上いいと思うけどね」

「やー、どうでしょうねー」

羽都子はやや過剰なスキンシップ、すなわち僕の手をぎゅっと握って引っ張るなどし、僕に靴の踵を踏ませたまま外へと引っ張り出した。

二人で門の前に立ち、僕の家、ドーム型の城を眺めている。

「監獄みたいな家ですね」

「それは一面の真理かもしれない。監獄は僕たちを守ってくれる。『ショーシャンクの空に』という映画で刑務所が舞台なんだけど、出所が決まった人がいて仲間が祝福するとそいつは暴れ出す。理由は外の世界が怖いから。外の世界に出たくないから。監獄ってそういう面あると思うよ」

「監獄に入る資格。わかります？」

「きみにはないように見えるけど。だから外に出たの？」

羽都子は中学生とは思えない大人びた微笑をして、僕の質問には答えずに会話のイニシアチブを取り続ける。

「ねえ。家族って何だと思います？」

空は快晴だった。僕たちはその青空の重さを浴びながら立ち尽くしていた。

「この世で唯一選べないもの。自分の肉体の一部。と誰かは言った」

「彼女が死んだ。自殺らしい。でも絶対に自殺なんてするわけがない。だって彼女は殺す側だから」

聞き覚えのあるフレーズを羽都子は言った。僕の耳たぶが、そんな特技はないのに、ぴくりと動いたような気がした。

「間宮令矛は本当に自殺したんでしょうかね」

「きみはどうしてその小説を知っている？」

「間宮令矛が究極の虚無を求めて自殺したというのは終兄さんが勝手に導き出した答えですよね」

「きみは何を言っている？」

「私に二人の兄がいるというのは実は昔から知っていたんですよ。父上がお酒に酔って冗談交じりに言ったけど、冗談じゃないというのはすぐにわかりました。直感です」

「終典を知っていたのか？」

「私は終兄さんを初めて見かけたとき、運命の人だと思いました。それから他人を装って近づき、会話ができるまでの仲に漕ぎつけました。でも終兄さんは悪い人を愛していました。兄さんを救う方法は一つしかない、そう思って実行しました。でもそれは兄さんを救う方法ではなく、兄さんを絶望させる方法だった。そのことに気付くのに時間はかかりませんでした」

「きみは間宮令矛を自殺に見せかけて殺した？」

「私の愛を拒んだ兄さんは自分に都合のいい内容の小説を書き上げて私に見せてくれました。その時点では兄さんは自殺していませんでした。小説の中では兄さんは自殺していましたが、書き上げて応募したその時点では兄さんは自殺していませんでした」

「きみは終典を自殺に見せかけて殺した？」

「椿兄さん。家族って何だと思います」

「それはさっき言ったよ」

「私、家族っていうのは血の繋がりのことだと思うんです」

「陳腐な回答だね」

「そうですね。私もそう思います。ではもう少し踏み込んだ質問をしましょう。よりよい家族というのは何だと思います」

「うん。これはあくまで僕の思想ではなく、きみの思想で言うんだけど、血の繋がりが深いことなんじゃないかな」

「ではどうすれば血の繋がりを深くできます。どうすれば血の繋がりを濃くできます」

「…………」

「ダービースタリオンってゲーム知ってます？　競馬の競走馬を育てるゲームなんですけど、そこでインブリードという近親交配を行うと、虚弱な馬が産まれやすくなる一方、稀《まれ》にものすごく優秀な馬が産まれるんです」

「…………」

「よりよい家族とは何か。ダービースタリオンというゲームで答えは出てるんです」

「でもそれは確率でしかない。よりよい家族のために何人もが犠牲になる」

「別にいいじゃないですか。ここに合法的なインブリードがあって、私とあなたはよりよい家族を手に入れる奇跡的な条件を満たしている」

「僕が断ったら？」

「殺して精子だけ奪い取ります」

気付くと僕の目から涙がぽろぽろとこぼれ落ちていた。何度目を擦っても、目が熱くなるばかりで涙は無限に湧き出てきて止まらない。

「わわっ。どうしたでござるか」

羽都子がハンカチで僕の目を拭ってくれる。それでも涙は止まらない。

僕は涙としゃっくりで呂律《ろれつ》が回らなくなりながらも、必死にこの思いを羽都子に伝える。

「僕はきみと出会うために生まれてきたのかもしれない」

僕は号泣のせいで言葉に詰まって、最終的には何も言えなくなった。それでも羽都子には伝わっていた。

「わたしとあなただけでも、二重の家族。二倍よりよい家族」

「よりよいかな？」

「よりよい。よりよい」

下がり続けるだけの人生だった。兄は死に、姉は死に、母は出ていき、父も出ていき、僕一人だけになった。

今はもう違う。

羽都子が僕の目をハンカチで拭ってくれる。僕の涙はやがて涸れ、後に残るのは、水のプリズムを通して見える輝く世界だけ。

僕たちはどちらからともなく手を握り合った。

監獄のような家が、僕たちを見守っていた。

哀切猥褻解説

佳多山大地《かたやまだいち》
（書評家）

「彼は、なにかいわなかった？」

「事務所にとびこんできたときです。家族のものに電話をかけるなんてどうかしている、最悪の敵は彼らじゃないか、といってました」

――ロス・マクドナルド『一瞬の敵』（小鷹信光《こだかのぶみつ》訳より）

得体《えたい》が知れない。それが第一印象だった。

本書『暗黒残酷監獄』は、第二十三回（二〇一九年）日本ミステリー文学大賞新人賞の栄冠を得た作品だ。作者の城戸喜由《きどきよし》は一九九〇年生まれで、応募時の齢《よわい》二十八。前川裕《まえかわゆたか》や葉《は》真中顕《まなかあき》など実力派新人を発掘してきた同賞レースを、史上最年少で制したことも当時話題となった。

――が、しかし。それ以上に刊行前から本邦ミステリー界を騒がせていたのは、このデビュー長篇が最終候補作を選ぶ予選会においても受賞作を決める本選会においても、賛否両論の嵐を巻き起こしていた事実である。ともあれ、めでたく受賞作として世に出たからには、その選考過程がいかに荒れ模様だったかも本書の〝売り〟になるだろう。このたびの文庫版刊行に際し、各方面に迷惑がかからないていどに内幕を明かしておきたい。

解説者も予選委員の末席を汚した二〇一九年の日本ミステリー文学大賞新人賞には、同年五月十日の締め切りまでに百三十九篇の応募があった。それを七人の予選委員が手分けして読み、一人が三篇ずつ残す。こうして篩《ふるい》にかけられた一次通過作二十一篇を対象に、受賞作の版元となる光文社も〝予選委員の一人〟として加わって最終候補を四篇に絞る予選会が開かれるのだ。九月五日の午後一時半から始まった予選会は、高得点を集めた三篇が順当に候補作に押し上げられたあと急に雲行きが怪しくなる。その主たる原因は予選委員の評価がはっきり割れた城戸喜由の応募作『暗黒残酷監獄』をどうするか、だった。長時間の白熱した議論を経て、とっくに外も暗くなった午後六時四十五分頃、とうとう城戸作品を本選委員に送ることが決まる。二十一篇中、当初の順位はなんと十三番目（！）に過ぎなかったのが九人抜きで最後のひと枠に滑り込んだわけだ。各予選委員がつけた点の高低差があまりに激しかった『暗黒残酷監獄』とは、いったいどんな話なのか？

ユーチューバーとしても人気だった女子大学生、清家御鍬《せいけみくわ》が絞殺されたうえ、十字架に磔《はりつけ》にされた。被害者の財布には、「この家には悪魔がいる」と記した謎のメモが。これは〝告発〟と言うべきか？　御鍬の弟である「僕」、高校三年生の椿太郎《ちゅんたろう》は、幸福なわが家に本当に「悪魔」が棲んでいるのか調査に乗り出す。すると、おかしな話が出てくるわ出てくるわ。すでに自殺してこの世にない、小説家志望だった兄終典《しゅうすけ》の暗い秘密。作曲家として成功した父胤也《かずや》の、思いもよらぬ波瀾の過去。そして、とっくの昔に死亡記事が新聞に出ていた母夕綺《ゆうき》が、今も生きている不思議。ああ、果たして「僕」は悪魔探しに成功し、温かい家庭を取り戻すことができるのか……！

　とにかく、主人公の男子高校生、清家椿太郎のキャラクターがとびきりユニークだ。人妻だけを恋愛対象とし、頭でっかちで鼻持ちならない椿太郎の言動は、周囲と軋轢《ディスコミュニケーション》を生むばかり。良くいえば一匹狼、悪くいえば友達のいないタイプの椿太郎が〝わが家の悲劇〟を探偵するわけだ。その椿太郎の調査スタイル、というより立ち居振る舞いは、じつに「ハードボイルド」と呼ぶのがふさわしい。気の利いた台詞《ワイズクラック》を振りまいたり、警察を相手に皮肉な態度を崩さないところなどフィリップ・マーロウ（©レイモンド・チャンドラー）を髣髴《ほうふつ》とさせる。予選会で賛否が分かれたのは、ひとえにこの異様な主人公に対する好悪の感情——すなわち共感性の問題だ。このことについては、あとでまた触れたい。

さあ、決戦の時は来た。十月二十四日、斯界《しかい》の第一線で活躍する四人の選考委員（有栖川《ありすがわ》有栖《ありす》、恩田陸《おんだりく》、篠田節子《しのだせつこ》、朱川湊人《しゅかわみなと》）が都内某ホテルの一室に会し、本選会が開かれた。当日の様子について選評で最も詳しく述べていたのは朱川湊人だ。「今年の選考会は例年以上に長いものとなりましたが、その多くの時間が城戸準吾氏（解説者注：「城戸準吾」は応募時のペンネーム）の『暗黒残酷監獄』に関する議論に費やされました。選考委員の二人が最高得点をつけ、別の二人が最低点をつけたからです」と。

予断を招かぬよう予選会の経緯などはいっさい本選委員に伝えられないが、またも『暗黒残酷監獄』は論議の的となったわけだ。結果、「世界がしっくりこない主人公・椿太郎の世界観がストーリーを創っており、彼が他者と交われたのが〈事件の推理〉という構造もうまい」（有栖川有栖）、「言葉選びと文章のトーンに独特のセンスが感じられる。通俗的共感を笑いのめす作家的悪意も貴重」（篠田節子）と称賛する意見が、否定的な見方の委員を説得しえた格好だ。なお、四人の委員の全選評は、主催者たる光文文化財団のホームページで公開されているので（https://kobun.or.jp/mistery_new/prize23/）興味のある向きはぜひ一読を。否定派であった恩田陸、朱川湊人の二人の委員も、この作品の無二の魅力を充分に認めて受賞に同意したことがわかるだろう。

とにかく、予選会でも本選会でも評価が真っ二つに割れたのは、この小説の主人公独特の個性についてだった。若い作者は、受賞が決まってのち有栖川有栖との対談に臨んで（「ジャーロ」二〇二〇年春号）、「普通の物語は、読んでいてあまり好きじゃなくて、普通じゃないものを書きたいんです。じゃあ、そもそも『普通』と判断される要素は何かといえば、それは『共感』と『葛藤《かっとう》』の二つだと。普通じゃないものにするには、それらを排除したらいいんだと考えたんです」と話している。「自分は椿太郎のような共感できないキャラクターが好きだから、好きなものを好きなように書いてみようと思ったんです」とも。世にプロ作家が物した創作指南の本は数あれど、〝主人公は、読者が感情移入できる人物に〟と書いてあるのがあたりまえ。なのに、あえて共感を誘わない人物を一人称の主人公に起用し、清家家の崩壊と再生の可能性を描いた『暗黒残酷監獄』は、それを読む者の倫理観・人間観を激しく揺さぶる。重ねていうが、好き嫌いははっきり二分するだろう。だが、個人的には断言しておきたい。本書は傑出した謎解き小説《パズルストーリー》であり、とりわけ周囲の大人や社会なるもの――ときには学校で席を同じゅうする友人たちの――〈常識〉と接して不信感が消えない若い世代のミステリーファンに刺さるものと信じる。

ところで、ハードボイルドな雰囲気を醸し出している椿太郎だが、もし彼が清家家の一員ではなく、家長の胤也から依頼を受けて動くことになった私立探偵（赤の他人！）という立場であれば、この『暗黒残酷監獄』は意外と正統なハードボイルド小説として読めてしまうはずだ。清家家の家庭の秘密は、椿太郎ら子どもの代にあるのではなく、彼らの親の代（一部は、親の親の代）にこそ入り組んで潜んでいる。子どもたちの死の真相を探る過程で、親の代のあれこれに悲劇の根を見つけて掘り返してゆく書きぶりは――そう、アメリカの家庭の悲劇を描き続けたハードボイルド御三家の一人、ロス・マクドナルドの作風に近いものがある、といっては褒めすぎだろうか？　二〇二二年二月現在、この受賞作のほかにはＶＲ空間で発生した首切り殺人を描いて逆説の面白味あふれる短篇「バラバラの薔薇」（「ジャーロ」二〇二〇年夏号）をひとつ発表したきり、どこで風に吹かれているか城戸喜由。得体が知れない作家である。

二〇二〇年二月　光文社刊

光文社文庫

暗《あん》黒《こく》残《ざん》酷《こく》監《かん》獄《ごく》

著者　城《き》　戸《ど》　喜《き》　由《よし》

2022年3月20日　初版1刷発行

発行者　鈴　木　広　和
印　刷　萩　原　印　刷
製　本　榎　本　製　本

発行所　株式会社　光　文　社
〒112-8011　東京都文京区音羽1-16-6
電話（03）5395-8149　編　集　部
8116　書籍販売部
8125　業　務　部

落丁本・乱丁本は業務部にご連絡くだされば、お取替えいたします。
ISBN978-4-334-79318-0　Printed in Japan

NexTone　許諾番号PB000052381号

組版　萩原印刷